Enseignante en lettres et histoire-géographie puis conseillère principale d'éducation, ***Nadine Thirault*** *consacre aujourd'hui son temps à l'écriture. Inspirée par la lecture des grands auteurs du XIXe siècle et des écrivaines anglo-saxonnes, elle publie son troisième roman aux éditions De Borée.*

La Petite Vendeuse
loin de la plage

DU MÊME AUTEUR

Aux éditions De Borée

À l'encre bleue
Le Troisième Fils

45, rue du Clos-Four – 63056 Clermont-Ferrand Cedex 2

Nadine Thirault

LA PETITE VENDEUSE LOIN DE LA PLAGE

deBorée

À mes parents.

I

Les boutiques commençaient à rouvrir mais les rues étaient encore plongées dans la torpeur de la sieste. Le ronron du moteur du Solex résonnait sur les façades des immeubles qui tenaient leurs persiennes vertes baissées. Alice pédalait pour aller plus vite. Elle était encore en retard. Ses cheveux finiraient de sécher au vent, ainsi que son maillot sous sa robe. Elle remonta le boulevard de Riquier en ignorant les priorités. Il y avait bien quelques coups de klaxon parfois, mais son minois doré par le soleil de la plage de la Tour Rouge rendait les automobilistes incroyablement indulgents. Son amie Clairette la suivait, plus prudente. Mais Clairette avait le temps, les cours au lycée étaient déjà finis. C'était la période des examens. Tandis que Mme Ginetta, la patronne d'Alice, mettait un point d'honneur à ouvrir sa droguerie à 15 heures pétantes et elle la gronderait, une fois de plus, d'arriver après l'ouverture. Elle s'engagea dans le boulevard de l'Armée-des-Alpes. Rien que le nom lui faisait froid dans le dos. Elle pédala de plus belle. Elle n'aimait pas cette artère sans activité, seulement bordée d'immeubles sombres et de quelques ateliers ou garages aux rideaux baissés. D'ailleurs, on ne se rendait là que pour accompagner les parents voter à l'école Bischoffsheim, que l'on prononçait ici *Bichofème*, en faisant traîner le *è* aussi longtemps que l'on trouvait le trajet à pied ennuyeux. Alors que le feu passait à l'orange, elle traversa l'intersection de l'avenue des Diables-Bleus et du boulevard de la Grande-Corniche.

Enfin, elle pénétra sur le boulevard Saint-Roch qui rechignait un peu au début à montrer ce dont il était capable, mais qui, dès la rue Massé, ouvrait sur un quartier fourmillant de commerces animés aussi bien sur le boulevard lui-même que dans les rues adjacentes. L'église, plus loin sur la place, l'école et le collège publics complétaient cette vie de village dans Nice. Ici, à Saint-Roch, au pied de la corniche, elle était chez elle. Plus rien ne pouvait lui arriver, en dehors des foudres de Mme Ginetta, terriblement agacée par ses retards dès que les beaux jours arrivaient. Alice aimait aller se baigner avec Clairette à la Tour Rouge pendant la pause et s'y régaler d'un *pan-bagnat* dégoulinant de vinaigrette. Sur le boulevard, elle prit sa vitesse de croisière et posa les deux pieds sur le repose-pieds du Solex en même temps qu'elle allongea ses bras vers le guidon. Sa petite robe vichy rouge et blanc, fermée par une ceinture et sagement boutonnée au col, qui d'ordinaire laissait à peine voir ses genoux, remontait légèrement plus haut. Elle se sentait libre de se promener comme cela. Sur son Solex, elle ne faisait que passer. Elle arriva à hauteur de l'avenue Giacobi qui, comme toutes les rues du quartier, était coupée en deux par le boulevard. Elle tendit le bras vers la gauche pour tourner au coin de l'avenue Giacobi. Clairette prenait, quant à elle, l'avenue par la droite pour rejoindre son immeuble. Elles se firent un grand signe de la main pour se dire au revoir. Elles se reverraient sans doute ce soir chez Figasso. Le changement de direction était périlleux car, en même temps qu'elles tournaient, il fallait saluer amicalement Daniel, le petit apprenti de chez Sévérino, le vendeur de vélos du coin de la rue, ainsi que les mécaniciens de la station-service d'en face, noirs de cambouis de la tête aux pieds, qui les auraient trouvées bêcheuses si elles n'avaient pas répondu à leurs bonjours.

Elle passa devant l'épicerie de Mme Hugo qui disposait avec énergie ses cageots de fruits plus gros qu'elle sur les étals. Cette dernière lui fit un signe bienveillant pour l'aider à supporter les immanquables remontrances de Mme Ginetta. Devant la droguerie, Alice coupa le moteur, comme si une arrivée silencieuse rendrait son retard moins important. Elle tourna au coin de la rue, dans la traverse entre l'avenue Giacobi et la rue Jean-André, et se dépêcha de rentrer le Solex dans le petit hall de l'immeuble. De là, une porte donnait accès à l'arrière-boutique de la droguerie où elle enfila sa blouse rose à la hâte, finissant de la boutonner en entrant dans le magasin. Mme Ginetta se tenait, raide, avec sa permanente laquée, postée derrière son comptoir et, voyant Alice arriver avec ses cheveux ébouriffés et collés par le sel, laissa libre cours à ses critiques :

— Alice, tu as l'air d'une *fouala*[1] avec tes cheveux ! Va te donner un coup de peigne. Si ta mère savait que tu vas à la plage pendant qu'elle trime à Niceco[2] toute la journée. Remercie-moi de ne pas vendre la mèche. Je t'ai déjà dit ce qui arrive aux filles qui traînent avec les garçons. Et en maillot de bain, en plus ! On ne faisait pas ça de mon temps ! Tu n'as que dix-huit ans, ma petite Alice, tu trouves que c'est un âge pour devenir mère ?

— Je vous ai déjà dit, madame Ginetta qu'on ne va pas à la Tour Rouge pour rencontrer des garçons, répondit Alice qui avait sorti son peigne de sa poche pour se recoiffer devant un petit miroir à bord métallique exposé à la vente. Nous allons à la plage pour nager, pour bronzer et pour discuter entre filles.

— Je sais comment ça se passe, vous n'y allez pas pour rencontrer des garçons mais vous les rencontrez quand même ! Car, eux, ils sont là pour ça !

— Madame Ginetta ! dit Alice en forçant sur un nœud de sa tignasse emmêlée. Je ne suis pas une oie blanche et Clairette non plus ! Je sais dire non aux avances ! On s'amuse, voilà tout !

— C'est ce qu'elles disent toutes ! Et puis après, elles viennent pleurnicher parce qu'elles se retrouvent filles mères !

— Madame Ginetta, dit Alice en soufflant, vous exagérez toujours !

— Moi, tout ce que je sais, c'est que je te veux à l'heure, à l'ouverture du magasin ! Et puis je t'ai dit cent fois de ne pas te

1. *Fouala : folle (expression niçoise).*

2. *Niceco : magasin populaire alimentaire et polyvalent situé place Garibaldi dans les années 60.*

peigner dans la boutique, tu mets des cheveux partout. Va donc derrière, j'ai installé un miroir exprès pour ça !

Alice disparut dans la resserre. Elle finit de discipliner ses cheveux que le soleil avait blondis par endroits et cela donnait du relief à ses boucles châtain clair. Elle refit adroitement et rapidement sa demi-queue qu'elle attacha avec un élastique et crêpa légèrement le dessus de sa coiffure. Elle en profita, à l'abri du regard de sa patronne, pour maquiller un peu ses yeux avec un trait de crayon noir sur ses paupières et colorer ses lèvres d'un rouge à lèvres orangé. Elle ressemblait ainsi à une jolie poupée avec ses yeux verts en amande que le maquillage étirait encore davantage. Son teint s'était déjà cuivré au soleil du printemps et ses taches de rousseur ressortaient encore davantage. Ses pommettes hautes dorées lui donnaient une mine respirant la santé. Oui, on aurait dit une poupée comme celle qu'elle avait offerte à sa petite sœur, Mireille, lorsqu'elle s'était fait opérer de l'appendicite à la clinique Sainte-Geneviève. Mireille avait dit, émerveillée : « Oh ! Elle est belle ! On dirait toi ! » C'était gentil, mais Alice aurait préféré avoir les cheveux lisses et aucune tache de son sur le visage, comme son amie Clairette qui était une vraie brune.

Enfin, Alice réapparut, son corps menu flottant dans sa blouse rose un peu trop grande, ouvrant les bras pour montrer qu'elle était entièrement disponible et que Mme Ginetta pouvait faire d'elle ce qu'elle voulait. Sans quitter son ton revêche, Mme Ginetta lui demanda de faire la poussière dans le rayon des produits ménagers, en faisant attention de ne rien casser, avant d'aller lui acheter sa viande chez Bovis, la boucherie toute proche qui arborait une belle tête de bœuf accrochée à sa façade.

Alice s'employa à passer son chiffon sur les étagères. « Pas de plumeau qui ne fait que déplacer la poussière et tu vas me secouer ce chiffon dehors régulièrement ! » Différentes marques d'encaustique y étaient exposées : La Triomphante, Bautin, Sympacire. Mme Ginetta avait sa méthode pour faire croire que ses étagères étaient pleines. Elle disposait les produits de face, à touche-touche, et n'en mettait pas en profondeur. « Le secret du commerce est de ne pas avoir de stock, mais de faire croire qu'on en a », disait-elle. Alice devait s'assurer qu'il n'y avait jamais de trou pour faire croire à l'abondance et si une cliente ne trouvait pas son produit, Mme Ginetta avait la réponse. « Désolée, madame Turlure, l'Argentil, on ne l'a pas encore déballé des cartons. On m'a livrée juste ce matin ! Vous pouvez repasser cet après-midi ? » Les clientes ne voyaient là aucun inconvénient. Elles sortaient de chez elles plusieurs fois par jour pour faire leurs courses ; soit elles ne possédaient pas encore de frigo, soit elles avaient besoin de changer d'air, ce qui leur permettait en même temps d'aller à la pêche aux informations du quartier. En face du magasin avait poussé « Les Jonquilles », un bel immeuble, avec tout le confort moderne d'où sortaient toute la journée des ménagères à qui il manquait toujours quelque chose. Mme Ginetta envoyait donc fissa Alice en Solex se procurer le produit manquant chez un collègue à l'autre bout de Nice. Elle ne faisait pas de bénéfice, l'important était de satisfaire la cliente et surtout de ne pas la perdre. De même, en toute chose, cire, cirage, vernis, colle, savon de Marseille, Mme Ginetta avait le produit rare parce que complètement naturel, ou bien au contraire à la pointe de la chimie, qui faisait que l'on traversait Nice pour se le procurer ou bien lui téléphonait-on pour se le faire livrer. Et Alice sillonnait les rues avec son Solex, ce qu'elle adorait, pour effectuer la livraison à domicile. Les étagères du magasin étaient donc remplies de boîtes, de bidons, de bouteilles, du sol au plafond, et il n'était pas question qu'il y ait la moindre poussière, car on aurait pu croire que les produits ne se vendaient pas et que le commerce de Mme Ginetta ne marchait pas bien. Tout devait être présenté de façon à attirer l'œil ; même les tapettes à souris devaient faire comme un petit château de cartes avec leurs planchettes en bois clair et leurs mécanismes dorés brillant comme des bijoux. Alice, qui savait rester à sa place, cédait à tous les caprices de sa patronne, celui de l'envoyer promener dans les rues de Nice étant son préféré. Dans cette partie-là du magasin, il y avait également les lessives pour le linge, pour les sols et cela sentait fort l'ammoniaque, la Javel et la soude, mais Alice s'enivrait tous les jours de cette odeur de propre qui ne laissait pas la place aux idées maussades.

Lorsqu'elle était enfant, Alice passait toujours devant la droguerie de Mme Ginetta en se rendant à l'école. Les façades de la boutique, ainsi que les boiseries étaient peintes en jaune clair, ce qui donnait à l'ensemble un air moderne et pimpant. C'était un magasin en forme de L. Une partie, celle du fond, était consacrée à la droguerie, mais celle de devant, dont la vitrine donnait sur l'avenue Giacobi, exposait des objets de décoration, de la vaisselle et des produits de toilette. Alice avait toujours été fascinée par cette vitrine qui scintillait de mille feux. Elle s'arrêtait tous les jours pour la contempler et voir si Mme Ginetta avait mis des nouveautés. Il fallait voir comme cela clinquait à Noël quand la lumière partait en ricochets dans tous les sens, sur les assiettes, les verres, les boules de décoration et l'ambre des eaux de Cologne. Mme Ginetta avait du goût pour faire sa vitrine, chaque objet rivalisant d'originalité avec son voisin. Cette petite locomotive en porcelaine fauve sur les flancs de laquelle étaient accrochés des petits verres à liqueur l'avait un jour séduite au point d'économiser sou à sou afin de l'offrir à sa mère. Elle passait tous les jours devant et s'assurait que l'objet était toujours dans la vitrine. Elle tremblait qu'il ne soit vendu avant qu'elle ne puisse l'acquérir. Un jour, en rentrant de l'école, elle s'arrêta devant la porte du magasin, hésita un instant, puis entra dans la boutique. Elle n'avait que dix ans.

— Bonjour, madame, je voudrais acheter la petite locomotive en porcelaine dans la vitrine, mais il me manque encore deux francs. Je voulais vous demander de me la garder jusqu'à ce que je les trouve. Je monte les courses à Mme Vernet, ma voisine, et je vais faire les commissions à Mme Martin, l'épicière de l'autre côté du boulevard, elles me donnent toujours un petit quelque chose. Je devrais bientôt les avoir. Cette locomotive est tellement jolie et elle ferait tellement plaisir à maman !

— Tu as donc déjà 10 francs, *pitchouna* ?

— Oui, ils sont dans ma tirelire, à la maison.

— Eh bien, emporte la locomotive, je te la laisse à ce prix-là, elle est à toi ! Tu me porteras les sous demain. C'est pour un cadeau, tu dis ? Alors je te l'enveloppe avec un joli papier. C'est ce que l'on fait pour un cadeau.

Alice était clouée sur place. Ses lèvres tremblaient, elle n'en espérait pas tant. Elle sentait même une petite larme lui venir au coin des yeux. Cette droguiste était vraiment très gentille !

— Si vous avez une course à faire, proposa Alice, vous pouvez me le demander. Je suis une très bonne commissionnaire. Je suis la reine des courses ! Et je sais bien compter l'argent, je ne me fais pas rouler. Je vous rapporterai bien votre monnaie.

— Ça ne tombe pas dans l'oreille d'une sourde, *sagetta*[1], je n'y manquerai pas.

Alice sortit du magasin, l'objet caché dans son cartable, encore plus lourd, qu'elle tenait précautionneusement avec ses deux mains. Mme Ginetta la regarda partir sur le pas de sa boutique, heureuse de s'être enfin débarrassée de cette affreuse locomotive qui encombrait sa vitrine et dont personne n'avait voulu jusque-là. Et puis, à un bon prix, ma foi, tout en ayant fait une bonne action, cette petite avait l'air si contente !

1. *Sagetta : petite fille sage (nissard).*

II

Mme Ginetta laissait toujours Alice sortir une demi-heure avant la fermeture pour lui permettre d'aller chercher sa petite sœur Mireille à la garderie de l'école Saint-Roch. Joël, son frère, était quant à lui au collège. Il se débrouillait tout seul pour rentrer et, était-ce parce qu'il était plus jeune ou bien parce que c'était un garçon, il était déchargé de la mission d'aller récupérer Mireille. Alice remontait alors la rue Sorgentino en direction de l'église, faisait un petit crochet souvent devant chez Ignace, le chausseur, qui avait toujours une merveilleuse vitrine avec les dernières nouveautés. Elle imaginait chaussure à son pied. Elle qui ne portait jamais que des ballerines se promettait l'hiver prochain de s'offrir une paire de chaussures à gros talon, ornées d'une grosse boucle, comme les tendances de la mode hiver 1967-1968 en donnaient un avant-goût dans les magazines, à moins qu'elle ait assez d'argent pour se payer une paire de bottes, en skaï. Puis elle poursuivait sa route jusqu'à l'école. Cette même école où elle était allée enfant. L'école, comme le quartier, s'appelait Saint-Roch et se situait derrière l'église, mais n'était pas confessionnelle pour deux sous, tout le monde le savait ici. Il y avait une autre école dans le quartier, où Alice était bien contente de n'être jamais allée. C'était une école mystérieuse qu'on apercevait à peine au fond d'une allée étroite et sombre, avec juste un panneau sur le portillon : *École libre Marie-Joseph*. Elle ne savait pas trop pourquoi il était écrit « libre » et, lorsqu'elle avait demandé, sa mère, attachée au service public, lui avait répondu avec véhémence : « Il n'y a qu'une seule école libre, c'est l'école laïque ! »

Son école à elle avait été un espace de liberté et un refuge, une belle et grande école à deux étages, occupant tout un pâté de maisons avec ses murs peints en rouge foncé et ses trois cours. Une spacieuse pour les maternelles que l'on pouvait voir de la rue ainsi que ses immenses baies vitrées, puis une autre, séparée en deux, au milieu des bâtiments. Un côté pour les filles et un autre pour les garçons avec deux entrées différentes. Subrepticement, pendant les récréations, les filles et les garçons s'approchaient de la barrière. Ils échangeaient des plaisanteries, des moqueries parfois, et quelquefois un mot doux, jusqu'à ce que les instituteurs ne les interpellent afin qu'ils reviennent au plus vite dans un espace autorisé par la morale. Les maîtresses formaient un carré, arpentant la cour en rangs serrés, deux marchant en avant, deux en arrière afin de pouvoir discuter et faire en sorte qu'aucun recoin n'échappe à leur surveillance. Alors les filles remontaient à nouveau la cour jusqu'à la séparation, jusqu'aux garçons, l'air de rien, en jouant ou en parlant. Lorsqu'on avait un frère de l'autre côté, cela facilitait les choses, car, sous prétexte d'aller transmettre un message de la famille, on pouvait approcher la démarcation fatidique sans être inquiétée. Mais tout de même, c'est entre filles qu'on était le mieux, à papoter et à jouer aux farandoles sur l'air de *Passez pompons les carillons*.

Il y avait tant d'institutrices là-dedans, que de la maternelle au CM2, Alice en avait eu une différente chaque année. Deux d'entre elles portaient le même nom et, pour les différencier, on avait accolé leur nom de jeune fille. Il y avait comme cela quelques grandes figures publiques, telle Marie-Claude Vaillant-Couturier. C'était très classe ! Mme Lions-Paquet était aussi sévère que Mme Lions-Tardieu était indulgente. Mais l'une comme l'autre avaient hissé Alice à un désir de connaissance et d'exigence que son milieu d'origine n'avait pas laissé prévoir. Ce fut l'apothéose avec Mme Fissolo qui faisait passer ses élèves du désir de connaissance à une soif de savoir et de comprendre jamais assouvie, puis de l'émerveillement à l'exaltation. Alice en garda un goût immodéré pour la lecture, l'histoire, ainsi qu'un sens aigu de la critique. Son rêve aurait été de poursuivre des études littéraires au lycée Masséna. Pourtant, après la classe de troisième, pour aider sa mère qui peinait à joindre les deux bouts, elle entra comme commise chez Mme Ginetta de qui elle était devenue la commissionnaire depuis l'affaire de la petite locomotive à liqueur. Cela avait été un crève-cœur d'abandonner l'école, mais elle se consola comme elle put car cette entrée dans le monde du travail lui donnait une formidable indépendance, pensait-elle.

À l'école Saint-Roch, lorsque c'était l'heure du déjeuner, on regagnait la cantine, située dans le bâtiment des maternelles, par une petite allée de mandariniers qui embaumaient encore quand l'hiver venait, de la floraison jusqu'aux fruits que l'on chipait en passant. Par ce passage obligé de midi entre l'école primaire et la maternelle, de grands on redevenait petits et inversement lorsqu'on retournait en classe. La cantinière en chef, que tout le monde appelait tata Bartoli, accueillait les enfants, les chouchoutait. C'était bien la tata de tout le monde. Elle les avait déjà cajolés en maternelle et continuait à prendre soin d'eux avec bienveillance et fermeté lorsqu'ils passaient au primaire. Pour beaucoup, dont la vie n'était pas si facile, elle compensait le manque d'attention et d'affection. Elle pouvait aussi bien vous donner une petite taloche si vous vous comportiez mal que vous prendre dans ses bras ou sur ses genoux quand l'envie lui prenait ou si elle vous sentait malheureux. Alice était passée quelquefois par ces bras-là lorsque, certains jours, elle avait le cœur lourd. Lorsque sa mère rentrait très tard et repartait très tôt parce que c'était l'inventaire à Niceco, sans même lui parler, et qu'elle avait dîné seule d'un café au lait avec des tartines beurrées, écoutant la radio pour se sentir moins seule. Lorsque des messes basses étranges avec des messieurs qu'elle ne revoyait jamais emplissaient la nuit de l'appartement. Lorsque Joël, puis Mireille étaient venus l'un après l'autre lui voler le peu d'attention qu'elle avait réussi à capter de sa mère. Difficile de partager celle qui avait été tout à elle lorsque son père avait disparu. Il s'était tué, alors qu'elle était toute petite, dans un accident de voiture sur la

Grande Corniche, en rentrant d'un entraînement à l'AS Monaco où il était un joueur de football prometteur. Tata Bartoli avait eu bien du travail avec Alice. En retour, cette dernière avait une infinie reconnaissance pour cette femme simple qui sans jamais poser de questions s'employait à consoler.

À Noël, la cantinière décorait le réfectoire pour un goûter réunissant tout le monde autour d'un chocolat chaud et des brioches au sucre. Les grands reprenaient dans l'après-midi froid de décembre l'allée des mandariniers endormie pour regagner la salle de cantine éclairée. Il suffisait parfois à Alice de se rappeler l'odeur puissante du chocolat et la saveur douce des grains de sucre roulant sur la langue, d'imaginer le fondant du bout de la brioche se déliter dans le breuvage épais et chaud, pour qu'elle se sente heureuse et rassurée.

Aussi, c'était toujours un plaisir d'aller chercher Mireille ; cela lui donnait l'occasion de pénétrer dans cette école qui lui avait tant donné et d'apercevoir quelquefois tata Bartoli. Celle-ci n'allait pas tarder à prendre sa retraite, mais reconnaissait encore tous ses anciens élèves, les appelait par leur prénom et les accueillait avec chaleur.

III

Ce soir-là, elles rentrèrent comme d'habitude bras dessus, bras dessous. Devant elles marchaient Hermione et Tancrède, deux enfants blonds au teint très pâle et aux yeux délavés qui habitaient une masure dans la rue Massé. On ne voyait jamais les parents, c'était comme s'ils habitaient seuls. Ils profitaient du départ de Mireille pour partir eux aussi, comme s'ils se mettaient sous la surveillance tacite d'Alice qui leur faisait traverser le boulevard, où le trafic de voitures et de bus était intense à cette heure-là de la journée. Puis elle s'assurait qu'ils tournent bien et sans encombre au coin de la rue Massé. Nul n'était jamais entré dans leur maison. On leur donnait des habits parfois. Certains soirs, Alice s'arrêtait rue Jean-André, chez Tosello, acheter quatre parts de pissaladière dont toute la famille raffolait. Hermione et Tancrède attendaient devant la porte du magasin. Alice prenait une demi-baguette pour eux. Mme Tosello ajoutait une viennoiserie ou deux qui restaient du matin. Ils ne remerciaient pas, mais leur visage grave et leurs yeux tout à coup brillants en disaient assez long. On ne savait pas d'où leur venait leur prénom. On trouvait parfois dans le pays niçois des Hermione et des Tancrède, mais les deux en même temps marquaient un goût prononcé pour les choses antiques. Dans le quartier, certains appelaient Tancrède « *lou ravi*[1] », parce qu'on

1. *Lou ravi : quelqu'un d'un peu simplet en même temps bienheureux (expression niçoise).*

le voyait quelquefois courir sur les trottoirs les bras en l'air en faisant l'avion, mais Alice trouvait une dimension poétique à voir ce petit garçon faire semblant de voler et en être si heureux.

Enfin, de l'autre côté du boulevard qui pouvait paraître à certaines heures de la journée comme un fleuve infranchissable, il y avait l'autre partie de l'avenue Giacobi où elles habitaient. Et là, c'était comme un marché permanent, encore plus animé à cette heure du soir où les gens faisaient leurs dernières courses. La grande bijouterie Giordano qui faisait l'angle donnait ses lettres de noblesse à la rue, puis, en pénétrant plus avant, on trouvait l'épicerie de l'adorable Mme Martin qui faisait aussi le catéchisme à ses heures perdues, le salon de coiffure d'Audrey et de sa mère, les volaillers gersois, M. et Mme Ricou, l'atelier de polos en maille de la famille Soler, puis, si l'on remontait la rue jusqu'en haut, on pouvait faire réparer son vélo d'un côté, en face sa voiture. Plus loin, une charcuterie montrait sa vitrine regorgeant de saucisses, de pâtés en croûte et de museaux luisants, juste avant la boucherie de M. Michel qui abattait son hachoir avec un si grand sérieux et une si grande hargne que sa mère à la caisse s'employait toujours à arrondir les angles auprès de la clientèle. C'était là le bout de l'avenue Giacobi. En face de la boucherie, à l'autre intersection de l'avenue avec le boulevard Pape-Jean-XXIII, les vieux se retrouvaient chez Figasso, pour jouer aux cartes et boire un canon. Les jeunes envahissaient la terrasse coupée de la rue par une treille et y jouaient au baby-foot en sirotant des diabolos menthe à l'ombre du figuier dans lequel s'allumaient des lampions le soir venu.

Et si on voulait du pain, il suffisait de tourner au coin de la rue et de rejoindre la rue Massé par le haut pour trouver son bonheur. Devant la vitrine de la boulangerie Damiano, il y avait toujours une kyrielle d'enfants collés à la vitre louchant sur la profusion de bonbons exposés et rangés artistiquement dans de petits compartiments comme une mercière range ses boutons. Entre les roudoudous, les malabars, les colliers de pastilles, les soucoupes sucrées au goût d'hostie, cette vitrine colorée faisait tourner la tête. Sans compter que de nouveaux bonbons arrivaient sur le marché, encore plus colorés, encore plus chimiques. La boulangerie Damiano avait su compenser sa relative distance de l'avenue Giacobi par cette puissante attractivité. Car les enfants voulaient tous acheter le pain là, même si certaines familles préféraient celui de chez Tosello, sachant que les centimes restants leur permettraient d'assouvir le seul vice qu'ils se sentaient le courage d'avouer à confesse et qui valait bien dix Notre-Père. Le boulanger Damiano était aussi très couru car il louait volontiers son four à pain aux habitants du quartier qui n'avaient pas de four domestique. Ils étaient de moins en moins nombreux, mais il en restait encore quelques-uns. Autant dire que le four du boulanger était toujours chaud, car aucune famille niçoise ne pouvait décemment manger sans faire régulièrement les farcis ou la tourte de blettes[1]. Alice en savait quelque chose, elle qui portait autrefois les plats de Mme Vernet, trop grands et trop lourds pour elle, qu'elle tenait haut et loin devant elle en craignant de renverser les farcis sur le trottoir. Aujourd'hui, c'était au tour de Mireille qui trouvait l'exercice tout aussi périlleux. Mais Mme Vernet était si gentille et si généreuse quand elle vous régalait de ses pâtisseries et de ses *panisses*[2] qu'on ne pouvait rien lui refuser. Ce grand marché à ciel ouvert de l'avenue Giacobi était donc coincé entre le boulevard Saint-Roch et le boulevard Pape-Jean-XXIII. De boulevard, ce dernier n'en avait que le nom parce qu'il était très long, mais il s'agissait en fait d'une petite artère longeant le bas de la corniche et desservant une multitude de maisons avec leurs jardins plantés de figuiers, d'eucalyptus et d'orangers et où se cachaient des tortues familières. Un havre de tranquillité à ce niveau du quartier. Le vrai boulevard, c'était l'autre, le boulevard Saint-Roch, celui qui charriait des voitures et des bus.

Alice et sa famille habitaient au numéro 17 de l'avenue Giacobi. Là aussi, on avait le sens de la démesure. Ce n'était pas une avenue

1. *Tourte de blettes : tourte fourrée aux blettes et aux pignons, parfois aux raisins secs, et recouverte de sucre glace.*
2. *Panisse : pâte à base de farine de pois chiche souvent taillée en grosses frites et dorée à l'huile, servie salée ou sucrée.*

très large. La dénomination de « rue » aurait sans doute suffi. Au bas de l'immeuble, à gauche de la porte d'entrée, le volailler accrochait en vitrine ses poulets et ses lapins, et l'on apercevait par-derrière, disposés comme des tours sur le marbre de son comptoir, les plateaux d'œufs, encastrés les uns dans les autres. Son camion, un Citroën type H au museau carré et aux flancs en tôle ondulée était toujours garé en bas de l'immeuble, sauf le vendredi où M. Ricou partait faire sa tournée jusqu'à Menton. Les enseignes les plus prestigieuses comme les plus ordinaires réclamaient ses œufs et ses volailles du Sud-Ouest. C'était ce qu'il y avait de mieux, à croire que les volailles et les œufs de Nice n'avaient aucun intérêt. Sur le camion, on pouvait lire : *Aux œufs frais du Gers.* Lui et sa famille venaient de là. En fait, Ricou n'était pas son nom, mais comme sa femme l'appelait toujours tendrement « Ricou » devant les clients, alors qu'il se prénommait Henri, tout le monde avait fini par appeler toute la famille ainsi. Le volailler et sa femme avaient deux petites filles qui jouaient souvent devant le magasin et invitaient les autres enfants à jouer dans le camion qui servait alors de maison ou de tanière. Mireille était très amie avec la plus jeune des filles et, depuis sa plus tendre enfance, était souvent de la partie. Comme les autres enfants du quartier, les petites Ricou jouaient beaucoup dans la rue et les volaillers en profitaient pour les envoyer discrètement, à vélo, en patins à roulettes, jusqu'en haut de l'avenue Giacobi, pour relever les prix que les charcutiers affichaient sur leurs produits, volailles et œufs. Il aurait été risqué de vendre la marchandise plus cher.

À gauche de l'entrée, M. Soler, qui était quant à lui espagnol et sa femme bretonne, dirigeait de main de maître l'atelier de tissage. Si vous ajoutiez tous les Italiens de l'immeuble, autant dire que l'endroit était cosmopolite. Dans la cour, à l'arrière de l'immeuble, où des fils à linge étaient tendus à l'usage de tous les locataires, il y avait un tout petit logement où habitaient M. et Mme Bottini. Ils étaient venus de Perugia sur le tard, afin de trouver du travail à Nice. Ils avaient laissé en Italie leurs enfants et leurs petits-enfants pour lesquels ils ne voulaient pas être une charge. Ils vivaient de petits travaux précaires. Lucia repassait, gardait les enfants, cuisinait et confectionnait comme personne les *croustines*[1] au foie de volaille. Pour lui, c'était moins évident. On le voyait déambuler dans le quartier, une cigarette toujours aux lèvres, aussi maigre et sec que sa femme était corpulente. Tous les enfants étaient les bienvenus chez eux. Lucia était la bonté et la chaleur maternelle faites femme. Son sourire, ses yeux malicieux et sa tournure généreuse vous laissaient toujours croire que vous étiez son préféré. Elle accueillait les enfants en leur ouvrant les bras et en leur faisant toujours la même tendre injonction. « *Fa' un baccio à la nonna*[2] *!* » Tous les enfants étaient ses petits-enfants, excepté lorsqu'elle recevait Ana-Rita, sa véritable petite-fille. Alors plus rien d'autre qu'elle n'existait. On se rapprochait autant que possible d'Ana-Rita pour continuer à profiter un peu des bonnes grâces de sa grand-mère.

Dans les étages vivaient plusieurs familles. Les Vernet, grands-parents au troisième, leur fils, belle-fille et petit-fils à l'étage en dessous. Les marchands de primeurs logeaient au dernier avec leur fille et leur fils et tenaient leur magasin un peu plus haut sur le boulevard. Il y a quelques années de cela, la maman avait été une des plus belles miss de la Côte d'Azur et, malgré la rudesse du travail, cette beauté se voyait encore. Le réparateur de cycles, M. Graziani, occupait un autre des logements.

Dans l'immeuble, tout le monde se connaissait, s'entraidait. C'est ce qui plaisait bien à Alice. Ceux qui passaient sans rien dire étaient suspects. En réalité, il n'y en avait qu'un, dont on disait qu'il était boulanger parce qu'il semblait toujours rentrer couvert de farine. Celui-là ne saluait personne. Seuls ses yeux bleus luisaient dans son visage blafard, avec une sorte de défiance. Les enfants en avaient peur. Un jour, malgré ses appels répétés à la fenêtre, Alice ne réussit pas à faire remonter Mireille et Joël pour manger. Elle descendit dans la cour, pensant que les enfants étaient chez

1. *Croustines : sorte de petits pains perdus salés tartinés d'un pâté de foie de volaille relevé aux câpres.*
2. *Traduction : « Fais une bise à la grand-mère. »*

Mme Bottini en train de se faire dorloter. Elle eut la vision de huit postérieurs en rang serré devant un des soupiraux de la cour. Les deux Jean-Michel, Soler et Vernet, les petites Ricou, les enfants des marchands de primeurs ainsi que Mireille et Joël.

— Mais qu'est-ce que vous faites là ? s'exclama-t-elle.

Les enfants, surpris, firent un bond en arrière en criant et se retrouvèrent assis sur leur séant. Jean-Michel Soler qui était l'aîné, et jamais le dernier pour entraîner les autres dans des explorations douteuses mais très amusantes, prit la parole :

— Alice, on est sûrs que le boulanger fariné du premier met de la mort-aux-rats dans son pain. Tous les soirs, il va dans sa cave. De chez nous, on l'entend trafiquer. Et regarde, il y a un paquet de mort-aux-rats à côté d'un saladier ! Un saladier ! Tu vois, c'est louche ! Peut-être qu'on devrait prévenir la police.

— Ce n'est pas parce qu'il ne dit jamais bonjour et qu'il ne s'intéresse pas aux enfants que c'est un assassin. Allez, allez ! Dégagez de devant ce soupirail. S'il sait que vous l'espionnez, il ne fera de vous qu'une bouchée !

Tous les enfants s'envolèrent et rentrèrent chez eux sans demander leur reste. Mais quoi qu'il en soit, il ne faisait pas bon être trop timide dans cet immeuble, cela pouvait paraître louche.

Alice et sa famille habitaient au quatrième, sous les toits. Il y faisait très chaud l'été et un peu froid l'hiver. Sa mère dormait dans le séjour sur un petit lit entouré d'un cosy qui servait de canapé dans la journée. Alice, Mireille et Joël se partageaient une petite chambre. Pendant la journée, les matelas étaient empilés afin de laisser un peu de place pour circuler. On les disposait le soir pour dormir. Il y avait des W-C, mais pas de salle de bains. On faisait sa toilette dans une bassine, dans la cuisine, en tenant les persiennes closes pour éviter le vis-à-vis avec l'immeuble d'en face.

Mais, petit à petit, les familles de l'immeuble partaient. Les Ricou et les Soler qui habitaient jusque-là l'arrière-boutique de leur magasin et de leur atelier avaient récemment déménagé pour louer un appartement dans le bel immeuble des Jonquilles, de l'autre côté du boulevard. On y disposait de tout le confort moderne, d'une salle de bains avec une douche, de deux balcons et d'un parking. Sans compter qu'il y avait une chambre pour les parents et une autre pour les enfants. Ils venaient passer la journée au 17 pour leur travail et traversaient le boulevard pour rentrer chez eux le soir. Les primeurs, quant à eux, attendaient pour partir que soit livré un immeuble encore plus moderne, vers Riquier, autant dire au bout du monde. Alice se désolait de cette désertification, mais enviait ceux qui pouvaient prétendre à davantage de confort et d'intimité, car ce n'était pas chose facile que de dormir avec une enfant de dix ans et un garçon de treize.

Ce soir-là, comme tous les soirs, Alice fit dîner les plus jeunes. Par les fenêtres ouvertes, vers 20 heures, on entendit claquer sur le trottoir les talons aiguilles de la belle Colette Zampano, leur mère. C'était une musique toujours identique et reconnaissable, le fer du talon faisait un bruit sec et sonore entrecoupé régulièrement de raclements plus longs sur le sol. Le volailler baissait son volet roulant et lui dit bonsoir avec toute la bonne humeur qui le caractérisait. Elle passa, fière, avec son chignon toujours impeccable et sa jupe droite. Son visage encore jeune était maquillé de façon appuyée. Elle venait de descendre du bus numéro 5. Le ticket de transport était encore plié dans le sens de la longueur et glissé sous l'anneau de sa bague comme les femmes avaient l'habitude de le faire. Cela rajoutait un ornement supplémentaire à l'entrelacs d'or et de fausses pierres précieuses que Colette arborait de façon un peu ostentatoire. Elle rentrait de son travail, aussi soignée qu'elle était partie le matin. Celui qui ne la connaissait pas pouvait penser qu'elle travaillait aux Galeries Lafayette, à l'hôtel des impôts, à l'aéroport de Nice. Elle rentrait de Niceco. Joël, qui était très libre avec elle, lui disait qu'elle sentait un peu le fromage. Mais ce n'était pas vrai, elle sentait un mélange entêtant de Fleur de rocaille de Caron et de laque Elnett. Alice trouvait que sa mère était trop jeune pour s'habiller comme ça, avec ses jupes droites et ses chemisiers stricts. Elle était comme une image, belle mais figée, des années 50. Elle semblait être restée fidèle à ce que son beau footballeur disparu avait aimé en elle et qui probablement le mettait, lui, en valeur. Comme si elle l'attendait, pour reprendre leur histoire où ils l'avaient laissée. Bien sûr, il y avait eu quelques hommes qui avaient tenté de la séduire. Certains même s'étaient installés là plusieurs mois. Avec l'un d'entre eux, elle y avait cru un peu, au point de tomber enceinte, une fois, puis deux. Elle n'avait jamais voulu se remarier. Et ce n'était pas bien vu. Puis les disputes incessantes, les reproches avaient eu raison de ce couple perdu d'avance. Il était parti sans jamais revenir. Elle n'avait pas de regrets car elle avait eu avec lui les deux autres enfants qu'elle aurait aimé avoir avec son premier mari. Alice, alors, jubila. C'était un bonheur de se retrouver enfin seuls, en famille, tous les quatre ainsi que le portrait de ce jeune footballeur avec son sourire ravageur, un pied posé sur le ballon, éternellement jeune sur le bahut de la salle de séjour. Depuis, Colette se laissait inviter parfois par quelques messieurs fortunés pour un dîner, un dancing, une virée à Monte-Carlo en décapotable. Elle présentait bien et certains hommes aimaient l'avoir à leur bras. Aucun homme ne venait plus à la maison, mais parfois, très rarement, elle ne rentrait pas dormir. Alice ne posait pas de questions, elle s'occupait des enfants, des courses, des repas, des devoirs et ne pensait qu'au bonheur de sa mère.

Comme tous les soirs, Colette s'assit sur le lit cosy du salon. Elle déchaussa lentement ses talons aiguilles et massa ses pieds et ses chevilles. Puis elle enleva une à une les épingles qui retenaient son chignon serré sur le haut de son crâne depuis le matin. Ses cheveux se délièrent en un flot épais et noir et ses traits s'emplirent en même temps de lassitude. Elle frotta son cuir chevelu avec énergie, puis elle s'allongea en chien de fusil et bâilla.

— Tu veux que je te fasse réchauffer les pâtes, maman ? demanda Alice.

— Je mangerai plus tard, laisse-moi me reposer un peu. Mais sors, toi, si tu veux. Je te garde Mireille et je ferai remonter Joël.

Mireille qui avait école le lendemain était déjà couchée et Joël, que l'on n'aurait pas réussi à envoyer dormir à l'âge qu'il avait, était en bas dans la rue à jouer avec les garçons du quartier pour profiter des dernières heures ensoleillées. Alors Alice enfila ses nu-pieds et descendit l'escalier de l'immeuble, légère et insouciante. Elle remonta la rue jusque chez Figasso. Elle salua la grand-mère qui arrosait ses géraniums dans le petit jardin couvert de vignes grimpantes.

— Bonsoir, madame Rossi !

— Eh ! Bella ! Si tu vois, par là, mes petits-fils, dis-leur de rentrer. Sinon ils auront affaire à leur père !

— Oui, madame Rossi, ils doivent être avec Joël.

— S'ils sont avec Joël, ça va. Mais je n'aime pas qu'ils aillent traîner avec n'importe qui.

— Pas de danger, madame Rossi. Vous savez bien qu'ici tout le monde veille sur tout le monde.

Et c'était vrai, tout le monde veillait ou surveillait tout le monde. Il n'était pas rare de voir une ménagère poursuivre avec son balai des enfants en train de faire des bêtises dans un couloir. Pas rare de voir une femme apparaître à sa fenêtre :

— Oh ! C'est pas fini ce boucan ! Vous voulez que je descende !

Et le boucan cessait pour quelques minutes.

Ou bien une voix s'élevait de derrière une persienne à l'italienne :

— Non mais, tu veux que je t'aide à cracher sur le trottoir, garnement ! Tu trouves que c'est pas assez sale ?

Sur le pas de l'épicerie, une cliente s'adressait à une autre :

— *Té !* L'autre jour, avenue de la Victoire, j'ai vu votre fille. C'est qu'elle a grandi cette petite. Eh *vouaï*, je me suis dit en moi-même, c'est vrai qu'elle a l'âge de fréquenter !

Le soir, il y avait quelques explications dans les maisons.

Chez Figasso, Alice retrouvait les jeunes du quartier. On faisait des tours au baby-foot et on buvait des monacos. C'était le début de l'été, la soirée était chaude et on était bien sous le figuier. Pour les garçons, certains travaillaient comme mécanos dans des garages, quelques-uns étaient passés par Don Bosco[1]. D'autres, qui pouvaient espérer poursuivre plus loin leurs études lorsque les parents étaient d'accord, ce qui n'était pas gagné d'avance, étaient lycéens

1. *Fondation Don Bosco : lycée professionnel privé proche du quartier Saint-Roch, de l'autre côté du Paillon.*

aux Eucalyptus[1]. Pour les filles, elles étaient apprenties coiffeuses, vendeuses comme Alice et quelques rares continuaient au lycée. C'était le cas de Clairette, la fille unique de Mme Silviani qu'elle avait élevée seule et qui voulait pour elle ce qu'elle pensait être le meilleur. Ils étaient tous différents, mais ils avaient tous essuyé leur fond de culottes à l'école Saint-Roch et étaient passés par les bras de tata Bartoli. Cela créait entre tous ces jeunes un lien indéfectible, presque fraternel, si bien qu'ils n'envisageaient entre eux pas même la moindre amourette. Cela leur aurait paru déplacé. Aussi pouvaient-ils se dire sans gêne qu'ils se trouvaient beaux et s'amuser tous ensemble autour du baby-foot.

1. *Les Eucalyptus : lycée technique de Nice situé dans le quartier de la Californie.*

IV

LE LENDEMAIN, malgré la désapprobation de Mme Ginetta, Alice enfourcha son Solex vers 13 heures pour regagner la plage de la Tour Rouge. C'était une petite plage derrière le port, une étroite bande de galets en contrebas d'une palissade empierrée et séparée du port par une digue faite d'énormes blocs de rocher. Beaucoup disaient que l'eau y était sale parce que proche des bateaux entrant ou sortant du port, particulièrement les ferries pour la Corse. Mais cette plage était sans chichis, sans touristes et dotée, sur le trottoir en surplomb, d'un vendeur de pans-bagnats qui aurait pu gagner le concours des meilleurs pans-bagnats de Nice. De Saint-Roch, on y allait direct et les balustrades de l'esplanade permettaient d'accrocher facilement l'antivol du Solex.

Alice avait mis son maillot sous ses vêtements le matin et il ne lui restait plus qu'à retirer sa robe pour exhiber son deux-pièces vichy rose et blanc qu'elle adorait. Elle prévoyait toujours un rechange, mais c'étaient de telles acrobaties pour se changer sur la plage, même avec Clairette qui tenait la serviette pour la cacher, qu'elle repartait pratiquement toujours avec le maillot à moitié sec sous sa robe. Elles s'étaient quittées la veille vers 23 heures devant leurs immeubles respectifs, se raccompagnant interminablement du 17 au 15 et du 15 au 17, en parlant à voix basse, ayant toujours quelque chose à ajouter. Et lorsqu'elles se retrouvaient sur la plage, la conversation n'était pas finie. Elles reprenaient là où elles s'étaient interrompues la veille, c'est-à-dire lorsque Mme Silviani avait passé la tête à la fenêtre pour rappeler sa fille :

— Clairette ! Monte !

Alice et Clairette se connaissaient depuis leur toute petite enfance. Elles avaient battu ensemble le pavé de l'avenue Giacobi, à quatre pattes, à pied, à vélo, en patins à roulettes. Elles avaient écumé la cour de l'école Saint-Roch, de la maternelle jusqu'au collège. Les années où elles n'étaient pas dans la même classe étaient vécues comme un drame. Heureusement, il y avait la rue qui les réunissait presque chaque jour. Elles avaient en commun d'avoir été élevées seulement par leur mère, mais Clairette était fille unique et Alice lui servait avantageusement de sœur. Chacune voyait en l'autre son modèle idéal. Alice enviait la peau hâlée, les cheveux noirs et lisses de Clairette, tout comme cette assurance que lui donnaient ses airs de garçon manqué. Clairette trouvait Alice si féminine avec sa douceur, ses yeux verts et ses boucles châtain clair. Il existait entre elles un effet de vases communicants, chacune apportant à l'autre ce qui lui manquait. Si bien qu'Alice pouvait, dans sa réserve, avoir tout à coup des accès d'audace et Clairette, malgré son caractère abrupt, des débordements d'émotions fragiles.

Après le collège, leurs chemins s'étaient un peu séparés, mais elles ne passaient pas une journée sans se voir, pour se raconter les mille choses de la journée. Elles s'emballaient pour les mêmes acteurs, les mêmes chanteurs. Lorsqu'elles étaient adolescentes, presque encore des petites filles, l'immeuble du 17 avenue Giacobi avait résonné des chansons de Claude François sur lesquelles elles dansaient et hurlaient en imitant les fans hystériques. Elles cultivaient ensemble un côté midinette que, seules, elles n'auraient pas osé autant affirmer. Elles lisaient des *Nous deux* en gloussant de rire, mais en cachette parce qu'elles pressentaient que ce n'était pas la littérature qui convenait à des jeunes filles instruites. Plus tard, elles tiendraient une librairie ensemble. Une librairie-papeterie car si Alice aimait les livres, elle aimait aussi toutes ces menues choses qui sentent si bon et qui servent à bien écrire. Elles imaginaient leur mariage futur, qui ne manquerait pas d'arriver, en rêvant sur les photos des mariages princiers, ceux de Brigitte Bardot ou de Catherine Deneuve. Mais un mariage surpassait tous les autres. Un mariage qui avait comblé tous leurs fantasmes et dont elles avaient suivi pas à pas le déroulement. C'était celui, dans le quartier Saint-Roch, du gardien de but Charly Marchetti, le fils du bar-tabac, avec la fille des tripiers, qui était une des plus jolies hôtesses de l'air de France avec sa blondeur suédoise, son élégance et sa grâce qui faisait rêver toutes les filles de son âge. Ce mariage était encore plus captivant que tous les autres parce que c'était celui d'enfants de commerçants de Saint-Roch, auréolés de glamour par l'OGC Nice et par Air France. Cette magie était d'autant plus fascinante qu'elle était à portée de main et que son aura rejaillissait sur le quartier et sur ses habitants. De plus, cette union leur semblait faite pour durer et comblait l'idée qu'elles se faisaient du mariage. S'ajoutait aussi pour Alice qu'il s'agissait d'un footballeur et qu'elle voyait peut-être dans ce mariage une image idyllique de ce qu'aurait pu être celui de ses parents.

En général, pendant ces pauses du déjeuner, Alice et Clairette parlaient de garçons. Aucune des deux n'avait jamais eu de flirt et cela leur paraissait si extraordinaire d'en avoir un qu'elles s'imaginaient et se rejouaient la scène à l'infini. Elles regardaient les jeunes hommes sur la plage et les détaillaient en faisant mine de parler de tout autre chose. Celui-ci était bien trop brun, celui-là bien trop blond, celui-ci trop gringalet et cet autre trop musclé. Eux, qui venaient aussi se réchauffer pendant la pause au soleil de la Tour Rouge, n'étaient pas insensibles à leurs charmes et faisaient semblant de faire tomber leur ballon près d'elles pour les approcher et leur parler. C'était facile, vu l'étroitesse de la plage, d'opérer tous les rapprochements qu'on voulait. Elles mangeaient leur pan-bagnat à pleines dents. Le jus coulait un peu sur les galets et l'on rattrapait avec la bouche les bouts de tomates qui s'échappaient entre les deux ronds de pain. C'était un régal et l'occasion de se faire des petits signes entre voisins de plage pour rire de ces maladresses. Certains poussaient jusqu'à leur demander leur prénom et ce qu'elles faisaient dans la vie. Comme elles apportaient toujours un livre qu'elles lisaient ou faisaient semblant de lire jusqu'à ce que quelque chose de plus amusant les distraie, « Vous êtes étudiantes ? » était une phrase qui revenait souvent. Pour s'amuser, elles mentaient parfois et répondaient oui. C'était en partie vrai pour Clairette. Visiblement, cela laissait certains admiratifs et en faisait fuir d'autres. Elles imaginaient d'autres prénoms – Nathalie, Laurence étaient leurs préférés – et disaient qu'elles faisaient des études de lettres. Lorsqu'elles étaient en forme, elles inventaient qu'elles étaient étudiantes en médecine et s'appliquaient à donner des détails sanglants. Bien sûr, elles mentaient aussi sur leur âge et affirmaient avoir vingt ans. Ces bobards les faisaient beaucoup rire, surtout le soir lorsqu'elles en reparlaient chez Figasso. Mais au fur et à mesure que les beaux jours arrivaient, elles revoyaient les mêmes garçons et il n'était alors plus possible de changer de version.

Cette année-là, elles furent prises à leur propre piège. L'un des garçons, qui était employé comme docker sur le port et venait s'amuser là pendant la pause, eut un véritable béguin pour Alice *alias* Nathalie. Il avait fait le pari avec ses copains que, tout docker qu'il était, il finirait bien par séduire « l'étudiante ». Voyant qu'il devenait insistant et consciente qu'elle n'avait que dix-huit ans, elle lui avoua qu'elle était vendeuse dans une droguerie de Saint-Roch. Aussitôt, le garçon recula et, après que ses amis le charrièrent copieusement sur sa déconvenue, ils firent bloc avec lui et tous lancèrent des regards foudroyants aux deux jeunes filles. Alice avait un peu honte de sa tromperie et se jura désormais d'être honnête.

Aussi, le lendemain, lorsqu'elles arrivèrent sur le trottoir surplombant la Tour Rouge, elles hésitèrent à descendre et demeurèrent longuement appuyées contre la balustrade qui court le long du boulevard Franck-Pilatte. Elles tenaient serré contre elle leur sac de plage passé à leur épaule.

— Tu sais, dit Alice, je crois que je n'ai pas envie de revoir les garçons.

— Tu sais, moi non plus, répondit Clairette.

— Alors qu'est-ce qu'on fait ?

— On peut acheter nos pans-bagnats et aller les manger ailleurs. Tu veux qu'on aille à Rauba-Capeù ? proposa Clairette nonchalamment.

Alice fit une moue.

— Trop de rochers, trop de crâneurs qui vont plonger pour nous épater.

— À Castel-plage, alors ?

— C'est bien snob ! répondit Alice dans un souffle.

— Oh ! Toi, alors, tu fais toujours ta difficile, s'insurgea Clairette.

— Bon, bon, d'accord ! Allons à Castel.

Alice jeta un regard de regret à la Tour Rouge, à cette anse faisant comme une piscine bornée par le trajet des bateaux qui croisaient à l'entrée du port. Pas le temps de se faire mal aux pieds sur les galets tant la plage était étroite, on était immédiatement dans l'eau. Elle s'en voulait de s'être elle-même mise en quarantaine de cette plage. Il faudrait laisser passer un peu de temps, mais elle y reviendrait. Elles enfourchèrent à nouveau leur Solex et contournèrent le port pour rejoindre la promenade des Anglais. Elles laissèrent leurs engins au pied des immeubles du quai des États-Unis et traversèrent prestement le flot des automobiles pour rejoindre l'esplanade plantée de palmiers. C'est vrai qu'ici l'horizon n'était pas barré par les jetées, les bateaux de commerces, les ferries pour la Corse ou les grues du port. Le soleil tombait dru sur la plage et rendait les galets brûlants, la mer était d'un bleu azuréen, à perte de vue, à peine striée de vaguelettes. Derrière elles, la masse imposante du château faisait comme une vigie. Cette partie-là de la plage du Castel était gratuite et il était agréable d'y lézarder à moindres frais. Elles étendirent leurs serviettes et coururent à l'eau. Après s'être baignées et avoir mangé leur pan-bagnat, elles s'étendirent. Clairette sortit son livre, elle devait réviser son anglais et cela la barbait. Alice lisait *Élise ou la vraie vie*, succès de l'année et véritable révolution dans les mœurs, parce qu'il racontait l'histoire d'amour d'une jeune ouvrière et d'un travailleur algérien.

Un groupe de garçons était là aussi, jouant au volley et les lorgnant. Ils étaient bruyants et faisaient exprès d'envoyer le ballon sur les chaises longues de la plage privée pour faire enrager les clients argentés. Alice faisait semblant de lire et avait remarqué un des jeunes qui lui semblait aussi beau qu'il était un peu maigre. Ses cheveux étaient châtains et bouclés, mais, surtout, il les portait un peu longs, ses boucles tombant dans le cou. Aucun des garçons de Saint-Roch n'avait cette coupe, même s'ils avaient tendance à les laisser un peu pousser ainsi que les pattes sur les joues comme Johnny Hallyday. Chaque fois qu'il sautait pour smasher dans le ballon, et sa haute stature longiligne lui permettait de sauter très haut, il avait une allure renversante. Ses boucles virevoltaient autour de sa tête, excepté celles que la sueur gardait collées à ses tempes. Alice voyait bien qu'il lançait des regards vers elle pour s'assurer qu'elle l'avait bien remarqué. Elle faisait mine de demeurer plongée dans sa lecture, mais ce n'était pas chose facile que de lire sur une plage. Elle se tournait, se retournait, à plat ventre, sur le côté, assise. Les galets la blessaient et, c'était dommage, elle loupait le spectacle du match. Elle proposa à Clairette de remonter vers le mur de soutènement de la Promenade pour s'y adosser. Ce fut parfait, un poste d'observation formidable. Clairette s'aperçut du manège.

— Je le connais celui-là, il était à Masséna[1] avant. *Mèfi*[2] *!* Toutes les filles en étaient folles. Il est étudiant à la fac de Carlone maintenant.

— Ah bon ? Mais qu'est-ce qu'il fait là, à Castel ?

— Il faut croire qu'il revient sur les lieux de ses crimes !

— En tout cas, il est très mignon !

Elle n'avait pas dit cela qu'un ballon roula à ses pieds. Le jeune homme s'approcha avec une allure qu'il voulait athlétique, mais sa carrure maigre et osseuse n'était pas à la hauteur de l'impression qu'il voulait donner. Alice trouva cela attendrissant. Elle eut le temps de mieux discerner les traits de son visage allongé et à peine coloré par le soleil. Son nez fin était un peu long. Mais c'était sa chevelure abondante que l'on remarquait d'abord, auréolant son visage d'une

1. *Au lycée Masséna.*
2. *Mèfi : Attention, méfie-toi (expression populaire nissarde).*

grande sensualité. Elle feignit de demeurer impassible et baissa d'un doigt ses lunettes de soleil sur son nez pour le regarder.

— Bonjour ! dit le garçon, le souffle coupé par l'effort.

Elles répondirent « bonjour » en chœur et se trouvèrent sottes.

— Vous lisez *Élise ou la vraie vie* ?

C'était évident.

— C'est bien, poursuivit-il, j'aime bien cet auteur. On peut dire qu'elle bouscule les préjugés, vous ne trouvez pas ? C'est bien de dénoncer le racisme. C'est trop facile de faire venir les Arabes pour travailler et de les rejeter comme on fait en France actuellement. Il paraît qu'ils vont en faire un film.

Alice demeura interdite. Elle ne sut que répondre. Elle se garderait bien d'évoquer la tragique histoire d'amour qui la passionnait dans ce roman.

— Je m'appelle Alexandre, dit-il en tendant la main aux filles.

« Alexandre ? Comment peut-on s'appeler Alexandre en 1967 ? pensa Alice. À moins d'être le fils d'un exilé du quartier russe. Enfin, ça fait "richard" quand même ! » Elle hésita une seconde, tentée de se présenter comme s'appelant Nathalie.

— Alice, répondit-elle en lui serrant la main.

Clairette était clairement exclue de la conversation mais, la reconnaissant peut-être, le jeune homme demanda à Alice si elle était, elle aussi, lycéenne à Masséna. Alice réfléchit une fraction de seconde, jeta un regard à Clairette qui attendait la réponse avec un air interrogateur.

— Oui, je suis en terminale A[1]. Je passe mon bac !

Clairette se tourna vers Alice, consternée et fulminante. Rien ne lui servait donc de leçon !

— Tu veux faire quoi, l'année prochaine ? demanda le garçon.

— Lettres, lettres classiques, latin grec, répondit-elle du tac au tac.

— Courageux ! dit Alexandre, admiratif. Et vous êtes de quel quartier toutes les deux ?

1. *Terminale A : série littéraire jusqu'en 1995.*

Clairette voulut répondre pour rendre à cette conversation un peu de vérité :

— Saint…

— Saint-Philippe[1] ! coupa Alice.

— Ah, d'accord ! fit-il, étonné.

Le reste du groupe s'impatientait.

— Bon, Alex, qu'est-ce que tu trafiques ? On t'attend !

— Vous reviendrez demain ? hasarda le jeune homme.

— Peut-être, dit Alice, si mes révisions me le permettent.

Dès qu'il ne fut plus à portée d'oreilles, Clairette s'emporta contre Alice :

— J'en ai marre de tes histoires ! Je ne suis pas d'accord ! Ça ne me fait plus rire du tout ! Tu peux pas dire que nous sommes de Saint-Roch, tout simplement. Tu as honte, c'est ça ?

Il était l'heure de partir. Alice serait encore en retard à la droguerie. Elles se levèrent à la hâte et quittèrent la plage tout en continuant à s'expliquer :

— Je suis désolée, Clairette, je sais que ce n'est pas bien ! Mais je ne me suis pas senti le courage de lui dire que j'étais une petite vendeuse de Saint-Roch. Il me plaît beaucoup, tu sais.

— Si ce garçon te plaît, alors il devra te prendre vendeuse, et de Saint-Roch par-dessus le marché. Mais c'est trop tard maintenant. Le mal est fait. Quant à moi, je suis sûre qu'il n'est pas fait pour toi. Trop dragueur, pas le même milieu ! En tous les cas, tu me mets dans une drôle de situation, je ne te dis pas quelle réputation il va me faire s'il découvre la vérité !

Alice se mordait les lèvres. On lui avait toujours reproché ses affabulations. Déjà, petite, elle inventait tout un tas d'histoires à dormir debout qui rendaient confuse sa mère à qui on demandait des comptes.

— Comment va votre pied, madame Zampano ?

— Mon pied ? Il va très bien, pourquoi ?

1. *Saint-Philippe : quartier huppé de Nice situé près du Parc impérial.*

— C'est Alice qui nous a dit que vous vous étiez blessée avec la pédale de votre machine à laver.

— J'aimerais bien me coincer le pied dans la pédale de ma machine à laver, cela voudrait dire que j'en ai une !

— Il me semblait bien que les machines à laver ne s'ouvraient pas avec des pédales comme les poubelles !

Et les adultes de rire... Première honte d'Alice.

Ou bien encore :

— Madame Zampano, Alice, elle raconte que vous allez bientôt habiter le nouvel immeuble des Jonquilles et que, dans votre appartement, eh bé ! il y aura un immeuble ! Et qu'Alice pourra entrer dans tous les appartements qu'elle voudra puisque ce sera son immeuble ! C'est vrai ?

— Clairette, je ne sais pas ce que t'a raconté Alice, mais ça me paraît bien compliqué, cette histoire ! Ce qui est vrai, c'est que j'aimerais bien habiter un jour aux Jonquilles, et un seul appartement me suffirait !

— Ah ! Tu vois, même ta mère elle dit que tu inventes !

Alice était toujours cramoisie de honte lorsqu'elle était prise au piège de ses mensonges, mais ne pouvait s'empêcher de continuer à raconter toutes sortes d'histoires insensées. Si bien que lorsqu'elle disait que son père était, dans le temps, footballeur à l'AS Monaco et qu'il était mort dans un accident de voiture sur la Grande Corniche en rentrant de l'entraînement, personne ne voulait la croire. Lorsque sa mère était là pour confirmer, elle buvait du petit-lait et éprouvait une immense satisfaction. Elle arborait alors un large sourire de contentement, totalement discordant avec cette information tragique concernant son père.

Elle essayait de corriger ces tendances affabulatrices. Elles s'étaient amenuisées au fil du temps, mais elles ne passaient pas complètement. Et certaines occasions se prêtaient à user de ce moyen qu'elle avait trouvé pour embellir sa vie.

Du haut de la Promenade, Alice jeta un dernier regard sur la plage pour y apercevoir le garçon. Il paraissait encore plus maigre vu de loin, et son corps était très blanc, contrastant avec celui de ses camarades dont le hâle méditerranéen était déjà accentué par le soleil du printemps. Il l'observait aussi et lui fit un petit signe de la main. Elle trouvait ce garçon émouvant et, surtout, il faisait sourdre en elle un trouble qu'elle n'avait jamais ressenti auparavant. Un trouble presque douloureux.

Elles prirent le chemin du retour à travers les rues qui mènent du port à Saint-Roch. Lorsqu'on avait tourné le quai de Rauba-Capeù, devant le monument aux morts, on tournait le dos au bleu de la mer et le quotidien vous rattrapait. Alice était toujours devant, mais elle entendait au bruit du moteur que Clairette prenait de la distance derrière elle. Lorsqu'elles arrivèrent au carrefour de l'avenue Giacobi, Alice bifurqua à gauche, elle se retourna, Clairette était encore loin et ne leva même pas la main pour lui faire un salut. Elle semblait encore fâchée. Alice ne fit pas l'effort de répondre aux bonjours des mécanos. Mme Ginetta refit la morale à Alice qui ne l'écouta pas. Elle se recoiffa une fois de plus dans la boutique, puis fit ce que sa patronne lui demanda de faire, sans broncher. Elle déballa de nouvelles figurines en cristal coloré qui devaient être exposées dans la vitrine, et la vue des miniatures translucides en forme de cheval, de chat ou de chouette la divertit de ses pensées tourmentées.

V

— NON, MAIS AS-TU VU, Alice, le baraquement en tôle au pied de l'immeuble en construction sur le boulevard, après la station-service ?

— Oui, madame Ginetta, j'ai vu, répondit Alice en déballant d'un carton des boîtes de tampons Jex qu'elle devrait ranger en rayon.

— C'est une honte, n'est-ce pas ?

— Oui, c'est une honte.

— Moi, je n'ose plus passer devant. J'ai peur. Tous ces Arabes, qui dorment là, dehors. Ils sont sales et ils nous regardent avec un air ! Un jour, il y aura un drame.

— Ce qui est une honte, madame Ginetta, c'est qu'on ne les loge pas mieux que cela. On les fait travailler comme des bêtes pour nous construire de beaux immeubles, et on les fait vivre dans la rue.

— Il ne manquerait plus que cela ! Tu voudrais qu'on les loge bien alors que, chez nous, il y en a encore qui n'ont pas l'eau courante ! Mais tu dis n'importe quoi, ma pauvre fille !

— Ce que je sais, c'est que l'autre soir nous sommes passés devant avec Mireille, ça l'a toute retournée et elle m'a posé des questions. Et pourquoi ils vivaient là ? Et est-ce qu'ils avaient une famille ? Je n'ai pas su quoi répondre. Et moi aussi, ils m'ont fait de la peine. Ils avaient allumé un brasero et ils faisaient chauffer quelque chose dans une casserole. L'un d'eux m'a regardée avec un regard triste ! Mais triste ! Moi, j'allais rentrer dans mon appartement, je me suis dit que j'avais de la chance, même si je n'ai pas la douche dans la maison.

La patronne parut agacée.

— Tu ne voles rien à personne ! Tu gagnes ta vie, ta mère travaille dur.

— Eux aussi, ils travaillent, madame Ginetta, et dehors, par tous les temps. Non, je vous assure, on devrait mieux considérer ces personnes.

Mme Ginetta regarda Alice avec consternation.

— Tu lis trop de romans, ma pauvre Alice. Allez, allez, arrête un peu de *barjaquer*[1]. Et finis donc de ranger ces tampons Jex qui ne vont pas se ranger tout seuls. Après, tu disposeras les paquets de Bonux, en pyramide, comme je t'ai montré, et bien en vue, s'il te plaît. Il faut qu'on les aperçoive de la rue. Quand tu auras fini, tu iras en ville pour une livraison.

Alice savait que ce genre de conversation avait le don de mettre sa patronne en colère, et elle prenait un malin plaisir à la faire sortir de ses gonds tout en restant la plus ingénue possible. Mais c'était parfait, l'issue serait agréable. Elle se dépêcha de garnir les rayons, car rien ne plaisait plus à Alice que ces échappées à Solex où elle pouvait humer à pleins poumons le bon air de la ville. Vers 10 heures, elle enfourcha son vélomoteur. Mme Ginetta lui payait deux bidons de Solexine par mois, à condition qu'elle circule avec une inscription sur ses sacoches : *Droguerie Ginetta, avenue Giacobi, Saint-Roch*. Cela ne posait aucun problème à Alice de se transformer en femme-sandwich, du moment qu'elle lui payait la Solexine. Aujourd'hui, elle devait se rendre boulevard Victor-Hugo, dans les quartiers chics. Elle allait y livrer de la mort-aux-rats fabrication maison par le propre frère de Mme Ginetta. La réputation de ce produit fatal s'était faite par le bouche-à-oreille, mais sa distribution se faisait un peu sous le manteau, parce que les produits utilisés et mélangés pour occire sans espoir de retour les rongeurs n'auraient peut-être pas obtenu l'approbation des commissions sanitaires. La

1. *Barjaquer : parler pour ne rien dire (parler populaire niçois).*

poudre était conditionnée dans des petits sachets gris sur lesquels une étiquette portait une mention écrite à la main : *Ratplapla*.

« Boulevard Victor-Hugo ! s'étonna Alice. Il y a donc des rats aussi chez les riches. D'habitude, je porte le Ratplapla dans le Vieux-Nice, ou près du port. » Mais quelle aubaine ! Elle allait pouvoir remonter l'avenue de la Victoire et apercevoir les mannequins des vitrines de la Riviera, des Galeries Lafayette, de chez Sigrand, les magasins de chaussures, les affiches géantes des cinémas. Mme Ginetta lui demandait de prendre le chemin le plus court pour ne pas perdre de temps, parce qu'elle ne la payait pas pour se promener, en longeant l'usine à gaz, en redescendant le Paillon, puis, boulevard Carabacel, boulevard Dubouchage et « tu tombes pile boulevard Victor-Hugo ! ». Sauf que par là, il n'y avait aucun magasin et c'était bien triste. Alors elle faisait mine de partir dans cette direction, mais, par l'avenue des Diables-Bleus, elle regagnait bien vite l'avenue de la République. Les boutiques étaient moins rutilantes que sur l'avenue de la Victoire, mais il y en avait beaucoup, et la rue était toujours très animée. Place Garibaldi, elle scrutait l'intérieur de Niceco qui ouvrait généreusement ses portes sous les arcades de la place, afin d'apercevoir sa mère. Parfois, celle-ci était au stand de viennoiseries qui parfumait les abords du magasin et elles se faisaient un grand signe de la main. Colette se tenait toujours droite et digne avec son chignon impeccable et, penchée sur ses petits pains au sucre, elle avait autant de distinction que si elle avait vendu des bijoux chez Cartier à Monte-Carlo.

Enfin, après avoir descendu le Paillon, avec son maigre filet d'eau au milieu des galets blancs, par le boulevard Jean-Jaurès, elle traversa la place Masséna où elle se fraya un chemin entre la circulation dense et anarchique des voitures et des bus. Enfin, elle entra triomphante sur l'Avenue, qui avait changé de nom l'année précédente pour honorer la mémoire de Jean Médecin, mais que l'on appelait toujours l'avenue de la Victoire, ou tout simplement l'Avenue. Elle ralentit pour mieux profiter des vitrines. En cette fin de mois de juin, les mannequins étaient revêtus de maillots de bain et de robes légères. Leur plastique brillante et pâle ne reflétait pas le hâle joyeux que donnait le soleil de la Côte d'Azur, leur regard était toujours perdu dans le vague, mais leurs jambes interminables et leurs cils bien dessinés ne laissaient jamais indifférents. Les platanes de la rue formaient déjà une voûte épaisse et il faisait presque frais. Elle frissonna, mais un sourire de bonheur éclairait son visage. Sur les larges trottoirs de chaque côté de l'avenue, des flots de passants montaient et descendaient, même à cette heure encore matinale, l'empêchant de bien voir les devantures, particulièrement sur le côté est de la rue où se trouvaient les plus prestigieuses enseignes. Il fallut trop vite s'arracher au spectacle étourdissant de l'Avenue pour tourner sur le boulevard Victor-Hugo. Là, plus de magasins, un calme subit s'installait. Le long boulevard bordé d'arbres desservait des immeubles cossus. Les trottoirs étaient très larges et éloignaient les habitations de la chaussée où pourtant peu de voitures circulaient. Devant certains numéros, de petits jardins de rue, ceints de grilles ouvragées, protégeaient encore davantage les demeures. Les passants étaient rares aussi, quelques vieilles dames poudrées promenaient leur chien. Près des lourdes portes, des plaques d'avocats ou de médecins étincelaient. Alice ralentit devant le numéro 19. Elle arrêta le moteur du Solex et le passa en mode vélo en actionnant le levier. Elle monta le vélomoteur sur le trottoir et le dressa sur sa béquille le long du mur. Dans l'entrée, elle se regarda dans l'un des grands miroirs qui tapissaient les murs du hall. Elle se recoiffa et ajusta le col qui dépassait de sa blouse rose. Au premier étage, elle sonna et entra chez le Dr Kourakine. Une secrétaire, dans sa blouse blanche, leva les yeux de derrière ses lunettes.

— Bonjour, j'ai une livraison pour le docteur, dit timidement Alice.

— Oui, c'est quelle pharmacie ?

— Euh, non ! Il s'agit de la droguerie Ginetta de Saint-Roch.

— Ah ! Alors ce n'est pas ici. Ce doit être pour l'appartement du docteur. Vous redescendez au rez-de-chaussée et c'est la porte au fond du couloir. Une grande porte à deux battants.

— D'accord, excusez-moi.

Alice sortit à reculons pour continuer à se faire discrète. Il régnait dans ce cabinet un silence de chapelle ainsi qu'une odeur de formol.

Légèrement, elle descendit l'escalier en serrant contre elle la précieuse boîte. Au rez-de-chaussée, elle sonna à nouveau. On entendit résonner la sonnerie, loin, jusqu'au fin fond de l'appartement. Alice attendait qu'une petite bonne italienne vienne ouvrir la porte comme il était fréquent d'en rencontrer dans ces quartiers. Elle entendit des pas vigoureux accourir. Ce devait être une bonne italienne gaillarde ! La porte s'ouvrit et Alice vit apparaître devant elle le garçon de la plage, Alexandre !

Ils demeurèrent un instant interdits, tous les deux.

Alice bredouilla, toute rouge :

— C'est la droguerie Ginetta, je viens pour la livraison.

— La livraison, répéta le jeune homme. La livraison de ?

Alice hésita un instant devant l'incongruité de la situation.

— C'est pour, c'est pour le Ratplapla.

— Vous êtes bien la jeune fille de la plage ? demanda le garçon, interloqué.

Alice ressentait une gêne paralysante. Elle aurait voulu entrer dans un trou de souris, ou partir en courant sans se retourner après lui avoir lancé à la figure la boîte de raticide. Elle avait comme une sorte de nausée qui lui montait à la bouche. Le jeune homme attendait sa réponse et croisa les bras en appuyant une épaule contre le chambranle. De toute sa hauteur, il la toisait, et elle n'osait lever les yeux vers lui. Il lui sembla qu'il se moquait d'elle. Elle eut l'idée une fraction de seconde de raconter qu'elle avait bien eu son bac et qu'elle avait trouvé un job d'été chez Mme Ginetta, mais elle sentit qu'elle ne pourrait pas longtemps répondre aux questions suivantes qui ne tarderaient pas à devenir plus précises.

Sans plus attendre et devant le supplice qu'il lui infligeait, il enchaîna :

— Je ne vous ai pas revue à Castel ?

— Je n'ai pas pu me libérer.

À vrai dire, elle s'était un peu fâchée avec Clairette à la suite de son mensonge le concernant précisément. Sans son amie, elle avait décidé de ne plus aller à la mer pendant quelques jours malgré la chaleur qui s'installait et son envie de profiter de la plage avant que les touristes ne l'envahissent. Elle avait peur également de le revoir et de devoir s'expliquer davantage.

— Mais il faut que j'y aille, ajouta-t-elle en avalant les mots. Mme Ginetta me disputerait si je tardais trop.

Elle tendit la boîte enveloppée dans un papier journal.

— Tenez, le Ratplapla fait quatre francs cinquante, plus cinquante centimes pour la course. Ça fait cinq francs. Merci de faire l'appoint, je n'ai pas de monnaie.

— Bon, bon ! dit Alexandre, résigné à ne pas aller plus avant dans la conversation, conscient de l'embarras dans lequel elle se trouvait. Je vais vous chercher ça.

Il disparut un instant dans l'appartement. Elle eut le temps de se maudire et s'en voulut de s'être ainsi fourvoyée. Elle tapa du pied et se mordit les lèvres. Comme cette rencontre aurait été heureuse si seulement elle ne lui avait pas menti l'autre jour ! Ils auraient gentiment flirté et se seraient peut-être donné rendez-vous. Au lieu de cela, il devait doublement la mépriser pour avoir raconté ce bobard et pour n'être qu'une petite vendeuse de droguerie. Il revint avec une pièce de cinq francs qu'il lui tendit. Elle avança sa main, il la lui prit comme s'il voulait la lui voler. Il déposa un baiser dessus.

— On pourrait se revoir, Alice ? À la plage ou au ciné ?

— Je ne crois pas, répondit-elle, affolée.

— Pourquoi ? Je ne suis pas un mauvais garçon, vous savez !

— C'est que... c'est que je n'ai que dix-huit ans et... et mon père ne voudra pas !

Elle tourna les talons et courut en direction de son Solex qu'elle fit descendre brutalement de la chaussée. Elle ne mit même pas le moteur, elle disparut le long du boulevard Victor-Hugo en pédalant de toutes ses forces, pour éviter qu'il ne la rattrape si l'envie lui en avait pris. À l'angle de l'avenue de la Victoire, elle s'arrêta un instant. Sa tête bouillonnait, l'effort l'avait mise en sueur. Elle souffla pour faire remonter une mèche qui lui barrait les yeux. « Son père ne voudrait pas ! » Non, mais pourquoi avait-elle invoqué son père ! Son père qui ne demandait rien d'autre que de continuer à être mort en paix ! Elle était incorrigible ! Il fallait encore qu'elle invente quelque chose ! Elle remit alors le moteur en marche et rentra directement à Saint-Roch.

D'ordinaire, elle s'arrêtait à la boulangerie de la rue Giofredo, près de la place Masséna. Le comptoir donnait à l'extérieur et ses viennoiseries embaumaient la rue, encore plus qu'à Niceco, parce qu'il faut bien dire qu'à Niceco, aux effluves de pâtisseries se mêlaient les relents de fromage. Elle achetait une chocolatine encore tiède dont la barre de chocolat coulait sur les doigts et fondait sur la langue et cela suffisait à son bonheur. S'il faisait très chaud, elle prenait plutôt une *grata kéka*[1] dans une baraque du port ou bien chez les vendeurs de glaces de *La Riviera*[2]. Elle rentrait dignement au magasin et Mme Ginetta faisait semblant de ne pas voir les traces de menthe au coin de sa bouche qu'elle s'empressait d'enlever dès qu'elle croisait son reflet dans un miroir. Mais ce jour-là, rien ne serait capable de la réconforter, bien au contraire.

Elle rentra le plus rapidement qu'elle put. Mme Ginetta se rendit compte qu'Alice n'était pas dans son assiette.

— Ça va, Alice ? Tu as l'air toute retournée, *brava pitchouna*[3] !

— Non, non, je vous assure, tout va bien. La chaleur, sans doute.

— Tu as faim, peut-être ! Allez *vaï* ! Rentre chez toi ! C'est bientôt midi de toute façon.

Mme Ginetta, qui pouvait se montrer compatissante dans certaines occasions, était loin de se douter que la vie d'Alice venait de basculer.

---

1. *Grata kéka : glace pilée aromatisée avec un sirop de grenadine, de menthe ou autre.*
2. *La Riviera : grand magasin niçois de l'avenue de la Victoire aujourd'hui fermé.*
3. *Brava pitchouna : brave petite fille*

VI

LA DROGUERIE de l'avenue Giacobi ferma quinze jours au mois d'août. Alice prit donc quelques jours de vacances. Il n'était pas question de partir bien loin. On avait assez d'argent pour manger à sa faim, pour payer son loyer, un vêtement de temps en temps, un livre, un ciné, mais pas assez pour s'offrir une voiture et encore moins pour partir en vacances loin de Nice. Seule Clairette partait régulièrement en Italie près de Bergame, parce qu'elle y avait une tante qui la prenait en vacances depuis l'enfance. Il faut dire qu'à Nice on était déjà dans un lieu de rêve et que le besoin de s'en éloigner ne se faisait pas particulièrement sentir. On faisait même des envieux. Que l'on habite loin ou tout près de la plage, on était toujours au bord de la mer.

Les grands-parents d'Alice, du côté de sa mère, habitaient le Vieux-Nice, mais ils possédaient une *campagne*[1] sur les hauteurs de Drap dans laquelle ils passaient tout l'été. Il n'y avait ni eau courante ni électricité et on y vivait « comme au bon vieux temps », disaient-ils, près de la nature et des « vrais » besoins. Le cabanon possédait trois pièces, deux chambres et une cuisine, ainsi qu'une remise. Il était situé sur un plateau planté d'oliviers en contrebas des ruines du château. Pour cuisiner ou boire, on allait chercher de l'eau à la fontaine qui coulait capricieusement dans une cavité

1. *Une campagne : régionalisme qui désigne une petite maison de campagne, parfois un cabanon, et son terrain.*

creusée dans la roche de l'autre côté du champ d'oliviers. Comme une nappe d'eau stagnait au fond de la caverne, on entendait résonner le clapotis. Les enfants remplissaient de lourdes cruches en terre bicolore, vertes ou jaunes, au bec court et à la panse ventrue qui gardaient l'eau fraîche longtemps. Pépé Nandou avait fabriqué des toilettes en bois au fond du jardin ainsi qu'une tonnelle sur laquelle courait de la vigne et où l'on prenait les repas. À l'automne, il n'y avait plus qu'à monter sur la table pour attraper les grappes mûres. Dans cet éden, de part et d'autre d'allées bien dessinées, poussaient des légumes, tomates, haricots verts, épinards, courgettes et aubergines, que l'on dégustait chaque jour accompagnés de raviolis ou de gnocchis frais cuisinés par mémé Finette. Au bout des allées, le verger offrait ses fruits sauvages, abricots et pêches délicieusement acides. Les pommes étaient un peu véreuses, mais on triait et ce qui restait était croquant et acidulé à souhait. Le grand figuier, aux fruits juteux et moelleux, fermait la vue au fond du jardin et cachait la citerne creusée qui servait à puiser l'eau pour arroser ; il était interdit aux enfants de s'en approcher. Pépé Nandou et mémé Finette retrouvaient là une vie lente et douce. La ville était devenue bruyante et étourdissante. Toutes ces automobiles, et tous ces gens *esquichés*[1] dans les autocars ! Là, ils étaient heureux. Dans le temps, ils arrivaient à Drap en bus de Nice et montaient à pied avec Colette et Jeannou, son frère, en poussant ensemble une carriole qui transportait le chargement. Cela faisait quatre bons kilomètres de grimpette sous le soleil. Ils restaient là-haut, dans leur campagne, le plus longtemps possible.

Ce samedi d'août, Alice rejoignit ses grands-parents ainsi que Mireille et Joël qui avaient déjà pris leurs quartiers d'été. Elle arriva par le bus. Mais les temps avaient changé, la voisine, une vieille dame adorable qui avait une automobile et savait la conduire, venait la chercher à Drap et la remontait. D'ailleurs, il y avait sur cette route étroite et sinueuse, qui donnait le mal de mer, de plus en plus de constructions, de gens qui accrochaient leur maison à la colline

1. *Esquiché : serré, comprimé (dialecte niçois).*

avec des chemins d'accès insensés. Ils nichaient là leur petit paradis qu'ils appelaient « *Lou miou pantai*[1] » ou « Bella Vista ». On avait de plus en plus de mal à se croiser, particulièrement dans les virages en épingle à cheveux. Mais lorsqu'on était arrivé à la campagne de pépé Nandou et de mémé Finette, après avoir soulevé la poussière d'un dernier petit chemin chaotique caché dans les genévriers, on était hors du temps et celui-ci se suspendait.

Cet été 1967, le temps se suspendait un peu trop pour Alice. Pour la première fois, elle qui adorait le refuge de ses grands-parents languissait de redescendre. Il lui semblait que sa vie l'attendait là-bas dans les rumeurs étourdissantes de Nice. Elle manquait peut-être quelque chose. Quelque chose qui se passait sûrement sur la plage avec des jeunes gens de son âge. Elle ne cessait de penser à Alexandre devant lequel elle s'était ridiculisée et qui depuis l'avait sans doute oubliée ou, pire, riait encore avec ses amis de son mensonge. Il devait être avec d'autres étudiants, garçons et filles, peut-être une qui lui plaisait plus que les autres, à faire des parties de volley-ball sur les galets, courant ensemble dans la mer, main dans la main pour se rafraîchir ou plonger du haut des rochers de Coco Beach. Ces pensées lui serraient le cœur et elle devait les chasser de son esprit pour avoir moins mal. Elle se sentait parfois contrariée, jusqu'à l'inconfort de cette campagne qui l'avait autrefois amusée et qui l'irritait maintenant.

Il y avait peu de temps encore, elle jouait au milieu de ces oliviers, elle courait jusqu'à la fontaine pour remplir la cruche, en faisant la course avec sa sœur et son frère, les laissant toujours gagner. Elle jardinait avec pépé Nandou, cuisinait avec mémé Finette, inventait des jeux pour Mireille et Joël et préparait le spectacle du soir. Le jardin était entouré d'une barrière en bois peint, mais, comme il n'y avait jamais personne dans le champ d'oliviers, on pouvait l'annexer comme on voulait. Longtemps, Alice avait cru que ce champ appartenait à la famille. Pépé Nandou avait installé un vieux siège de Dauphine que Jeannou avait récupéré. Tonton Jeannou

1. *Lou miou pantai : mon rêve (dialecte niçois).*

était un grand bricoleur de voitures et, avec trois épaves, il vous faisait une voiture neuve. Le siège avait été placé côté champ, le long de la barrière. Pépé Nandou et mémé Finette s'asseyaient au soleil couchant, et les enfants, Alice en tête, commençaient leur spectacle. Le reste du champ d'oliviers offrait la plus grande des scènes, les arbres servant de coulisses, de décors, et parfois même de personnages supplémentaires. C'était toujours un mélange d'acrobaties et de théâtre auquel on ajoutait quelques chansons écrites pour l'occasion dans l'après-midi. Les grands-parents, très bon public, riaient en se tapant sur les cuisses et applaudissaient à tout rompre. On finissait la soirée en mettant de la musique. Un vieux phonographe à manivelle et pavillon se transportait partout et on passait des vieux 78-tours qui semblaient aux jeunes dater de temps immémoriaux. On dansait volontiers sur *Chiquito*, le plus fier et le plus beau, un antidote à la morosité. Pépé apprenait le paso-doble à ses petits-enfants car il était persuadé que, bientôt, on ne connaîtrait plus ces danses auxquelles la jeunesse préférait la « danse de Saint-Guy » faite de contorsions informes et obscènes. Les grands-parents partageaient quelque chose de leur jeunesse et les enfants ne boudaient pas leur plaisir. De toute façon, dans cet endroit perdu de l'arrière-pays, personne ne pouvait les voir. Vers 22 heures, la nuit était tombée. Pépé Nandou allumait une lampe à pétrole, on faisait une dernière partie de cartes sous la tonnelle, puis les enfants allaient se coucher dans une excitation inapaisable.

Mais, cet été-là, Alice ne participait que mollement à ces rituels.

— Tu n'es pas malade, Alice, au moins ? s'inquiétait mémé Finette.

Alice se traînait de la chaise longue au siège de la Dauphine, en passant par les bancs de la tonnelle, un livre à la main, sans vraiment le lire. Ses yeux étaient perdus vers la vallée comme si elle craignait de ne jamais plus pouvoir y descendre.

— Ne t'inquiète pas, mémé. Je vais bien. C'est juste que j'ai beaucoup travaillé. Je suis fatiguée. J'ai le droit de me reposer. Je ne suis plus une enfant, tu sais, et ça ne me dit plus rien de jouer avec Mireille et Joël.

— Oh ! Je le crois, ma *pitchounetta*, que tu n'es plus une enfant ! Mais toi qui es si gaie d'habitude ! Viens préparer la cuisine *avèque* moi, vaï ! Tu ne t'ennuieras plus. On ne s'ennuie pas quand on fait du travail pour la maison ! Tu vas m'aider à rouler les *merda di can*[1], tu adorais faire ça quand tu étais petite.

— Je n'ai pas envie, mémé. Je me repose.

— Oh ! Toi, se lamenta la grand-mère avec tristesse, c'est peut-être la dernière année que tu montes à la campagne avèque nous ! Ta mère, l'année où on l'a vue languir comme toi, eh bé ! L'année d'après, on l'a plus revue ! Enfin, ta mère c'était pas pareil, elle était amoureuse, elle !

Mémé Finette regarda Alice du coin de l'œil pour observer sa réaction. La jeune fille se sentit troublée comme si cette idée ne lui était pas encore venue à l'esprit. Mémé Finette voulut rompre le malaise et, de toute façon, il lui était difficile de demeurer sans parler :

— C'était pour aller retrouver ton père ! Ah ! Ton père ! *Qué* malheur ! Ah ! Ta mère ! Se retrouver veuve si jeune ! *Porca miséria*[2] *!* Il aurait mieux valu qu'elle s'*escagasse*[3] une jambe le jour où elle l'a rencontré ! Enfin ! Tu ne serais pas là, toi, ma pitchounetta, ce serait dommage quand même ! Qu'est-ce que je deviendrais, moi, sans toi ?

Alice écoutait d'une oreille distraite le ronron du bavardage de sa grand-mère. Ça la berçait. Elle était quand même bien là, mieux qu'elle n'aurait pu être ailleurs. À Nice, sa mère Colette profitait de ces quinze jours pour rester seule à l'appartement, sans les enfants. C'était son moment à elle, disait-elle. Et comme on la plaignait beaucoup d'élever si courageusement seule trois enfants, on acquiesçait. Alice savait qu'elle n'aurait pas été la bienvenue, si elle avait demandé à rester avenue Giacobi. Chez ses autres grands-parents à Tourette-du-Château, elle y était allée en vacances une

---

1. *Merda di can : plat traditionnel de la cuisine niçoise fait de gros gnocchis mélangés à des feuilles de blettes et roulés grossièrement, faisant penser à des crottes de chien.*
2. *Porca miséria : Quelle misère ! Quelle fatalité ! (expression niçoise.)*
3. *Escagasser : briser, écraser (expression niçoise).*

seule fois lorsqu'elle était petite. Mais ils lui avaient fait comprendre que ça leur faisait « tant » de peine de la recevoir parce qu'elle leur faisait « tant » penser à leur cher fils disparu qu'Alice ne voulut plus jamais y retourner. Non, c'était quand même là qu'elle était le mieux, à la campagne de Drap. Pépé Nandou faisait semblant de ne rien remarquer et continuait à lisser ses grandes moustaches en lisant *Nice-Matin*, Mireille et Joël ne s'apercevaient de rien et mémé Finette s'inquiétait suffisamment pour tout le monde. Il fallait juste attendre que le temps passe et quinze petits jours, ce n'était pas la mer à boire.

Elle montait seule jusqu'aux ruines du château en grimpant à travers le maquis. Pépé Nandou n'aimait pas beaucoup que les enfants aillent seuls sur le piton parce que c'était dangereux. Le site était haut perché, au bord d'une falaise, il y avait des éboulis dans les ruines et les pierres étaient instables. En principe, il les accompagnait, parce qu'il se sentait responsable d'eux et parce que cela lui faisait plaisir de se prendre un peu pour le seigneur du château qu'il connaissait comme sa poche. Mais il se faisait vieux et lâchait un peu de lest aujourd'hui. Depuis le temps qu'elle y montait avec lui, il savait qu'Alice connaissait le moindre caillou du lieu et il lui faisait confiance. Il disait :

— Si tu as un problème, tu appelles. Avec l'écho, je t'entendrai et je monterai dare-dare !

Il comprenait bien aussi qu'elle avait besoin d'être seule et que le château se prêtait à cette aspiration.

Là-haut, elle s'asseyait sur le rebord d'un muret, les pieds presque dans le vide, et regardait au loin. De là, elle apercevait la mer qui se confondait parfois avec la brume ; on distinguait les pistes de l'aéroport. Derrière elle, les montagnes de l'arrière-pays se dressaient, sombres et denses, où Peille s'accrochait à la pente. Elle pensait trouver là une respiration, un infini où elle aurait pu jeter son vague à l'âme et retrouver la légèreté qui lui faisait défaut. Mais après quelques minutes, l'infini se transformait en abîme et elle se sentait attirer par le vide. Il lui manquait les éclats d'argent des vagues sous le soleil, les cris de la plage par-dessus la torpeur et le bruit doux des vagues mourant sur les galets, inlassablement. Il lui manquait même ses cartons d'Omo et de Bonux à déballer, les bibelots à disposer dans la vitrine et Mme Ginetta qui s'inquiétait pour elle derrière son apparente autorité. Il lui manquait tout ce qui pouvait la rapprocher d'Alexandre. Elle ne comprenait pas ce qui se passait en elle. L'émoi qu'elle ressentait était nouveau, et douloureux. Jusque-là, ses amourettes n'avaient été que des raisons de discussions sans fin avec Clairette, de rires, de ruses, de jeux. Mais là, c'était comme si elle devenait tout à coup prisonnière et torturée. Si c'était ça l'amour, alors est-ce que ça valait la peine ? Était-ce possible qu'à la simple évocation des boucles qui voletaient dans le cou d'Alexandre des flèches lui percent le cœur ? Elle savait qu'il fallait renoncer. La petite vendeuse de la droguerie de Saint-Roch ne pouvait émouvoir l'étudiant du boulevard Victor-Hugo. Si elle avait vendu des vêtements aux Galeries Lafayette, même de la *socca*[1] dans le Vieux-Nice, ou de la pissaladière à la boulangerie du quartier ! Mais de la mort-aux-rats, du tue-mouches et des déboucheurs de *cabechs*[2] à ventouse ! Peut-être aurait-il fallu qu'elle insiste davantage auprès de sa mère pour continuer ses études et aller avec Clairette au lycée Masséna. Elle aurait dit sans rougir à Alexandre : « Je passe le bac, je vais suivre des études de lettres. » Et s'il n'était question que d'Alexandre ! Sa vie entière aurait été tout autre. Elle aurait pu devenir institutrice, professeur, écrivain ! Elle n'avait pas réalisé, mais c'est sûr, elle aurait dû insister auprès de sa mère pour aller au lycée. Le lui avait-elle seulement demandé un jour ? Cela s'était passé avec une telle évidence. Peut-être avait-elle dû même convaincre sa mère de la laisser partir travailler. Elle ne se souvenait plus très bien. Elle ne voulait jamais déranger sa mère. Sa mère qu'elle aimait tant et à laquelle elle pardonnait, depuis tant de temps, tous ses manquements que personne d'autre qu'elle ne voyait.

Un jour qu'elle était assise là, envahie par toutes ces pensées, comme autant de coups de poignard, Alexandre, le bac, la droguerie,

1. *Socca : grande galette fine à base de farine de pois chiche.*
2. *Cabechs : W-C, toilettes (expression niçoise).*

sa mère, Alexandre encore, elle fixa la vallée en bas, ses jambes se balancèrent de plus en plus fort. Son buste se penchait puis revenait en arrière. *Balin-balan*[1] ! Tout se brouilla, la garrigue, le champ d'oliviers, le cabanon, la ligne d'horizon sur la mer. Sa tête tournait, l'air pénétrait moins bien dans sa poitrine. Son buste se pencha en avant, elle lâcha les mains du rebord de pierre, tout devenait insensible et léger. Les sons se mêlaient en une cacophonie de moins en moins audible, le chant des cigales, le froissement sec des arbustes, le craquement de la terre aride, le roulis des pierres, le klaxon d'une voiture qui montait sur la route de Drap et s'annonçait dans un lacet. Tout cela devenait un seul sifflement sourd et épuisant. Il lui sembla que tout son corps allait s'abandonner, comme on se laisse basculer dans l'eau. Quand un bruit se distingua parmi les autres. Un son criard et familier qui venait d'entre les oliviers en contrebas du piton et qui retentissait sous la falaise du château.

— Nandou ! Tu sais où elle est, la petite ?

— Laquelle petite ? La grande ou la petite ? Alice ou Mireille ?

— Alice, *coquin de Diéou*[2] ! Ne me fais pas *bisquer* ! Tu vois bien que Mireille, elle joue, là, dans le jardin !

— Elle est montée au château !

— Tu es pas *fada* de l'avoir laissée monter toute seule ! Tu vois pas qu'elle a la *babarota*[3] en ce moment ! Va la chercher, dépêche-toi ! Malheur ! S'il lui arrivait *quèque* chose, je ne me le pardonnerais jamais. Et toi, tu aurais affaire à moi !

Alice se redressa d'un bond, comme réveillée en sursaut d'un sommeil profond. Elle se releva et recula vers les ruines. Elle plaqua ses mains sur la muraille et inspira une grande lampée d'air. Tout se remit à sa place en un instant.

— Je suis là, mémé ! cria-t-elle. Je redescends, tout va bien.

1. *Balin-balan : indique le mouvement de balancement notamment dans les jeux d'enfants (expression niçoise).*
2. *Coquin de Diéou : coquin de Dieu (expression niçoise traduisant l'énervement).*
3. *Avoir la babarota : avoir des idées noires, broyer du noir (expression niçoise).*

VII

ENFIN L'AUTOMNE ÉTAIT LÀ. La ville retrouvait son animation ordinaire et trépidante. Le soir, les lumières s'allumaient de bonne heure dans les rues, aux devantures des magasins, puis à l'intérieur des appartements. Alice adorait cet instant où la vie s'éclaire artificiellement, donnant un supplément d'âme et de chaleur aux activités humaines. Sur les plages, les inconditionnels attendaient que la guirlande illuminée de la baie des Anges se reflète sur la mer avant de quitter les galets. Mireille et Joël avaient repris le chemin de l'école et, si Joël n'avait nullement besoin d'elle puisqu'il était au collège, Alice n'était pas mécontente de pouvoir continuer à s'occuper de Mireille qui entrait au cours moyen deuxième année. Ce serait la dernière année où elle pourrait pénétrer dans l'école aux murs rouges et saluer affectueusement tata Bartoli. Les platanes perdaient leurs feuilles et c'était merveilleux de les fouler aux pieds en traversant le square devant le collège. Hermione et Tancrède se joignaient à elles, s'accordant un moment d'insouciance.

Après les langueurs de cet été particulier où il lui avait semblé tout à coup sortir de l'enfance, elle avait été heureuse de retrouver l'avenue Giacobi, Clairette, les instants passés entre garçons et filles chez Figasso et la droguerie de Mme Ginetta. Cette dernière avait profité de l'été pour se faire teindre les cheveux en un roux orangé qui transformait sa permanente en une torche vivante et, il faut bien le dire, on ne pouvait pas la manquer dans le quartier. Elle maquillait ses joues d'un fond de teint un peu appuyé, ses yeux d'un fard bleu de mer et sa bouche d'un rouge à lèvres assorti à sa chevelure et dépassant légèrement les contours de ses lèvres fines. Certains faisaient une apparition dans le magasin uniquement pour voir le changement. Elle n'avait pas prévu cette réclame, mais ce n'était pas pour lui déplaire. Elle s'était mise à taquiner Alice, car elle avait compris que quelque chose était venu troubler la quiétude de sa protégée, et que ce quelque chose était d'ordre amoureux.

— Tu peux bien me le dire, à moi, Alice. Allez laisse-moi deviner. C'est Roland ? Non, c'est un beau garçon, mais il est un peu jeune pour toi. Tino, alors ? Trop jeune aussi ! Le fils de Mme Martin ? Hmm, non, il fréquente déjà, il me semble ! Le fils du bijoutier ? Mais oui, c'est ça, pardi ! Le fils du bijoutier ! Eh bé, dis donc ! Tu ne t'embêtes pas, toi ! Tu as raison, c'est une affaire qui marche bien, cette bijouterie !

Elle faisait les questions et les réponses. Alice la laissait parler et ne répondait surtout pas à ses interrogations. La jeune fille disposait les cires sur les rayons. Elle descendait de temps en temps de son escabeau et se reculait comme une artiste qui veut évaluer l'effet produit. Tel bidon jaune près d'un bidon rouge, pour qu'aucun des deux ne reste dans l'ombre. À côté du parfum rassurant de la cire, elle avait retrouvé cette bonne odeur de lessive qui se mêlait à celle de l'Eau écarlate et du white-spirit. C'était vivifiant et même davantage. Il était bien marqué que c'était dangereux sur les étiquettes, mais il ne devait pas y avoir de problème puisque les flacons et les boîtes étaient bien fermés. Le bavardage de Mme Ginetta restait ainsi lointain et elle pouvait demeurer dans ses pensées.

Un samedi du mois de septembre, Alice était dans l'arrière-boutique et préparait une commande qu'elle devait livrer un peu plus tard dans l'après-midi. La manipulation des sachets de Ratplapla ne se faisait pas au vu et au su de tout le monde. La clochette de la porte du magasin tinta et Alice entendit Mme Ginetta faire l'article à un client qu'elle ne semblait pas connaître. Quand elle ne connaissait pas, elle prenait un ton pincé, qu'elle supposait être à la parisienne, destiné à faire oublier son accent niçois.

— Je vous recommande ces nouvelles lames Gillette. Et on ne les trouve pas partout ! Vous avez eu du flair de passer par ma boutique. Ces lames sont vendues à l'international ! Leur réputation n'est plus à faire. Je vous en mets deux paquets ?

Dans la pénombre de la resserre, Alice sourit. En matière de petits mensonges, elle avait trouvé son maître avec sa patronne. Le client parla un peu plus fort :

— Pardon, madame, je me demandais : est-ce qu'une jeune fille prénommée Alice travaille chez vous ?

Alice reconnut immédiatement la voix. Elle tomba assise sur un carton. Quelque chose de lourd et de tranchant transperça ses entrailles. Il était venu jusque-là ! Elle se sentait encore si fragile. Elle renaissait à peine. Il venait la torturer à nouveau ! Il venait débusquer la petite vendeuse dans le théâtre de son mensonge. Elle aurait dû se laisser basculer du haut des ruines de Drap !

— Alice ! cria Mme Ginetta. Il y a quelqu'un qui *vous* demande.

En présence d'un client inconnu, elle vouvoyait Alice, car elle pensait que cela donnait du sérieux à son magasin. Alice demeura clouée sur place, incapable de se lever ni de réagir.

— Elle est au fin fond de la réserve, mentit Mme Ginetta, transformant les trois mètres carrés de sa resserre en un entrepôt labyrinthique.

— Alice ! renouvela-t-elle avec insistance. Attendez, je vais vous la chercher.

Mme Ginetta disparut dans la réserve et trouva Alice, assise derrière la porte sur son carton.

— Eh bé ! Qu'est-ce que tu fais ? dit-elle à voix basse. Tu n'entends pas que je t'appelle ? Il y a un beau jeune homme qui te demande. Il a un chouette blouson en daim. Bon, il a les cheveux un peu longs à mon goût, mais il a l'air de venir des beaux quartiers. Allez, *boulègue, boulègue*[1] ! Tu vas pas le faire attendre !

Alice se leva et sortit, tremblante, de l'arrière-boutique. Il était là, à observer les étagères garnies, comme un client intéressé qui hésite

1. *Boulègue : bouge-toi (parler populaire niçois).*

à faire son choix. Lorsqu'il la vit, Alexandre parut gêné. Elle était toute rouge et ne savait que dire. Mme Ginetta, sous la tour laquée et flamboyante de ses cheveux, observait la scène.

— Bonjour, Alice. Comment allez-vous ? chuchota le jeune homme, comme s'il y avait eu un chat dans sa gorge.

— Bien, répondit la jeune fille d'une voix éthérée qu'elle ne maîtrisait plus.

— Vous êtes partie bien vite la dernière fois que nous nous sommes vus. C'est moi qui vous ai fait fuir ?

— Non, non, hésita-t-elle en n'osant pas le regarder dans les yeux. J'étais pressée, voilà tout !

— J'étais déçu que nous ne puissions pas faire mieux connaissance. Mais ce n'est pas grave. Je suis venu vous inviter à aller au cinéma, demain après-midi. C'est dimanche, vous serez libre !

Alice se tourna vers Mme Ginetta comme pour lui demander de l'aide. La patronne baissa les yeux et fit un petit signe avec son doigt pour dire que ça ne la regardait pas, ce qui était étonnant, elle qui se mêlait toujours de tout. Alice se sentit perdue. Avait-elle envie d'accepter ? Peut-être faudrait-il demander à sa mère. Celle-ci dirait oui, pourvu que Mireille et Joël aient à manger dans leur assiette et fait leurs devoirs.

Dans son tablier un peu trop grand, Alice ouvrit légèrement les bras pour dire qu'elle ne savait pas trop, mais pourquoi pas.

— Alors c'est d'accord ? conclut Alexandre.

Il tremblait un peu.

— Demain, je viendrai vous chercher vers 3 heures. Nous irons à la séance de 4 heures. Ça vous va ?

Mme Ginetta faisait semblant de ne pas écouter.

— D'accord, merci, bredouilla Alice. J'habite au 17 de l'avenue Giacobi, de l'autre côté du boulevard. Je vous attendrai en bas.

— Bon, c'est extra ! Alors à demain, Alice !

Le jeune homme recula gauchement vers la porte. Ses boucles indisciplinées auréolaient son visage d'ange turbulent. Il semblait heureux et un peu hilare. Alice souriait aussi béatement. Une voix retentit de derrière le comptoir :

— Jeune homme, vous ne m'avez pas réglé les lames de rasoir. Ça fait trois francs les deux paquets.

Alexandre revint en s'excusant.

— Vous ne serez pas déçu, ces lames sont vendues pour être « amoureuses de votre peau » ! C'est pas moi qui le dis, c'est la réclame ! ajouta Mme Ginetta narquoisement.

Lorsque Alexandre eut disparu, sur un vélo qu'il avait simplement adossé contre le mur, Mme Ginetta bombarda Alice de questions. Qui était-il ? Où l'avait-elle rencontré ? Était-il sérieux ? Sa mère était-elle au courant ?

Alice eut le malheur de lui dire qu'il était le fils du Dr Kourakine du boulevard Victor-Hugo, celui-là même qui commandait le Ratplapla.

— Malheur ! s'exclama-t-elle. Alors ce n'est pas un garçon pour toi, ma pauvre petite ! Tu vas te retrouver enceinte en moins de deux et après il te laissera tomber comme une moins-que-rien. Qué malheur ! Et pour trouver quelqu'un pour le faire passer ce *pitchou*, il faudra te lever de bonne heure ! Mèfi ! Je te l'ai déjà dit, c'est comme ça qu'on se retrouve fille mère !

Alice n'aimait pas que Mme Ginetta ramène toujours ces questions sentimentales aux risques de grossesse. Elle trouvait cela déplacé et terrorisant. Cela semblait être une obsession pour elle !

— Madame Ginetta ! se navra Alice une fois de plus. Vous ne me faites pas confiance. Nous allons simplement au cinéma. Qu'est-ce que vous allez imaginer ?

— Bon, enfin, moi, ce que je te dis, c'est pour ton bien. Mon opinion est qu'on ne mélange pas les torchons et les serviettes.

Après un temps, Mme Ginetta ajouta :

— Tu me raconteras, quand même ?

— Vous êtes bien curieuse ! Je vous raconterai ce que je voudrai bien vous raconter. Ou alors vous me donnez une augmentation ! plaisanta Alice.

Mme Ginetta lui tournait tellement la tête avec son bavardage qu'elle l'empêchait d'apprécier ce qui venait de se passer. Il lui tardait d'être seule pour sonder ses sentiments. Il s'était produit une onde de choc qu'elle n'avait pas pu totalement éprouver à cause du magasin et de la présence de sa patronne inquisitrice. Mais elle espérait pouvoir savourer cette onde une seconde fois, dans le calme, en se remémorant les faits. Car, tout de même, Alexandre était apparu dans le magasin de l'avenue Giacobi, aux antipodes du boulevard Victor-Hugo, un samedi après-midi, pour l'inviter à aller au cinéma ! Elle ne savait pas si elle devait raconter à Clairette cette incroyable nouvelle. Celle-ci serait capable de désapprouver le rendez-vous, car elle savait combien l'été avait été douloureux pour Alice et elle voudrait sans doute la protéger d'une nouvelle humiliation qui serait tout aussi dévastatrice. Si elle en avait le courage, elle ne dirait rien à Clairette.

À l'heure dite, le lendemain, Alice était postée devant l'entrée du numéro 17. Elle avait mis une jupe plissée écossaise et un petit pull jaune pâle à manches courtes qui montait près du cou. Aux pieds, ses éternelles ballerines noires. Sur son bras était posé un cardigan assorti au pull. Elle avait ressorti un vieux sac à bandoulière démodé qui fermait avec un tourniquet doré. Mais elle n'avait trouvé que ça qui présentait un peu. Elle avait souligné un peu plus que de coutume ses yeux verts et s'était parfumée avec son eau de toilette fétiche, Canoé, sur laquelle Mme Ginetta lui faisait un prix. Elle ne savait pas comment Alexandre apparaîtrait, sur son vélo sans doute. Peut-être devrait-elle prendre son Solex. Elle savait une seule chose, c'est que son cœur battait la chamade et qu'elle se trouvait très déraisonnable d'avoir accepté cette invitation. C'était en tout cas l'avis de Clairette à qui elle n'avait pu s'empêcher de raconter toute l'histoire à grand renfort de superlatifs, mais celle-ci ne s'était pas montrée très encourageante. Un vrombissement se fit entendre à l'angle du boulevard Saint-Roch et une moto apparut, une Yamaha 250 rouge et blanche. Ça ne pouvait pas être lui, c'était bien tape-à-l'œil tout de même ! La moto ralentit devant la boutique du volailler et elle reconnut son chevalier servant. Elle qui aurait voulu s'éclipser de la rue discrètement, elle imagina que tous les garçons du quartier étaient postés derrière les volets, encore clos à cette heure de la sieste dominicale, pour apercevoir la bête de feu. Roland, Mario, Tino, Jean-Michel, tous, sans doute, voulaient voir la moto, même s'il en existait de plus impressionnantes, ce n'était pas monnaie courante dans l'avenue Giacobi. Quant aux mères, filles et grands-mères, elles n'en perdaient sûrement pas une miette, elles non plus, curieuses de savoir avec qui partait Alice pour son premier vrai rendez-vous.

Ils se firent sobrement la bise. Le trouble qu'aurait pu ressentir Alice était masqué par une crainte qui l'envahissait. Comment s'y prendre pour s'asseoir sur cette moto ? C'était la première fois qu'elle montait là-dessus. Il était hors de question de s'asseoir en amazone, cela ne se faisait plus. Mais à califourchon, sa jupe déjà courte remonterait encore davantage et ce serait indécent. Elle regrettait de ne pas avoir de pantalon, comme cela semblait devenir la mode pour les filles et, dans cette situation, ça aurait été tellement plus pratique ! Alexandre l'invita à s'asseoir derrière lui. Après une longue hésitation qui la confondit de honte, elle prit une décision :

— Écoute, je vais prendre mon Solex. Cela t'évitera de traverser tout Nice pour me raccompagner.

— Oh ! Mais ça ne me dérange pas ! Allez, monte !

— Non, non, je t'assure. Je prends mon Solex.

Sans attendre d'autres commentaires, elle retourna dans l'entrée de l'immeuble au fond de laquelle était garé son vélomoteur.

Elle se sentit immédiatement plus en confiance, les mains sur son guidon. Elle était en terrain connu.

— Où m'emmènes-tu ? demanda-t-elle avec une détermination feinte.

— Le dernier film de Godard, *La Chinoise*. Ça te dit ?

— Je ne connais pas, mais je ne demande qu'à connaître. Godard, c'est un peu compliqué, non ?

— Pas du tout, répondit-il en faisant claquer la pédale de démarrage avec son pied ! Il suffit de regarder les images, c'est du cinéma !

— Je te suis. Ne va pas trop vite. Tu m'attendras ?

Le convoi des deux-roues démarra dans la rue. Alice imaginait les murmures derrière les persiennes. Des murmures d'envie ou des cancans. Tous ces *ficanas*[1] qui s'en donneraient à cœur joie demain pour colporter dans tout le quartier le rendez-vous d'Alice avec le garçon à la moto ! Elle prit un plaisir immense à descendre le boulevard Saint-Roch escortée par Alexandre qui du coup roulait au pas. Il était impossible de ne pas l'associer à cette Yamaha et, elle avait du mal à se l'avouer, cela la remplissait de fierté.

Alexandre tint à payer la place d'Alice. Ils se tenaient côte à côte dans la file du *Rialto*, laissant entre eux une distance raisonnable et ne sachant vraiment que se dire en dehors de banalités. Il y avait très peu de monde et Alice se demandait si ce film n'allait pas sonner le glas de ce premier rendez-vous. Autour d'eux, des jeunes gens en tenue décontractée plaisantaient. Certaines filles portaient des jeans. Les garçons avaient des lunettes. Des hommes d'âge mûr aux tempes grisonnantes ressemblaient à des professeurs d'université, près de leurs compagnes qui ne s'embarrassaient pas d'ornements superflus. Alexandre demeurait silencieux et gêné. La salle était sombre et sentait la cigarette. On n'était pas très bien assis sur ces sièges ! Alice préférait les sièges des salles neuves de l'avenue de la Victoire où elle allait quelquefois lorsqu'elle « sortait au cinéma » avec Clairette et qu'elles avaient décidé de s'offrir un cinéma plus luxueux que le *Mercury* de la place Garibaldi. Ici, il n'y avait pas non plus d'ouvreuses qui passaient avec leur panière remplie de friandises et de chocolats glacés. C'était un peu triste. Après le court-métrage et les publicités, les premières images du générique la décontenancèrent. Dans une explosion de couleurs, Godard mettait en scène six étudiants passant l'été dans un appartement et parlant de façon ininterrompue de politique en utilisant un vocabulaire inintelligible pour Alice. Elle bâillait de temps en temps, mais se forçait à se concentrer car, elle en était sûre, Alexandre lui demanderait son avis à la sortie. Entre autres choses, on y voyait deux filles, l'une qui voulait faire la révolution et rêvait de faire un massacre et l'autre qui venait de sa campagne et que l'on cantonnait à faire la cuisine et à servir les autres, ce qu'Alice ne trouvait pas très charitable. Pas

1. *Ficanas : curieux qui colportent des cancans (expression niçoise).*

de décor inspirant, pas véritablement d'histoire, qu'un charabia ennuyeux auquel elle craignait de ne pas comprendre grand-chose.

Elle ne voyait pas bien, dans un tel film, à quel moment Alexandre pourrait poser sa main sur la sienne, d'autant que ce dernier avait l'air très absorbé et hochait la tête souvent avec un rire amusé pour exprimer combien sa pensée était en communion avec ce qui se passait sur l'écran. Encore moins se pencher vers elle pour l'embrasser ! « *Adiéou baraca*[1] *!* » aurait dit pépé Nandou. Elle attendit donc patiemment la fin du film. Lorsque la lumière se ralluma, Alexandre se tourna vers elle et chercha son approbation du regard. Il avait visiblement trouvé *La Chinoise* formidable ! Alice dodelina de la tête pour signifier que son avis était plus mitigé, mais elle songeait à la façon dont elle devrait argumenter sa pensée. Toujours sans mot dire, ils retrouvèrent leurs deux-roues et Alexandre proposa à Alice d'aller boire un verre au *Félix Faure*. La moto, suivie du Solex, redémarra. On aurait dit le convoi d'un CRS escortant une princesse de Monaco qui se serait encanaillée dans les rues de Nice. Il faisait encore assez doux pour s'installer en terrasse et Alexandre commanda une bière pour lui et un diabolo menthe pour elle. Cela parlait fort autour d'eux. Bon nombre de jeunes gens, filles et garçons, bavardaient en riant et en fumant. Une tablée d'artistes semblait refaire le monde autour d'un énième verre d'alcool. Mais on le savait, les vrais artistes ne fréquentaient pas ce bar-là. Les voitures passaient au ras du trottoir et on respirait les gaz d'échappement ainsi que les vapeurs de pétrole. Mais cela semblait faire partie du charme de cette terrasse animée en cette fin de dimanche après-midi. Alice trouvait cela exotique et se sentait bien loin de la terrasse close de chez Figasso, recouverte de glycine qui protégeait du soleil et où l'on s'appuyait contre le tronc du figuier pour regarder tranquillement les autres jouer au baby-foot. Ici, on s'exposait et cela présentait un côté aventureux qui l'émoustillait.

— Alors, qu'as-tu pensé de ce film ?

On y était.

---

1. *Adiéou baraca : c'est foutu (expression niçoise).*

— À vrai dire, je dois avouer que je n'ai pas compris grand-chose, bredouilla Alice qui préférait néanmoins être franche.

— Ah bon ? dit-il avec surprise et déception. Et qu'est-ce qui ne t'a pas plu ?

— Je trouve qu'il n'y a pas vraiment d'histoire. Je me suis un peu ennuyée, confia Alice.

— Tu plaisantes ! ricana-t-il. Tout est dit dans ce film. Tu sais que nous sommes à l'aube de grands changements ! Tu réalises ça, quand même ! Les bourgeois qui dominent le monde, c'est bientôt fini ! Tu n'en as pas marre de te faire exploiter dans ta petite droguerie, par ta pimbêche de patronne peinte en rouge qui s'en met plein les fouilles sur ton dos ?

Alice demeurait interdite, cramoisie. Il y allait un peu fort avec Mme Ginetta, elle était plus bête que méchante ! Elle savait qu'elle devait répondre quelque chose, mais elle ne savait pas vraiment quoi. Les mots ne venaient pas. Elle se sentait paralysée. Il s'en aperçut et se radoucit :

— Enfin, ce n'est pas si grave. C'est à force d'entendre ce genre de discours qu'on s'en imprègne. Tu verras, je te ferai lire des trucs, on ira voir d'autres films.

Alice ne savait pas si ce programme la séduisait vraiment, mais il était si beau avec ses boucles blondes qui caressaient son cou ! Elle aurait aimé y mettre la main. Et ses yeux, d'un brun si intense ! Mais ce n'était pas le moment. Elle se reprit :

— Lorsque j'aurai le droit de vote, j'exprimerai mes opinions, avança-t-elle timidement, mais ce ne sera que dans trois ans. J'ai des idées, tu sais !

— Le droit de vote ! Tu y crois encore au pouvoir du vote ! s'énerva-t-il. Ce qu'il faudrait, c'est tout faire péter ! On n'arrivera à rien autrement.

Se rappelant le film, Alice s'inquiéta :

— Tu serais capable d'une action aussi violente que dans le film ?

— Bien sûr ! Il faudra bien que les choses changent !

Alice était déconcertée.

— Tu irais jusqu'à tuer ?

Elle eut du mal à prononcer le mot « tuer ».

Il réfléchit. Elle avait posé une question qu'il n'attendait pas. Il la regarda avec un air intrigué et admiratif.

— *A priori*, je ne suis pas un assassin. Mais on ne sait jamais. Dans le feu de l'action. Et puis il y a des ordures qui ne méritent peut-être pas grand-chose d'autre que la mort. Une bonne fois pour toutes !

Alice s'indigna en sirotant son diabolo menthe :

— Moi, je suis pour la non-violence et pour la paix. Jamais je n'irais tuer quelqu'un pour des idées. Et je suis pour les moyens légaux. Les élections, c'est une bonne chose. Il y a des partis pour défendre les pauvres. Le parti communiste, c'est pas fait pour les chiens ! Dans mon quartier, on a voté pour Virgile Barel. Et c'est bien d'avoir Virgile Barel à l'Assemblée nationale pour parler des petites gens comme nous.

Alexandre s'esclaffa.

— Ton Barel, c'est un croulant ! À bas la politique des professionnels de la politique. Lui, de Gaulle et les autres, basta ! C'est la même smala depuis un siècle ! Tu te rends compte qu'ils sont là depuis la Troisième République ! Il faut foutre tout ça en l'air ! Un vent de liberté, je te dis ! Que la jeunesse prenne le pouvoir !

Alice dodelina de la tête. Elle hésita à répondre, mais cette terrasse était si animée, toutes les tables dans de telles conversations bouillonnantes, qu'elle s'enhardit :

— De quelle jeunesse tu parles ? Celle des étudiants dont les parents ont leur plaque de médecin ou d'avocat boulevard Victor-Hugo ou les jeunes des quartiers populaires qui ne sont jamais allés au lycée, ni même au collège parce qu'il fallait travailler vite pour faire bouillir la marmite ?

Alice s'enflammait car on touchait là un sujet sensible. Alexandre ne se démonta pas, c'était un argument qu'on lui avançait souvent.

— Toute la jeunesse doit s'unir ! Les étudiants, les ouvriers, ce n'est que comme cela qu'on y arrivera ! Mais plus de vieux pour nous dire comment on doit vivre !

Alice imaginait pépé Nandou si on lui interdisait de dire ce qu'il pense ! Il ne ferait pas bon ménage avec Alexandre, mais Alice savait que son grand-père ne ferait qu'une bouchée de l'étudiant.

Chacun fit des efforts pour faire retomber la tension et ils parlèrent de choses plus légères. Alexandre expliqua quelles études il faisait. Des études d'histoire au grand dam de son père qui l'aurait bien vu reprendre le cabinet du boulevard Victor-Hugo. Mais, heureusement, sa sœur avait ce projet et cela lui laissait plus de latitude pour faire ce qu'il voulait, même si son père était persuadé que Catherine abandonnerait le poste dès son premier enfant. Ce n'était pas que les femmes n'étaient pas capables de mener les deux activités de front, mais le Dr Kourakine pensait que c'était dans l'âme de la femme que de vouloir se consacrer à sa progéniture. Cela, concédait-il, était bien normal. Et c'était bien pour cette raison qu'il aurait préféré Alexandre pour lui succéder. Alice et Alexandre se moquèrent du docteur. Mais Alexandre voulait bien sacrifier sa sœur sur l'autel de la satisfaction paternelle. Alice raconta comment elle s'était retrouvée vendeuse chez Mme Ginetta et combien elle était résignée à accepter son sort pourvu que Mireille, Joël et sa mère ne manquent de rien. Alexandre se montrait sceptique mais ne l'avouait pas tout à fait. Alice apprécia qu'Alexandre n'évoquât à aucun moment le statut de lycéenne qu'elle s'était inventé le jour de leur première rencontre. Tout comme il n'avait pas relevé que le père dont elle avait évoqué la colère pour s'enfuir était bel et bien mort. Et avant qu'ils n'en viennent à ce point de la discussion, elle regarda sa montre.

— Je crois qu'il est tard. On va s'inquiéter chez moi. Il est temps que je rentre.

— Déjà ? déplora le jeune homme. Je vais te raccompagner, proposa-t-il en se levant.

Alice se leva aussi.

— Il n'en est pas question, répondit-elle poliment. Je peux tout à fait rentrer seule avec mon Solex. De toute façon, il connaît la route. Depuis le temps que je sillonne les rues de Nice avec mon Ratplapla.

Ils avaient garé leurs engins un peu plus loin contre le mur de l'immeuble. Un grand embarras les envahit au moment de se dire au revoir.

— Bon, dit Alexandre, j'ai beaucoup apprécié de discuter avec toi. Il faudra renouveler ça !

— Je suis d'accord, c'était amusant, répondit-elle en cherchant ses mots.

— Tu n'es vraiment pas comme les autres filles, lança-t-il après une hésitation.

— Pourquoi ça ? s'étonna Alice.

— Eh bien, tu es bien la première qui ne veut pas monter sur ma bécane. En principe, elles veulent toutes faire un tour !

— Une autre fois peut-être, je ne suis pas contre.

Elle avait enfilé son cardigan et elle était comme une petite fille sage près de son Solex. Il lui prit la main et, comme il l'avait fait lorsqu'elle était venue sonner à sa porte, il y déposa un baiser. Elle baissait les yeux et, en faisant cela, elle savait qu'elle ne l'autorisait pas à aller plus loin. Pas sur ce trottoir, avec les voitures qui les frôlaient presque et dans le brouhaha de la terrasse du café. À deux pas, le soleil se couchait sur la plage, les derniers baigneurs se séchaient, les promeneurs s'attardaient sur les chaises de la Promenade, face à la mer. Un premier baiser y eût davantage sa place.

— Au revoir, ma petite vendeuse, dit-il d'un ton affectueux.

Elle ne savait pas comment elle devait prendre cela. Elle décida que ce n'était pas vexant, mais plutôt une marque de sa différence vis-à-vis de lui. Une différence qui lui donnait de l'importance.

VIII

Les jours qui suivirent furent un bouleversement. Alice n'était plus aussi attentive aux consignes de Mme Ginetta. Elle était rêveuse, souriait bêtement, partait chercher Mireille en avance ou bien en retard, laissait brûler le dîner, répondait à sa mère et prenait un air supérieur chez Figasso avec les amis du quartier. Clairette, qui était dans la confidence, savait de quoi il retournait et trouvait que l'attitude d'Alice était quand même disproportionnée par rapport à l'événement. Eh bien quoi ? Un garçon l'avait invitée au cinéma et avait déposé un baiser sur sa main ? Il n'y avait pas de quoi en faire un fromage !

— Si tu continues, les gens vont se faire des idées ! Ils vont croire qu'il t'a tourné un peu plus que la tête ! Tu vas finir par avoir une mauvaise réputation !

Comme l'avait craint Alice, il n'avait échappé à personne qu'elle était partie ce fameux dimanche avec un garçon qui possédait une Yamaha ! Mais contrairement à ce que redoutait Clairette, les ficanas pensaient qu'elle avait été bien bête de ne pas être montée derrière son conducteur. Elle ne savait pas ce qu'elle avait manqué de ne pas avoir quitté l'avenue Giacobi dans un coup d'accélérateur qui aurait fait vrombir la machine, les pieds sur les repose-pieds, les bras autour de la taille du pilote et sa joue contre son omoplate. Ah ! *Qué bestia* cette Alice ! Non, elle ne savait pas ce dont elle s'était privée ! Ce qu'ils ne savaient pas, c'est qu'il l'avait emmenée voir *La Chinoise* de Jean-Luc Godard et que tous deux avaient ensuite refait le monde à la terrasse d'un café. Mme Ginetta n'en était pas revenue.

— Jean-Paul Godard ! Oh ! Mèfi ! C'est un intellectuel celui-là ! Tu risques de ne pas t'amuser tous les jours ! Il aurait pu t'emmener voir autre chose. Moi, je serais allée voir *Indomptable Angélique*, soupira-t-elle, rêveuse. Bon, je comprends que vous, les jeunes, vous n'aimiez pas les films en costumes ! Mais il y avait le dernier film d'Annie Girardot et Montand[1] ! Comment tu l'appelles ce metteur en scène, déjà ?

— Claude Lelouch.

— Oui, Claude Lelouch. C'était bien, ça ! C'est quand même assez « recherché », Claude Lelouch ! Mais pauvre de toi ! *La Chinoise* ! répéta-t-elle en détachant les syllabes. Tu me la copieras celle-là, tu parles de chinoiseries ! Il ne serait pas un peu révolutionnaire, ton Alexandre ?

Alice aimait que Mme Ginetta ne comprenne rien au choix de ce film. Cela ne rendait l'instant vécu avec Alexandre que plus confidentiel, privé, unique. Le seul problème était qu'ils ne s'étaient pas donné d'autres rendez-vous. Elle ne savait pas ce qu'il adviendrait de leur histoire naissante. Parfois, elle ressentait un abîme sans fond d'inquiétude, à d'autres moments une euphorie benoîte. Cet état incertain ne dura pas longtemps, car, quinze jours plus tard, le téléphone sonna dans la droguerie. Mme Ginetta décrocha. Alice n'avait l'autorisation de répondre que lorsque Mme Ginetta était absente. Cet objet en bakélite noire était sacré pour elle.

— Droguerie Ginetta, bonjour ! Je vous écoute ! Oui ? Je note : un sac de Ratplapla. Quelle adresse ? 19 boulevard Victor-Hugo, répéta-t-elle en forçant la voix. Quel nom ? Monsieur Kou-ra-kine. C'est noté.

En même temps qu'elle prenait des notes, elle faisait de grands signes pour attirer l'attention d'Alice qui avait déjà compris de quoi il retournait mais faisait mine de l'ignorer.

---

1. Vivre pour vivre. *Film sorti en septembre 1967.*

— Je vous envoie ma petite employée dès cet après-midi. Bien le bonjour chez vous. Au revoir !

Elle chantait toujours « au revoir » plus qu'elle ne le disait, en terminant sur la note la plus aiguë.

Elles n'échangèrent aucune parole sur le sujet, mais chacune savait que le moment était important. Mme Ginetta observait quand même Alice du coin de l'œil pour y déceler l'ombre d'un trouble. Et elle l'y trouvait ! Il tardait à Alice que l'heure de faire cette course arrivât. Il y eut d'abord une interminable pause de midi. Puisque le temps ne permettait plus d'aller à la plage, Alice rentrait chez elle et déjeunait souvent d'un pan-bagnat qu'elle confectionnait avec un simple bout de baguette de pain imbibé d'huile d'olive et de vinaigre et fourré de tranches de tomate. Ce n'était pas un pan-bagnat très académique, mais elle en rêvait dès que la faim se faisait sentir, et pourvu que le pain mouillé par la sauce vinaigrette fasse entendre des flip-flop épais, c'était déjà un pan-bagnat. Les petits mangeaient à la cantine, sa mère ne rentrait jamais le midi. Elle écoutait le « Jeu des mille francs » sur le transistor, comme pépé Nandou le faisait tous les jours religieusement. Mais ce jour-là, banco, superbanco n'étaient que des clameurs lointaines qui se répercutaient de fenêtre en fenêtre dans la cour de l'immeuble. Il fallait attendre 15 heures pour la réouverture du magasin et Alice trouva le temps très long. Elle n'avait jamais été si pressée de reprendre le travail. Elle alla prendre un café chez Figasso, mais le cœur n'y était pas. Clairette était à la fac. Audrey, la coiffeuse, avait pris une cliente en avance. Aucune fille pour l'aider à distiller l'angoisse. Les mécaniciens des garages du quartier parlaient et riaient entre eux et ne faisaient pas attention à elle.

Enfin, elle se dépêcha de traverser le boulevard en direction de la droguerie. Pour une fois, Mme Ginetta était en retard. Le magasin était fermé, à croire que la patronne le faisait exprès. Alice trépignait. Elle la vit arriver à l'angle de la rue, du côté du bar-tabac des Marchetti. Mme Ginetta marchait d'un pas nonchalant, son gilet sur ses épaules glissait et elle s'arrêtait pour le rajuster, le tenant comme si elle avait froid. Sa jupe droite l'empêchait de marcher plus vite. Alice aurait bien tapoté sa montre pour lui indiquer d'accélérer le pas, mais elle savait que cela n'aurait pas été correct.

Mme Ginetta habitait un appartement au confort moderne dans une petite résidence à un étage, toute neuve, juste en face du bar-tabac, à l'angle de la rue du Maréchal-Vauban et de la rue Sorgentino. Cette bâtisse sans toit était ceinte d'un minuscule jardin uniquement destiné à isoler la maison de la rue, mais on avait eu la place d'y planter un bananier qui s'y trouvait fort à son aise. Pour Alice, depuis que la résidence était sortie de terre, c'était là qu'elle rêvait d'habiter. Elle n'avait pénétré dans l'appartement de Mme Ginetta qu'à de rares occasions et cette distribution des pièces autour de l'entrée lui paraissait des plus judicieuses. De larges fenêtres donnaient une clarté sereine. La porte de la salle de bains laissée entrouverte laissait voir des fioles de parfum sur une étagère de verre surmontée d'une armoire de toilette. Elle s'imaginait passer des heures devant les miroirs qui s'articulaient en trois parties pour se regarder sous toutes les facettes et même à l'infini si l'on rabattait sur ses joues les panneaux latéraux. Elle qui devait se maquiller dans la cuisine, au-dessus de l'évier, dans le reflet d'un minuscule petit miroir !

La patronne arriva enfin à hauteur de la droguerie. On ouvrait par l'intérieur en passant par le hall de l'immeuble et l'arrière-boutique. Mme Ginetta fit mine de se tromper de clef, recommença à chercher dans son trousseau. Alice bouillait et aurait voulu lui arracher le trousseau des mains. La patronne ouvrit enfin la porte de la resserre. Alice se précipita sur sa blouse qu'elle enfila à la hâte et prit la commande qu'elle avait préparée le matin pour aller la fourrer dans une sacoche du Solex. La voix de Mme Ginetta retentit dans le magasin :

— Tu vas me tenir le magasin un moment, Alice ! Je dois aller à la Poste pour retirer des mandats.

Alice tapa du pied dans l'arrière-boutique et leva les yeux au ciel. Elle se maîtrisa pour cacher son agacement.

— Mme Ginetta ! J'ai cette commande à livrer, vous savez, boulevard Victor-Hugo !

— Ah oui ! Où avais-je la tête ? Bien sûr, la commande ! Bon, bon ! Vas-y ! J'irai à la Poste à ton retour.

Si Alice avait pu voir Mme Ginetta dans le magasin, elle aurait décelé la lueur de malice qu'il y avait dans son regard et la fourberie qu'affichait son sourire.

Alice, pour cette course particulière, prit le plus court chemin. Mme Ginetta aurait été contente de savoir que, pour une fois, elle ne s'amusait pas à longer les vitrines des rues commerçantes. Pour autant, lorsqu'elle fut plus avancée dans la rue Vauban, elle arrêta le vélomoteur et se dépêcha d'enlever sa blouse. Elle portait une robe chasuble à carreaux avec un pull rouge et son éternel cardigan. Elle remit par-dessus son imperméable dont elle noua la ceinture. Le temps s'était rafraîchi et il tombait quelques gouttes. La circulation était dense à l'heure où reprenait l'activité de l'après-midi et Alice prenait quelques risques en slalomant entre les camionnettes et les Vespa. Son cœur battait très fort et plus elle approchait des beaux quartiers, plus elle pensait à renoncer. Mais il y avait la commande. Elle pouvait la déposer chez la concierge et repartir comme elle était venue. Tout en échafaudant ces plans de fuite, elle gara son Solex devant le numéro 19, prit mécaniquement le paquet dans la sacoche et poussa la lourde porte vitrée parée de fer forgé. Elle osa à peine jeter un regard sur les miroirs de l'entrée et crut apercevoir sa demi-queue un peu ébouriffée, mais elle n'eut pas le temps de se recoiffer car tout son corps se propulsait vers la porte de l'appartement au bout du couloir. Il était trop tard pour se le reprocher, elle avait déjà sonné.

La porte s'ouvrit précipitamment. Alexandre était devant elle, l'air grave. Il la regarda intensément, comme soulagé de la voir là. Il l'attira vers lui et, tout en claquant la porte derrière eux, il la serra dans ses bras et l'embrassa avec fougue. Alice se laissa faire, ne sachant pas exactement comment elle devait se comporter. Ses bras demeuraient le long de son corps. Elle avait entrouvert sa bouche, parce que Clairette lui avait expliqué comment on faisait en pareil cas. Elle sentit la langue d'Alexandre se glisser à l'intérieur et fouiller avec un peu de rudesse, mais c'était quand même délicieux parce que c'était inattendu. Au bout d'un instant, dont Alice ne sut évaluer la durée, il se recula un peu. Son visage était toujours grave. Il parla enfin :

— Alice, ils ont tué Che Guevara[1] !

Alice le regarda, stupéfaite. Oui, elle avait bien entendu cette nouvelle à la radio à midi. Mais elle n'avait pas pensé que cela aurait pu avoir une telle incidence sur l'humeur d'Alexandre et encore moins motiver leur premier baiser.

— C'est affreux ! Ils l'ont assassiné ! Tu entends, Alice, exécuté !

Alice voyait bien qu'Alexandre était dévasté par cette nouvelle et elle comprenait qu'il l'avait fait venir pour le consoler en quelque sorte. Il lui prit la main et l'entraîna dans le couloir.

— Tu es seul ? s'inquiéta-t-elle.

— Oui, bien sûr ! Mon père travaille, ma mère est à son club de bridge et la femme de ménage ne revient qu'en fin d'après-midi.

— Et toi, tu n'es pas en cours ?

— Pas le cœur aujourd'hui ! Je vais partir dans un moment pour retrouver mes camarades à Carlone. Il me tarde de commenter l'événement avec eux. Je crois que c'est l'étincelle qui va mettre le feu aux poudres !

— Pourquoi n'as-tu pas rejoint tes amis tout de suite alors ?

— Je croyais que tu allais venir ce matin avec ton Ratplapla. Je t'ai attendue, je ne pouvais pas te laisser venir pour rien.

Alice fut flattée qu'il l'ait placée avant ses camarades de Carlone, alors que l'actualité était si brûlante pour lui. Peut-être même passait-elle avant Che Guevara. Elle se radoucit donc et se laissa entraîner dans la chambre d'Alexandre, au fond d'un dédale de couloirs aux mille portes. La chambre était petite et ressemblait à l'antre d'un jeune adolescent. Un lit aux draps défaits entouré d'un cosy prenait l'angle de la pièce. Aux murs, de vieilles affiches de l'OGC Nice n'avaient pas été enlevées, un poster de Roy Emerson[2] côtoyait une photo de Che Guevara riant et fumant un cigare. Alexandre avait collé à l'un des coins un ruban noir. Une raquette

---

1. *Che Guevara est mort le 9 octobre 1967.*
2. *Roy Emerson : champion de tennis australien des années 60 et 70.*

de tennis traînait par terre près d'une guitare sèche poussiéreuse. Au sol, un pouf marocain au cuir enfoncé et un cendrier rempli de mégots témoignaient d'un grand nombre d'heures de dilettantisme. Sur un des murs de la chambre était tendu un bout de filet de pêcheur, sur lequel étaient accrochés des porte-clefs de toutes les marques, de toutes les formes et de toutes les couleurs. Voyant qu'elle les regardait attentivement, il précisa :

— C'est une vieille collection, cela fait longtemps que je ne la fais plus.

— Oh ! Mais c'est magnifique ! s'exclama-t-elle. Je n'en ai jamais vu de semblable ! C'est dommage que tu l'aies arrêtée, j'aurais pu t'aider à la compléter parce que j'en ai une *fourre*[1] de porte-clefs au magasin ! De très jolies miniatures, des paquets de lessives, des Omo, des Bonux, des Coral, des savonnettes Cadum, Palmolive, j'ai même le petit bonhomme O'Cedar en bois !

— Ah ! s'exclama-t-il, intéressé. Le bonhomme en bois, je suis preneur !

— D'accord ! dit-elle, heureuse de pouvoir lui faire ce cadeau.

Il s'était assis sur le lit. Il lui tendit la main et l'attira vers lui. Elle s'assit tout au bord du lit, se trouvant une place dans les méandres du drap défait. Il l'embrassa à nouveau et elle tenta de répondre à ce baiser avec une grande application. Il mit l'une de ses mains sur sa cuisse et tenta de la faire basculer doucement en arrière.

— Non, Alexandre ! se défendit-elle en se redressant. Non, pas déjà, pas comme ça. Je ne suis pas prête.

— Oh ! Je ne te savais pas si prude ! s'emporta-t-il en faisant mine d'en rire. Vive la liberté sexuelle ! Tu sais, les étudiantes que je connais sont moins farouches !

Alice se vexa.

— Eh bien, rejoins-les ! Je suppose que tu n'as que l'embarras du choix.

— Je voudrais bien, mais les garçons n'ont pas le droit d'aller dans les chambres des filles dans les cités U, dit-il en riant.

---

1. *Fourre : une grande quantité (expression niçoise).*

— C'est donc pour cela que tu m'as fait venir ici ?

Alice était en colère et ses pommettes cramoisies laissaient ressortir encore davantage ses taches de rousseur. Il l'embrassa sur la joue.

— Mais non, c'est toi qui me plais, ma petite vendeuse ! répondit-il pour la rassurer. Ne t'inquiète pas, nous n'irons pas plus vite que la musique. Mais bon, il va falloir te décoincer un peu, peut-être.

Alice avait comme l'impression d'avoir manqué une étape. Entre les petits bisous à la volée dans le square du collège Saint-Roch et cette promiscuité avec Alexandre dans sa propre chambre, il n'y avait rien eu. Et oui, elle avait bien le droit d'être prude ! Pour mettre un terme à cette situation embarrassante, elle se leva et annonça qu'il était temps pour elle de partir. Cependant, elle ne voulait pas rester dans l'incertitude d'un prochain rendez-vous et elle prit les devants :

— Tu veux venir avec moi sur la Promenade le dernier dimanche d'octobre ? Il y a Paul McCartney qui vient tourner le film d'une de ses chansons[1].

Alexandre réagit immédiatement :

— McCartney ! Pouah ! Ne me dis pas que tu écoutes encore les Beatles ! Musique bourgeoise pour petits-bourgeois ! Ah ! Si tu me disais que Mick Jagger ou Jim Morrison venait sur la Prom', je me précipiterais, c'est sûr !

— Si je comprends bien, tout ce que je dis est idiot ! s'insurgea-t-elle. Décidément, je crois que ma patronne a raison. On ne mélange pas les torchons et les serviettes. Si tu veux tout savoir, j'adore aussi Claude François et, comme dit pépé Nandou, « je t'emmerde » !

Il n'en fallut pas plus à Alexandre pour se sentir transporté de désir pour cette petite jeune fille en furie. Alice ne se reconnaissait pas elle-même.

— Pardon, pardon, mademoiselle la rebelle ! J'ai été très con ! D'autant plus con qu'en ce qui me concerne, en fait, je

1. *Tournage du clip de* The Fool on the Hill.

préfère le jazz. Bien sûr que je te retrouverai dimanche pour voir McCartney. Pour te voir surtout à toi.

Il l'enlaça en fermant ses bras autour de sa taille.

— Nous monterons au château et je t'offrirai une glace.

Alice décida de ne pas chercher à savoir s'il se moquait d'elle.

— Ne m'appelle plus à la droguerie, chuchota-t-elle comme si quelqu'un pouvait les entendre. Mme Ginetta est une véritable ficanas !

Elle griffonna un numéro de téléphone sur un bout de papier.

— C'est le marchand de volailles en bas de chez moi. Il est très gentil, il m'appellera si tu téléphones.

Elle accepta un dernier baiser, avant de s'échapper. Dans le hall d'entrée de l'immeuble, elle croisa le Dr Kourakine qui devait rentrer de ses visites à domicile. Vraisemblablement, il n'avait pas vu qu'elle sortait de son appartement. Il avait un air sévère avec sa mèche grise et ses lunettes en métal doré rehaussées d'un trait noir. Il penchait d'un côté sous le poids de sa mallette à soufflets au cuir vieilli et bosselé. De l'autre main, il tenait une cigarette dont il tira une puissante bouffée et dont la cendre tomba sur le carreau du hall. Sa voix grave de fumeur marmonna un « bonjour, mademoiselle », mais il ne lui tint pas la porte. Elle fut terrorisée. Dehors, il pleuvait davantage. Une odeur de poussière chaude montait des trottoirs. Elle serra fort la ceinture de son imperméable et roula par les rues qui s'étaient assombries tout à coup, en dérapant par endroits sur la chaussée glissante.

Rue Vauban, elle se rappela tout à coup qu'elle devait remettre sa blouse. L'exercice exécuté sous la pluie était périlleux, mais elle se dépêcha. Le ciel était sombre et bas par-dessus l'usine à gaz et la caserne. On ne se serait pas cru à Nice. C'était un vrai jour d'automne. Mme Ginetta, qui n'avait pas quitté son air goguenard, s'étonna de voir la blouse mouillée d'Alice alors que celle-ci était partie avec un imperméable.

— C'est qu'il pleut beaucoup, madame Ginetta.

— Et l'argent ? Tu n'as pas cinq francs à mettre dans la caisse ?

Alice mit la main à sa bouche, puis se ressaisit.

— M. Kourakine n'avait pas de monnaie. Il passera payer dès que possible. Je n'ai pas osé insister.

— Mouais ! fit Mme Ginetta, dubitative. C'est une mauvaise habitude qu'il a ce jeune homme de se faire rappeler à l'ordre pour payer. Je te mets en garde, Alice, il faut faire payer les riches ! Sinon on ne s'en sortira pas.

Alice s'était très vite remise à travailler dans les rayons pour faire oublier son étourderie. Elle s'en voulait terriblement de ne pas avoir rapporté l'argent et redoublait d'efficacité pour être irréprochable. Elle époussetait le rayon des casseroles avec un plumeau et évitait de croiser le regard de sa patronne. Elle pensait qu'on pouvait lire sur elle ces quelques instants d'abandon chez les Kourakine. Mme Ginetta l'observait du coin de l'œil, hésitant à poursuivre son jeu pervers qui l'amusait beaucoup. Mais il était bien trop difficile pour elle de s'abstenir. D'autre part, elle avait comme le sentiment d'avoir jeté sa protégée dans la gueule du loup.

— J'espère que tu n'oublies pas les conseils de madame Ginetta, ma petite. Et surtout, tu sais que madame Ginetta est là pour t'écouter, en cas de besoin.

Alice ne releva pas et poursuivit son rangement.

IX

Le jour où Paul McCartney vint sur la promenade des Anglais, Alice et Alexandre s'amusèrent à jouer les paparazzis pour l'apercevoir et le photographier. Le temps était clair, la mer d'un bleu d'argent et il fallait se frayer un chemin dans la foule pour prétendre approcher la star. Ils n'étaient pas les seuls à avoir eu cette idée. Alexandre avait attrapé au vol le cliché d'un épi de la chevelure brune du chanteur sur le cours Saleya, un autre d'un pan de son long manteau noir sur les sentiers de la colline du château. Il y avait un important service d'ordre. Alors Alice faisait semblant de jouer les stars en prenant des poses appuyées. Il la photographiait, puis l'embrassait amoureusement. Certains badauds la prenaient aussi en photo au cas où il se serait passé autre chose d'intéressant à ne pas rater en marge de l'événement. On entendit :

— C'est qui celle-là ?

— C'est pas Marlène Jobert ?

— Non ! Marlène Jobert, elle est rousse et elle a les cheveux plus courts.

— Oh ! Tu sais, les coiffures des vedettes, ça va, ça vient ! Prends-la quand même, on ne sait jamais !

Ils couraient le long de la Promenade, main dans la main, imitant le leader des Beatles qui faisait de même, seul sur la plage, en un plan très court. Cela aurait pu être n'importe quelle plage d'Angleterre ou d'ailleurs, mais celle-ci avait l'avantage d'être au soleil et baignée par la chaleur du Sud. Plus tard, lorsqu'ils entendraient *The Fool on the Hill*, ils repenseraient à cette journée avec émotion, c'était sûr.

Il n'y avait qu'un hic à cette belle journée. La mère d'Alice avait insisté pour que Mireille les accompagne.

— Tu ne vas pas laisser ta sœur seule un dimanche à la maison !

Dans la mesure où Colette demeurait à la maison cet après-midi-là, cette question pouvait paraître incongrue, mais elle ne surprit pas Alice outre mesure.

— C'est que je serai avec des amis qu'elle ne connaît pas, hasarda Alice. Hein, Mireille, que tu n'as pas envie de t'ennuyer avec mes amis ?

Mireille demeura interdite, ne sachant quel parti prendre pour ne pas subir de représailles trop pénibles.

— Tu ne veux pas descendre jouer avec tes copines en bas ? insista Alice qui voyait son beau rendez-vous gâché.

— Tu sais bien que depuis que les volaillers ont déménagé aux Jonquilles, elle n'a plus d'amies de son âge dans la rue !

C'était bien vrai : depuis que les filles des volaillers avaient franchi la frontière du boulevard Saint-Roch, les dimanches étaient plus mornes pour Mireille.

— Ah ! Si seulement on avait la télé ! Tu ne veux pas aller regarder la télé chez Mme Vernet ? demanda Alice.

Mireille continuait à faire semblant de ne pas entendre.

— Avec un beau soleil comme ça, ça lui ferait du bien de prendre l'air à ta sœur ! insista Colette.

Alice se laissa attendrir.

— Bon, allez, prends un gilet et dépêchons-nous, tu sais qu'il y a moins de bus le dimanche.

Ils s'étaient donné rendez-vous devant la fontaine de la place Masséna. Lorsque Alexandre vit arriver Alice accompagnée de sa sœur, il parut contrarié. Il écrasa sa cigarette par terre avec une sorte de rage. Alice tenait Mireille par la main. L'enfant était brune, coiffée avec des petites couettes. Ses joues rondes lui donnaient un air encore plus enfantin. Elle avait mis une robe bleu marine à pois blancs et un gilet blanc par-dessus. On aurait dit qu'elle allait à un mariage. Elle avait quelque chose de doux et d'attendrissant auquel peu de monde résistait, surtout pas Alice.

Alice embrassa Alexandre sur les joues et lui présenta sa sœur. Puis se tournant vers Mireille :

— Je te présente Alexandre. C'est un ami. Un peu plus qu'un ami. Mais, à vrai dire, il n'y aura que lui aujourd'hui. Nous allons passer l'après-midi ensemble. Mais maman ne le connaît pas et je n'ai pas trop envie de lui en parler. Tu comprends, Mireille ?

Mireille avait levé ses grands yeux sombres et, comme toujours, brûlants vers Alexandre.

— Hum ! Hum ! acquiesça-t-elle sans le quitter du regard.

Résigné, Alexandre se pencha vers elle pour lui faire la bise.

Tous trois partirent sur les traces de Paul McCartney. Au début, l'ambiance fut timide, mais après avoir mangé une part de socca et jouer ensemble sur une marelle dessinée sur le trottoir de la Promenade, l'atmosphère se détendit. Alexandre prit Alice par l'épaule, puis osa un baiser discret, puis plus amoureux entre deux photos. Mireille se prit au jeu de trouver les endroits les plus propices à traquer la star et insista pour prendre en photo le couple qui minaudait. Alexandre lui prêta volontiers son Zenit[1] tout neuf, dont il lui expliqua le maniement. La petite fille s'amusait follement. Quelquefois, elle se mettait entre eux et leur donnait la main, les regardant chacun à leur tour avec un infini contentement. Alice se demandait parfois si Alexandre ne se préoccupait pas davantage de sa sœur que d'elle. Mais comme Mireille était sans doute l'être qui lui était le plus cher, ce n'était pas très grave.

Lorsqu'elles rentrèrent avec le bus numéro 5 à Saint-Roch vers le soir, heureuses de leur journée, Alice se pencha vers Mireille.

— Pour Alexandre, tu ne diras rien à maman, elle se ferait des idées.

La fillette regarda sa sœur avec beaucoup de malice. Elle fit un geste sur ses lèvres comme si elle les fermait avec une fermeture Éclair. Toutes deux partirent d'un grand éclat de rire.

1. *Zenit E : appareil photo de fabrication russe apparu en 1967.*

Un soir du mois de novembre, alors qu'Alice était rentrée chez elle et qu'elle préparait le dîner en surveillant les devoirs de Mireille et de Joël, une voix retentit dans la cour, au bas de la fenêtre de la cuisine :

— Alice ! Téléphone ! appela-t-on.

C'était la voix de M. Ricou qui acceptait de passer gentiment les communications, car il était le seul à avoir le téléphone dans l'immeuble et au-delà.

Alice ne prit pas la peine de passer la tête à la fenêtre et répondit tout en se précipitant hors de l'appartement :

— Je descends !

Elle dévala deux par deux les marches de l'escalier, faillit bousculer M. Vernet qui remontait lentement de son pas de vieil homme jusque chez lui, sortit en trombe sur le trottoir et pénétra comme un boulet dans la boutique du volailler.

Le téléphone se trouvait dans une petite pièce noire de l'arrière-boutique. M. Ricou était d'une grande discrétion. C'était la pièce où il mirait ses œufs qui passaient pour les meilleurs à plusieurs kilomètres à la ronde. Ils venaient d'une ferme du Gers et étaient livrés une fois par semaine avec la volaille. Certains clients traversaient tout Nice pour s'approvisionner chez lui et les plus grands restaurants de Monaco passaient commande toutes les semaines. On racontait même que le vieux paysan, qui résistait encore dans sa ferme, un peu plus haut, vers les Orangers, venait se ravitailler chez M. Ricou lorsque la marchandise venait à lui manquer en faisant croire que les œufs étaient sortis du cul de ses propres poules. Ni vu ni connu. Mme Ricou n'avait pas son pareil pour emballer six œufs, douze œufs ou même davantage en les enroulant trois par trois dans du papier journal avec une technique contre la casse à toute épreuve. Chez eux, *Nice-Matin* contenait plus d'œufs frais que de nouvelles fraîches. Les voisins déposaient chez le volailler leurs vieux journaux et c'était bien pratique.

M. Ricou faisait preuve de délicatesse, en cessant de mirer ses œufs pour laisser seul le voisin qui téléphonait dans la petite pièce où il lui arrivait de faire aussi ses comptes, et il regagnait sa boutique. Pour laisser encore davantage de confidentialité, son tact allait jusqu'à taper encore plus fort sur son billot avec son hachoir sur les cous des poulets et les pattes des lapins ! Personne ne devait entendre les conversations privées depuis la boutique. Une petite coupelle avait été posée sur le bureau et les gens laissaient s'ils le voulaient une pièce en dédommagement. Mais le volailler ne réclamait jamais rien, c'était son geste commercial.

Alice trouva le combiné qui l'attendait posé et retourné sur le bureau. Elle le colla à son oreille et décrocha l'écouteur rond fixé à l'arrière du téléphone en bakélite noire.

— Alice ? C'est Alexandre.

Elle se sentit toute remuée d'entendre cette voix rendue nasillarde et un peu voilée par l'effet de la liaison téléphonique. C'était la première fois qu'il l'appelait, et c'était bien miraculeux de l'entendre ainsi, alors qu'il se trouvait de l'autre côté de Nice.

— Bonjour, tu vas bien ? répondit-elle, intimidée.

— Je voulais simplement te dire que ce week-end on va à Paris pour la grande manifestation contre la guerre au Vietnam. Ça te dirait de venir avec nous ? On part en bus ! C'est dix francs l'aller-retour ! annonça-t-il avec enthousiasme.

La perspective de partir avec Alexandre à Paris la séduisait beaucoup, mais elle voyait d'emblée beaucoup d'obstacles à ce projet.

— C'est que je travaille, moi !

— Demande juste à sortir plus tôt le samedi à ta patronne, nous allons rouler toute la nuit et tu seras rentrée lundi matin.

— Ce n'est pas du tout sûr qu'elle veuille et je ne sais pas si je saurai lui présenter les choses.

— Essaie au moins, insista Alexandre.

— Et ma mère ? Qu'est-ce que je vais lui dire ? En imaginant qu'elle accepte, elle ne saura pas se débrouiller avec Mireille et Joël !

Il y eut un silence au bout du fil.

— Alexandre ? Allô ?

— Oui, oui, je suis là. Écoute, je t'ai fait une proposition. À toi de voir si c'est possible ou pas. Je te rappelle demain soir à la même heure pour connaître ta réponse.

Il était presque froid.

— Merci pour l'invitation. Je fais mon possible. Je t'embrasse, dit-elle.

— Bon, eh bien, salut.

— Tu es fâché ? demanda Alice, gênée.

— Non, non.

Il marqua un temps.

— C'est juste que je croyais que tu dirais oui de suite, c'est tout.

— C'est plus compliqué pour moi que pour toi. Tu n'as pas d'obligation. Mais je vais m'arranger, je te le promets.

Alice remonta à l'appartement en réfléchissant. Elle lui en voulait presque de briser sa tranquillité. Il allait falloir parler à Mme Ginetta, puis à sa mère. Il attendait une réponse pour le lendemain. Il faudrait aller vite. Non, elle lui en voulait. Une promenade au mont Boron, ou même pousser jusqu'à Beaulieu avec la moto lui aurait largement suffi pour passer avec lui ce dimanche. D'autre part, si elle n'y allait pas, il irait avec d'autres jeunes filles, toutes ces étudiantes libérées ! Dieu sait ce qui pourrait se passer ! Cette cause du Vietnam avait l'air de lui tenir à cœur, il fallait bien qu'elle s'y intéresse aussi.

Mme Ginetta dit oui tout de suite. Elle demanda quand même quelques explications. Alice avait tellement peur de s'empêtrer dans des mensonges qui l'auraient confondue qu'elle préféra dire la vérité. Les conversations se faisaient toujours en travaillant et jamais Alice ne regardait sa patronne dans les yeux.

— Je vais à Paris à une manifestation contre la guerre au Vietnam.

— Oh *pétan*[1] ! s'exclama la droguiste, ébahie. Je ne savais pas que tu t'intéressais à la politique ! Et avec qui y vas-tu ?

— Avec des amis, madame Ginetta ! répondit-elle, évasive.

— Quels amis ? C'est pas la bande de chez Figasso qui va manifester à Paris, quand même ? demanda la patronne narquoisement.

— Non, non, ce sont des amis de la plage.

1. *Pétan : ponctuation de phrase (putain, en français) exprimant toutes sortes d'exclamations (expression niçoise).*

— Elle le sait, ta mère, que tu pars à Paris avec « ces » amis de la plage ?

— Non, madame Ginetta, je voulais d'abord être sûre que vous me laissiez partir plus tôt samedi avant de lui en parler.

La droguiste fut flattée de cette marque de considération. Pour elle qui n'avait jamais eu à s'occuper d'enfants, c'était la preuve qu'elle lui servait de mère à présent et que son avis était le plus important.

— Il n'y a pas de problème, tu pourras partir quand tu voudras dans l'après-midi. Mais ce bus, il faudra le payer ! Avec quel argent vas-tu le payer ?

— Avec mes économies. C'est dix francs pour l'aller et le retour.

— Bah ! Il y aura bien un chevalier servant qui pourra t'offrir ce voyage ! glissa Mme Ginetta perfidement.

— Ah ça, non ! Je ne veux rien devoir à personne !

Alice s'arrêta de ranger et se planta devant sa patronne.

— Je n'ai pas fait le sacrifice de mes études pour vivre au crochet de quelqu'un.

— Très bien, très bien, tu as sans doute raison. Mais, tu sais, un cadeau ça ne se refuse pas !

Lorsque ce fut le tour de demander à sa mère, elle savait précisément quel serait le point d'achoppement.

— Contre la guerre au Vietnam ? Alors moi, je suis « pour » que la jeunesse aille manifester contre tout ce que les Ricains veulent nous faire avaler ! C'est très bien ! Ils se croient les maîtres du monde ! Et bientôt, ils vont nous manger tout cru !

Elle s'interrompit brusquement.

— Mais qui va garder Mireille et Joël dimanche, alors ?

Alice aurait pu répondre : « Mais toi, maman ! Qui de mieux placée qu'une mère pour s'occuper de ses enfants ? » D'une part, cela ne lui venait pas naturellement à l'esprit, d'autre part, elle ne voulait gâcher aucune chance de partir à Paris et avait prévu sa réponse.

— Samedi après-midi, je les emmènerai chez mémé Finette. Ça fait longtemps qu'ils n'ont pas passé un week-end rue de la Croix. Pépé Nandou les ramènera dimanche soir en bus.

— C'est parfait alors ! Tu seras la première d'entre nous à mettre les pieds à Paris. Et Clairette, elle vient aussi, Clairette ?

Alice voyait moins Clairette ces derniers temps. Elle s'en voulait, mais c'était ainsi. Avec beaucoup de regrets, Alice en était à se demander si l'amitié entre filles ne servait pas qu'à patienter en attendant le prince charmant.

— Non, elle ne vient pas.

— Tu feras quand même attention à toi. On ne sait jamais dans ces manifestations. Tu veux un peu d'argent pour le bus ?

Qu'avaient-ils donc à tous vouloir qu'on lui paye le bus ?

— J'ai ce qu'il me faut, répondit-elle un peu sèchement.

Puis elle se radoucit :

— Merci quand même.

Le samedi suivant, tout était bouclé. Alexandre avait donné rendez-vous à Alice devant la grande gare de Nice d'où les bus affrétés devaient partir en début de soirée et rouler jusqu'à Paris toute la nuit. Elle déposa d'abord Mireille et Joël chez les grands-parents dans le Vieux-Nice. Alice était pressée. Même si d'ordinaire ils adoraient cette promenade, il n'était pas question de s'attarder dans les ruelles qui sentaient fort les épices, le *stockfisch*[1] et la *porchetta*[2], et quelques autres odeurs moins définissables et parfois moins engageantes. Ils sautèrent du bus, boulevard Jean-Jaurès, et se précipitèrent vers la porte Fausse, monumentale et pourtant si familière. Ils dévalèrent les marches. Pas le temps de jouer à la fontaine. Alice entraîna Mireille et Joël dans la rue Gallo, longue, étroite et déserte, aux façades abîmées. Ils coururent plus qu'ils ne marchèrent. Il fallait vite gagner la place Rossetti, par la place de la Halle-aux-Herbes. Les rues autour fourmillaient de monde à cette heure commerçante du samedi après-midi. Ils traversèrent la place en faisant attention aux voitures qui y circulaient et s'y garaient n'importe comment. Puis, essoufflés, ils remontèrent la rue

1. *Stockfisch : filet de poisson, séché à l'air libre.*
2. *Porchetta : cochon de lait farci et rôti.*

Rossetti qui grimpe jusqu'aux escaliers du château. Ils bifurquèrent promptement au coin de l'impasse de la Croix, étroite et sombre, fermée à son extrémité par le haut clocher de l'église Saint-Jacques-le-Majeur. Celui-ci s'élevait, austère et minéral, barrant tout le jour la route au soleil. « Dans notre rue, l'église nous montre son derrière ! » plaisantait pépé Nandou qui ne détestait pas être irrévérencieux avec la religion.

Cette rue était familière aux enfants. D'autres auraient pu y avoir peur et la considérer comme un coupe-gorge. Mais ici, tout le monde les connaissait. Quelle que soit la tête qui se penchait à la fenêtre ou l'ombre qui se profilait derrière une entrée sombre, on entendait : « Vé ! C'est les *chichous*[1] de Finette et Nandou. » L'escalier était dur à grimper et, si la lumière avait le malheur de s'éteindre pendant l'ascension, on finissait le périple dans l'obscurité, à tâtons contre le mur. Les différentes aspérités que l'on avait à force mémorisées indiquaient à quel étage on se trouvait. Quand on arrivait tout là-haut, dans l'appartement de mémé Finette, on était comme dans un petit nid. Elle avait mis des plantes vertes partout et les fenêtres de toit laissaient passer quand même quelques rayons de soleil dans la journée. Les pièces étaient petites, le mobilier hétéroclite et le plancher craquait. Des photos des ancêtres étaient posées un peu partout ainsi que des objets de décoration exotiques dont on ignorait la provenance, se mêlant à des poupées en costume niçois ainsi qu'à des porcelaines à l'effigie de Napoléon. Dans la chambre de leur mère trônait une poupée géante gagnée à la fête foraine et qui avait toujours été considérée par tout le monde comme un être quasi vivant, un autre enfant de la maison. Dans sa cuisine qui donnait sur un puits de jour, ça sentait toujours le café et les gâteaux, car mémé Finette recevait souvent une amie avec laquelle les commentaires allaient bon train, tandis que pépé Nandou était descendu prendre des nouvelles du quartier ou donner un coup de main à un voisin.

---

1. *Chichou (prononcer tchitchou) : terme affectueux pour désigner un enfant (expression niçoise).*

— Alors, où tu vas comme ça ? Il paraît que tu pars à la capitale ? demanda mémé Finette en réceptionnant les deux plus jeunes.

— Oui, je vais à une manifestation contre la guerre au Vietnam !

— Tu n'auras pas le temps de voir la tour Eiffel, alors ?

— Une autre fois, je prendrai davantage de temps. Merci pour les petits, mémé, ajouta-t-elle en lui collant deux bises sur les joues en guise d'au revoir.

— Oh ! Tu penses ! Tu pourrais me les amener plus souvent ! C'est de ton âge de sortir. Et ta mère, elle travaille tellement ! Tu as de quoi...

— Oui, oui, mémé, j'ai ce qu'il faut !

Pépé Nandou intervint :

— Tu sais que ta grand-mère elle fait sa révolution aussi demain ! À Sainte-Réparate, le curé va faire pour la première fois la messe en français ! C'est pas révolutionnaire, ça ?

— Tais-toi, mécréant ! répondit mémé Finette. Laisse cette petite partir, qu'elle est pressée ! Fais bien attention à toi, ma petite, là-haut !

Alice envoya des baisers de la main à tout le monde et courut en sens inverse pour attraper le bus qui la conduirait à la gare.

X

En arrivant devant la gare, elle fut tout intimidée par l'animation qui y régnait. De nombreux jeunes, excités par le projet du week-end, virevoltaient autour des autocars affrétés pour l'occasion et sur lesquels étaient apposées des affichettes avec la mention *La jeunesse avec le Vietnam, 26 novembre, place du Colonel-Fabien, Paris, 15 h 30*. La jeunesse communiste et des étudiants de l'UGEN-UNEF[1] s'étaient associés pour organiser le déplacement. L'ambiance était joyeuse, décontractée et bon enfant. Alice ne se sentait pas tout à fait à sa place. Elle portait un manteau trois quarts à carreaux, un pull à col roulé et un pantalon gris légèrement évasé aux chevilles que lui avait prêtés Clairette. Elle avait longuement hésité avec sa robe droite chasuble qu'elle aurait mise avec ses nouvelles bottes, mais elle craignait de ne pas être assez à l'aise au cours de cette marche dans Paris. Et puis elle la portait presque tous les jours.

Il y avait davantage de garçons que de filles qui s'apprêtaient à monter dans les bus. Alice chercha du regard Alexandre. Elle aperçut sa tignasse bouclée penchée sur la soute d'un des véhicules. Plusieurs garçons enfournaient là du matériel, banderoles et piquets. Elle se posta près de lui et attendit qu'il se relève et qu'il la découvre.

1. *UGEN-UNEF : Union générale des étudiants de Nice. Branche niçoise de l'Union générale des étudiants de France.*

— Alice ! s'exclama-t-il.

Visiblement, sa présence venait porter sa bonne humeur à son comble. Ils s'embrassèrent presque furtivement, puis il présenta la jeune fille au reste du groupe qui, sans être désagréable, ne fit pas attention à elle plus que cela. Alice n'était pas mécontente qu'on l'ignore et se sentit du coup adoptée.

Le convoi de bus, au nombre de trois, s'ébranla vers 18 heures. Les autocars longèrent une partie de la promenade des Anglais. Et en voyant les lumières qui commençaient à scintiller sur la Méditerranée dans l'anse de l'aéroport, Alice eut un sentiment étrange d'abandonner tout ce qui faisait la beauté de son existence, et en même temps elle ressentait l'excitation d'aller chercher si quelque chose de mieux pouvait exister ailleurs. Elle était assise auprès d'Alexandre et un sourire énorme était affiché sur son visage. Alexandre ne lui lâchait pas la main et l'embrassait, tout en continuant à parler avec d'autres camarades, pour certains étudiants en histoire comme lui. Une fille, à l'avant du bus, prit la parole pour remercier les participants. Elle avait une allure très originale, presque excentrique, pensa Alice. Elle portait une jupe en cuir marron et des collants un peu bariolés. Sur ses cheveux qu'elle avait coupés très court, elle avait posé à la Gavroche une casquette également en cuir. Elle était chargée de chauffer un peu l'ambiance en faisant répéter les slogans qui seraient déclamés pendant la manifestation. « La paix au Vietnam ! » « US assassins ! » Tout le bus reprenait en chœur. Alice scandait d'abord timidement, mais, avec les encouragements d'Alexandre, sa voix se fit plus assurée, puis plus forte. C'était un réel plaisir de laisser sortir ces sons et de les projeter de concert vers l'avant du bus. Puis Alexandre se leva et prit la place de la jeune fille à la casquette. Il se présenta. « Alexandre, étudiant en deuxième année d'histoire, dans cette fac de lettres de Nice remplie de fachos de droite. » L'assemblée l'acclama. Il fit un rappel du déroulement des événements et donna quelques éléments de géopolitique. Ce n'était pas superflu pour Alice. Elle découvrit qu'il y avait une partition au Vietnam et qu'en fait c'était le Vietnam du Nord que l'on partait défendre à Paris, celui qui était si proche de l'Union soviétique, le grand ennemi des États-Unis.

Elle le trouvait beau, en train d'expliquer avec ferveur les méandres de la conjoncture politique, habité complètement par son sujet. Avec son caban bleu marine, il avait l'air d'un capitaine à la proue de son navire. Son regard était encore plus sombre et fiévreux et ses paroles semblaient si intelligentes. Il venait sonder en vous un abîme d'ignorance sans être arrogant pour autant. Et dire que ce garçon-là, que tout le monde dans le bus était en train d'admirer, allait revenir dans un moment s'asseoir à côté d'elle !

— Qui sait parmi vous ce que c'est que le napalm[1] ?

La plupart demeuraient cois, certains levaient la main pour répondre. Les réponses étaient aussi émotives que scientifiques. Certains connaissaient parfaitement la composition chimique du procédé de fabrication des bombes au napalm, d'autres avaient surtout retenu l'effet horrible et dévastateur. « La personne qui est prise par le napalm ne peut pas s'en sortir, elle est carbonisée ! » Les réactions étaient vives et unanimes, elles condamnaient l'utilisation de ces bombes. Parmi les plus jeunes, et certains semblaient n'avoir que quatorze ou quinze ans, beaucoup n'en avaient jamais entendu parler. Alexandre reprit tous ces éléments et fit la démonstration que ce n'était pas possible qu'un pays comme les États-Unis, qui se disait civilisé et démocratique, puisse utiliser des armes avec un tel pouvoir de destruction et touchant autant les civils. Il termina sur un plaidoyer pour l'évacuation des troupes américaines et pour la paix au Vietnam.

Alice n'en revenait pas. Elle n'aurait jamais imaginé qu'une telle cruauté était encore possible entre humains. Elle croyait que la Deuxième Guerre mondiale avait servi de leçon à tout le monde et que personne ne pouvait souhaiter à nouveau une telle escalade vers l'horreur. Et même si elle n'avait pas connu cette guerre, le récit qu'en faisaient ses grands-parents et sa mère la berçait cruellement depuis l'enfance et l'avait traumatisée au point d'en faire

1. *Napalm : essence solidifiée servant à la fabrication de bombes incendiaires.*

encore des cauchemars. Même *La Grande Vadrouille* la faisait rire jaune ; la peur prenait souvent le pas sur le rire. Alors oui, elle pensait qu'un pays démocratique et civilisé ne pouvait aspirer qu'à la paix et qu'aucune arme de quelque nature que ce soit n'était tolérable. Mais les accents véhéments du discours d'Alexandre lui laissaient penser que cela ne le dérangerait pas d'en découdre. Elle avait déjà compris à leurs discussions qu'il était pour une forme de lutte armée. Mais il était tellement irrésistible dans ce rôle de tribun passionné qu'elle lui pardonnait, à cet instant, cet extrémisme. Elle était émue aux larmes. Tout cela la faisait vibrer.

Il revint à sa place et Josy, la pasionaria en jupe de cuir, reprit le flambeau. Craignant que les participants ne s'endorment après ce cours magistral, elle donna de la voix en entraînant tout le monde : « Johnson, assassin ! » Tout le monde reprit en s'en donnant à cœur joie.

— Eh bien, professeur ! Tu m'as impressionnée ! glissa Alice en mettant sa main dans celle d'Alexandre.

— C'était le but ! répondit-il en riant.

Elle savait bien que c'était faux, que son aisance était naturelle, mais elle n'en demeurait pas moins flattée.

La nuit était définitivement tombée. On s'était éloigné de la mer depuis longtemps. Le bus avait pris la nationale 7 en direction de Paris. Des chansons avaient été entonnées. *L'Internationale* fut interprétée avec plus de force et de conviction que si les chœurs de l'Armée rouge s'étaient trouvés dans le bus. Le refrain « groupons-nous et demain, l'Inter-nationa-a-a-le sera le genre humain ! » résonnait particulièrement avec exaltation. Puis l'ambiance vira à la colonie de vacances et les chansons se firent plus paillardes. L'air était enfumé. Quasiment tout le monde, même les plus jeunes, fumait. Il y eut quelques arrêts sur des places de village pour manger des sandwichs dans le froid qui s'installait et d'autres arrêts en rase campagne pour d'autres besoins vitaux que les garçons avaient manifestement plus de facilité à assouvir que les filles. Puis, très tard dans la nuit, les jeunes s'assoupirent, le roulis du car et le battement des essuie-glaces que la pluie avait imposé les berçaient. Certains avaient apporté des oreillers. Alice et Alexandre s'embrassèrent plus longuement dans la nuit du bus. Alice sentait en elle une sève se frayer un chemin. Autour, on entendait de vagues soupirs, pendant que les plus jeunes s'étaient endormis tout à fait. Alexandre glissa sa main sous le chandail d'Alice, mais celle-ci la ramena dans une position qu'elle jugea plus conforme à la bienséance. L'ombre de Mme Ginetta planait dans le bus. Ils rirent sous cape de ce petit désaccord. Elle posa sa tête sur l'épaule d'Alexandre et tous deux s'endormirent.

Au matin, des bruits étouffés, des bâillements, des exclamations sourdes la réveillèrent. On arrivait dans la banlieue de Paris. Une pluie fine tombait. Le chauffeur avait mis la radio. Les jeunes s'étiraient, leur bouche était pâteuse. Il faisait froid. La buée avait envahi les vitres du bus, il fallait l'enlever avec sa manche pour apercevoir quelque chose. Dehors, tout autour, le décor était gris, des îlots d'immeubles sortaient de terre au milieu des bois et des champs dégarnis par l'automne. Des usines crachaient leur fumée qui se perdait dans le ciel bas. Quelqu'un dit : « C'est comme dans les films, Paris est en noir et blanc ! » C'était triste, mais c'était Paris !

Le bus s'égaya peu à peu et Josy reprit du service pour expliquer la suite des opérations. Un petit déjeuner serait servi à Villejuif, offert par le maire de la commune acquis à leur cause. Josy était en forme malgré sa casquette de travers et remotivait les troupes. Le bus grimpa une côte et, arrivé au sommet, le cœur d'Alice battit plus fort. On voyait de là, dans le lointain et cachée un peu par la brume et la pluie, la tour Eiffel ! Alice se blottit contre Alexandre et tous deux n'avaient pas besoin de se parler pour comprendre qu'ils vivaient un grand moment. Elle pourrait dire à mémé Finette qu'elle avait vu la tour Eiffel ! Lui était déjà venu fréquemment à Paris où vivait une partie de sa famille, mais cette arrivée dans le bus Chausson de la flotte niçoise Cadopi au son de « Libérez le Vietnam », avec cette si jolie petite vendeuse de droguerie à ses côtés, était sans doute sa plus belle entrée dans Paris.

Pour une fois dans sa vie, Alice avait l'impression d'être utile. Elle se savait généreuse, prête à beaucoup de sacrifices pour les autres, mais cela restait dans le cadre de sa famille et de son quartier et elle était certaine que cela n'était pas suffisant. Là, elle participait à une grande cause qui avait un écho dans le monde entier. Le discours du maire de Villejuif la conforta dans cette idée. « En défendant la paix au Vietnam, vous défendez la paix du monde ! » Ça lui allait parfaitement. Dans la matinée, il fut question d'organiser une collecte géante pour envoyer des fonds au Vietnam et les jeunes furent réquisitionnés. Elle fut alors séparée d'Alexandre qui était appelé à des tâches éminemment plus sérieuses, comme rencontrer des responsables syndicaux parisiens de l'UNEF dans le décor enfumé d'un bar autour de brocs de bière.

Elle s'acquitta consciencieusement de la tâche qu'on lui avait confiée. Ses aptitudes pour le commerce lui furent d'un grand secours. Très vite, son pot se remplit. Elle n'avait pas son pareil pour attendrir le chaland qui aurait bien voulu passer son chemin sans qu'on le voie, planqué sous son parapluie.

— Pour les enfants du Vietnam qui meurent sous les bombes au Napalm ! Un franc ! Qu'est-ce que c'est un franc ? C'est dérisoire pour vous, c'est tellement pour eux !

Ses grands yeux verts qui savaient à la fois être rieurs et porter toute la misère du monde ne pouvaient pas laisser indifférents. Elle en jouait. À Saint-Roch, elle n'aurait jamais osé. Lorsqu'elle était à l'école, il lui était déjà difficile de frapper aux portes pour vendre ses vignettes de campagne pour le BCG. Mais ici, où personne ne la connaissait, elle se relâchait. Sa timidité tombait et elle y prenait un très grand plaisir. Elle faisait équipe avec des filles de Villejuif dont la gouaille était communicative et avec lesquelles elle rit beaucoup.

Elle retrouva Alexandre pour déjeuner d'un sandwich, vers midi, place du Colonel-Fabien d'où devait partir la manifestation. Toute la jeunesse convergeait vers là. La plupart des universités de France et des cellules des JC[1] avaient envoyé leurs troupes à Paris qui se mélangeaient aux militants et sympathisants parisiens. Les cafés du secteur étaient pris d'assaut à cause de la pluie. Il y avait beaucoup

1. *JC : jeunesses communistes.*

de monde. L'ambiance était bon enfant, mais Alice se sentait un peu écrasée par la foule.

— Maintenant, on ne se quitte plus, lui dit Alexandre pour la rassurer. Et si on se perd, tu cherches notre banderole « Les étudiants de Nice ». C'est pas compliqué.

Vers 14 heures, une foule immense s'était regroupée. Il en venait de partout, des rues adjacentes, des bouches du métro, des bus. La place devenait trop petite. Un bruit énorme montait entre les immeubles. C'était très impressionnant. Il était temps que la manifestation démarre. Pour l'occasion, des centaines de jeunes, filles et garçons, étaient déguisés en Vietnamiens et des pousse-pousse avaient été confectionnés pour transporter des Viêt-Congs d'opérette hilares. Le convoi démarra en direction de la place de la Bastille. Alice était émerveillée. Marcher dans Paris pour la première fois, au milieu de la rue avec tous ces gens, heureux et joyeux ! C'était un bonheur qui la parcourait de la racine des cheveux jusqu'à la pointe des orteils. Elle hurlait les slogans et chantait à tue-tête. La pluie avait cessé. Autour d'elle, les visages étaient illuminés par la joie d'être là, en nombre, exaltés et unis dans un même idéal. Alexandre tenait sa main dans la sienne en la serrant au fond de sa poche pour la tenir au chaud. Ils se dévoraient régulièrement du regard comme pour mieux se réjouir de participer ensemble à cette si noble cause. Un haut-parleur lança un refrain que tout le monde entonna avec ferveur. « Johnson, si tu continues, tous les étudiants te plumeront la tête ! Johnson, si tu continues, tous les étudiants te botteront le cul ! » Alice n'en revenait pas d'une telle audace. Ici, tout était permis ! Derrière eux, des ouvriers entonnaient les mêmes slogans sous la bannière « Les métallos du Creusot ». Des travailleurs, comme elle. Toute la société était représentée. Alice pensait que tout le monde était là ! Pourtant, parfois, des gens traversaient la manifestation, indifférents à ce qui se passait dans la rue, peut-être gênés. Comment pouvaient-ils faire ? Était-il possible d'être contre la paix ? Elle les plaignait de se priver d'une telle joie.

Une grande fête avait investi la rue malgré le froid mordant et la grisaille. Les drapeaux nord-vietnamiens rouges à l'étoile d'or flottaient dans les rues, enflammant la perspective des avenues. Une forêt de banderoles se dressait sans faillir, représentant tous les coins de France et de Navarre venus plaider la paix au Vietnam. Il en venait de Strasbourg, des Basses-Pyrénées, de Brest et même de Grèce ! Dans certains groupes, les manifestants portaient en bandoulière une énorme lettre, formant ainsi un slogan à taille géante qui marchait sur l'asphalte. Alice était ivre de tant de ferveur. Les clameurs étaient étourdissantes. Le pas ne faiblit pas jusqu'à la place de la République où des représentants politiques américains, vietnamiens et français devaient s'exprimer. La place était noire de monde et des manifestants demeuraient coincés dans les rues adjacentes. On montait sur tous les promontoires pour mieux voir. Alexandre hissa Alice sur un rebord de fenêtre afin qu'elle puisse profiter du spectacle de la place et des orateurs qui prenaient la parole avec une conviction passionnée, puis il grimpa à son tour et passa son bras devant elle par-dessus son épaule, pour qu'elle ne tombât pas. Alice se sentit comblée d'amour.

Le rassemblement n'était pas encore dispersé qu'il fallut vite regagner les bus pour reprendre la route du retour. Ils s'engouffrèrent en masse en courant dans une bouche de métro. Alexandre tenait fermement la main d'Alice. Elle se laissait guider. L'apprentissage du métro parisien serait pour une autre fois. Pour autant, elle trouva cela amusant, et elle l'admirait de se sentir aussi à l'aise dans ce qui lui semblait être un labyrinthe où toutes les voies se ressemblaient.

Il y eut quelques retardataires et le bus redémarra alors que les lampadaires s'allumaient dans Paris. Tous les jeunes étaient épuisés mais encore très excités et heureux de leur journée.

Josy était rayonnante, comme grisée. Elle prit vite la parole pour remercier tous les camarades. Ce « grand et magnifique » défilé avait compté pas moins de « soixante-dix mille » manifestants ! À chacun de ses mots, tout le bus l'acclamait. Pour la plupart des passagers, cette journée était leur plus grand fait d'armes et ils rentraient comme des guerriers victorieux. À 20 heures, Josy alluma la radio pour écouter ce que les actualités allaient dire sur le rassemblement. Vu l'ampleur de la trace qu'il laissait en eux, ils pensaient que le sujet ferait la une. Mais le présentateur commença par des nouvelles sensationnelles : « Deux cents morts dans un incendie au Portugal – arrestation de deux hommes après le meurtre de la petite Annie. » On patienta ; jusque-là c'était normal. Puis s'ensuivit un interminable développement des assises de l'UDR[1]. Aux interventions de Michel Debré, Georges Pompidou, André Malraux, Couve de Murville, Chaban-Delmas, les passagers huèrent et sifflèrent. Alice ne les connaissait pas tous, mais elle conspuait de concert. Et, lorsque Georges Pompidou déclama : « Ce qui est éculé pour la France, aujourd'hui, c'est le communisme ! », ils se déchaînèrent en même temps pour couvrir et contrecarrer les salves d'applaudissements retransmis dans le poste. Ils perdaient patience. Par-dessus tout, ils voulaient que l'on parle de « leur » manif et ils le firent entendre encore en tonitruant lorsque le journaliste aborda un sujet sur l'importation des vins étrangers.

— Pouah ! C'est pas possible, s'enflamma Alexandre en se levant de son siège. Ils vont en parler de la manif, oui ou non ? Journalistes, suppôts du pouvoir !

Dans la lancée, tous scandèrent : « Journalistes, suppôts du pouvoir ! » On ricana un peu dans les rangs en imaginant les journalistes en suppositoires.

— Chut ! fit Josy qui se tenait près du poste. Ça y est, on parle de nous.

« À Paris, une manifestation en faveur de la paix au Vietnam a réuni pas moins de trente mille jeunes gens et jeunes filles. Pendant plus de deux heures, de la place du Colonel-Fabien et jusqu'à la République, les manifestants ont défilé, brandissant des drapeaux nord-vietnamiens et scandant des slogans antiaméricains. Une contre-manifestation menée par le mouvement Occident s'est dessinée, mais il n'y a pas eu de heurts ni d'incidents. »

Tous attendaient la suite, mais le commentateur passa à un autre sujet. Josy s'énerva :

1. *UDR : Union des démocrates pour la République. Parti de droite, majoritaire en 1967.*

— Trente mille manifestants ? Menteurs ! Soixante-dix mille ! On était soixante-dix mille ! C'est toujours pareil avec les flics !

Ils se mirent à siffler, à taper du pied. On leur volait leur jour de gloire ! Tous étaient survoltés. Le chauffeur du bus demanda le calme, il avait peur d'envoyer tout le monde dans le décor. Alors Josy fit un signe d'apaisement. Les conversations se poursuivirent par petits groupes dans les nuages de fumée de cigarette.

— Tu te rends compte, dit Alexandre à Alice, une seule petite phrase pour la paix dans le monde, et fausse par-dessus le marché, et un quart d'heure sur les assises de la droite ! Si la radio n'est pas à la solde du pouvoir, alors je ne m'y connais pas ! Et la télévision, c'est pareil !

— Tu as raison, approuva Alice.

Elle le regarda dans les yeux et lui prit la main.

— Mais nous, poursuivit-elle, on y était ! On sait ce qu'on a vécu. On sait que c'était fort !

Il la regarda à son tour. Son regard était toujours en colère. Il la pensait sans doute un peu naïve.

— Si tu savais, Alice, tous ces gens veulent nous broyer !

Le bus retrouva peu à peu sa quiétude bon enfant. Les chants reprirent. Le répertoire était éclectique. On entendit du Ferrat, du Bob Dylan aussi bien que du Sardou. Josy, qui avait un joli brin de voix, entonna *Göttingen* de Barbara. Alice ne connaissait pas et fut émue aux larmes. Alexandre l'observait et la trouvait belle. Un jeune garçon de quatorze ans avait apporté sa guitare sèche et fit le tour de force de faire reprendre en chœur dans tout le bus *Break on Through (To the Other Side)*[1]. Alice exultait.

Puis la nuit tomba sur le bus, les ronflements se mêlèrent aux murmures. Alice laissa la main d'Alexandre se glisser sous son manteau pendant qu'il l'embrassait et dessiner fébrilement les courbes de son corps. Puis ils s'endormirent comme des enfants bienheureux.

1. *Titre des Doors sorti en 1967.*

XI

LE BUS LES AVAIT DÉPOSÉS au petit matin devant la gare de Nice. Les mines étaient chiffonnées et les cheveux en bataille. Ils étaient épuisés. Ils se promirent tous de se revoir et de continuer la lutte. Josy, encore motivée malgré la fatigue, distribua un dernier tract pour inviter à une prochaine réunion. Alice enfourna le papier dans sa poche. Elle avait du mal à se décrocher d'Alexandre qui la tenait au chaud dans ses bras. Mais elle avait promis d'être à l'heure pour accompagner Mireille à l'école et elle ne dérogerait pas. Elle déclina donc l'offre d'Alexandre qui lui proposait de prendre un café dans un bar. Elle grimpa dans un bus et regagna Saint-Roch le plus vite possible. C'était la première fois qu'elle parcourait les rues de Nice au petit matin. La place Masséna lui parut encore plus grande. La ville s'éveillait doucement, mais les rideaux de fer des magasins demeuraient baissés en ce lundi matin et la rue de la République lui sembla morte.

Saint-Roch avait aussi du mal à sortir de ses limbes. Ce matin-là, Alice trouvait que tout y était étriqué et ordinaire. Jusqu'à la Grande Corniche qui d'habitude était comme un rempart familier ; elle barrait tout à coup l'horizon et faisait de chaque rue une impasse. La circulation des voitures rendait le boulevard hostile aux piétons malgré ses larges trottoirs. À Paris, on marchait au milieu de la rue ! Ici, les boutiques étaient fermées pour la journée et l'avenue Giacobi lui sembla un désert lugubre. Mireille était prête. Son manteau était déjà boutonné par-dessus son tablier à carreaux. Elle sauta dans les bras de sa sœur comme si elle avait craint de ne jamais la revoir. C'était si loin, Paris ! Leur mère était déjà partie, Joël qui commençait un peu plus tard paressait encore dans son lit. Il était déjà temps d'aller à l'école. Alice fit dévaler l'escalier à sa sœur.

— Alors, c'était comment ? demanda Mireille, déjà essoufflée. Raconte-moi !

— Je te raconterai en détail ce soir. Mais je peux simplement te dire que c'était merveilleux ! Du monde ! Tu peux pas t'imaginer !

— Mieux que le Carnaval de Nice ?

— Oh ! Tu penses ! Cent fois mieux ! Enfin, c'est pas du tout la même chose ! On peut pas comparer ! J'avais jamais ressenti ça avant !

Elles traversèrent le boulevard en évitant les voitures et accélérèrent le pas.

— Tu vois, Mireille, je ne m'étais jamais vue vivre ailleurs qu'à Saint-Roch, mais aujourd'hui, tout me paraît petit ici et tellement monotone. Je crois que de grandes choses m'appellent ailleurs. Toi, il faut que tu parles de la paix au Vietnam autour de toi. À l'école, à tes copines, à Annie, à Viviane ! Je t'expliquerai tout ça ce soir et, tu verras, tu seras convaincue, comme moi !

L'odeur de la pissaladière chaude qui s'échappait de l'atelier de la boulangerie Tosello la réconcilia un peu avec son environnement immédiat. Elle fit un petit salut à la boulangère. Dans le quartier, on trouvait qu'Alice chaperonnait trop Mireille. À son âge, Mireille pouvait bien circuler toute seule dans les rues, où il ne se passait rien, car tout le monde surveillait tout le monde. Mais Alice voulait maintenir ce lien le plus longtemps possible. Lorsqu'elle avait l'âge de Mireille, elle rentrait seule le soir. L'hiver, il faisait nuit de bonne heure et, malgré les lampadaires et les magasins allumés, elle gardait une petite peur au ventre. Plus tard, elle s'était promis que Joël et Mireille n'auraient pas à vivre cela et qu'elle serait là pour eux, même si, le plus souvent, une ribambelle d'enfants du même âge prenaient la même direction. Petit à petit, ce moment devint privilégié. Chacune racontait à l'autre sa journée, ses petites joies et ses petits chagrins. Joël était plus sauvage et marchait toujours devant ou derrière, mais il n'était jamais loin de la troupe lorsque, aux beaux jours, Alice faisait un crochet chez le glacier de la place Saint-Roch pour leur acheter un sorbet *coco*[1].

Lorsque Alice revint de l'école, elle déjeuna d'un café au lait et de tartines beurrées avec Joël enfin levé. Ce dernier partit pour le collège et, comme tous les lundis matin, Alice s'étira et régna sur la maison, enfin seule. Puis, bien que pétrie de fatigue, elle rangea la vaisselle, empila les matelas de la chambre et fit la lessive qu'elle n'avait pu faire la veille. Enfin, elle s'étendit sur le petit lit du salon et ouvrit avec un bonheur intense son livre où elle l'avait laissé. Comme il lui semblait important de rattraper son retard en matière de lectures classiques, elle s'était mise à lire Zola. Clairette lui avait recommandé de commencer par le premier, puisque les romans se suivaient. Alexandre, quant à lui, aurait préféré qu'elle lût *Germinal* qui lui semblait davantage coller aux préoccupations du moment. Mais Alice était attirée par *Au bonheur des dames* dans lequel elle entrevoyait des paroles qui lui seraient personnellement adressées. Et elle avait su écouter cette inclination. Elle se cala contre l'oreiller et poursuivit sa lecture, mais très vite elle relut la même phrase plusieurs fois comme si c'était la première : *Enfin, mon vieux, tout calicot qui débute est aujourd'hui dans la peau d'un millionnaire.* Le livre tomba ouvert sur sa poitrine et Alice plongea dans un profond sommeil. Lorsqu'elle se réveilla, il était midi passé, le poêle s'était éteint. Elle avait froid et elle avait très faim.

Mme Ginetta rouvrait le lundi après-midi après la coupure du dimanche. Elle n'aimait pas que sa boutique reste fermée trop longtemps. Les clientes en rupture de bicarbonate de soude ou de blanc d'Espagne auraient pu avoir l'idée de monter jusqu'au Casino à l'angle de la rue Denis-Séméria pour se ravitailler, car lui était ouvert toute la journée du lundi. Alice savait que Mme Ginetta brûlerait de la questionner sur son voyage à Paris et que la conversation irait bon train entre deux clientes. Cela ne manqua pas, mais pas comme Alice l'avait imaginé.

1. *Glace à l'eau bicolore parfumée au Coco Boer.*

— Eh bien ! J'en ai vu de belles à la télé ! Tu ne m'avais pas dit que tout ça était organisé par les cocos ! Ne me dis pas que ce sont tes idées, Alice !

— Oh ! Moi, vous savez, j'ai juste profité du bus qui n'était pas cher. C'est surtout la paix au Vietnam qui m'intéressait.

Disant cela, elle s'aperçut qu'elle n'avait pas remboursé le billet à Alexandre et, tout à coup, se fit l'effet d'être une fille entretenue. Elle se garda bien de le dire à sa patronne qui s'en serait gargarisée. Elle poursuivit consciencieusement l'époussetage de la vitrine qui devait bientôt être décorée pour Noël.

— Parce que, tu sais, les cocos, ils veulent nous mettre le pays à feu et à sang et, crois-moi, ça ne va pas tarder ! Tout ça, c'est commandé par les Russes ! Tu veux, toi, d'un pays où les rayons des magasins sont vides et où il faut faire la queue comme pendant la guerre pour avoir un bout de beurre ! Moi, non merci ! Je préfère qu'on reste comme on est, et surtout qu'on ait la paix !

— Il faut vouloir la paix partout, madame Ginetta. On ne peut pas rester indifférents à tous ces gens qui meurent sous les bombes au napalm !

— Tu es une idéaliste. Tu ne peux pas parler, tu n'as pas connu la guerre !

— J'en ai tellement entendu parler que c'est comme si je l'avais vécue, affirma Alice.

— Allez, tais-toi ! Tu ne sais pas ce que tu dis, répondit Mme Ginetta qui semblait remuée par cette conversation. Et puis je n'aimerais pas que ce que je gagne à la sueur de mon front, je doive le partager avec des fainéants ! Ce qui est à moi est à moi. C'est assez des impôts qu'on nous prélève ! Bon, on pourrait faire un peu plus pour les commerçants. Parce que moi, je ne suis pas salariée. Il faut que je fasse marcher mon commerce pour vivre, payer mes factures, mes charges et pour te payer à toi. Mais, si je suis malade, c'est mort ! Adieu Berthe ! Les gens n'aiment pas Poujade, mais moi, je dis qu'il ne dit pas que des âneries, celui-là ! Il en faudrait même un, plus jeune, qui mette encore plus les pieds dans le plat ! Mais pas les cocos, non, pas les cocos !

— Moi, voyez-vous, madame Ginetta, je n'ai pas grand-chose, mais je n'aime pas en avoir plus que les autres. Et surtout, je n'aime pas voir des gens qui n'ont rien du tout.

— Ah oui ! Mais alors là, c'est nonne que tu dois te faire, ma petite ! Ça n'a plus rien à voir avec la politique !

— Non, non, madame Ginetta ! Je veux dire que s'il y avait un peu plus de justice, si les richesses étaient mieux réparties... Qu'il n'y ait pas des gros richards comme à Monte-Carlo et à côté des pauvres comme Hermione et Tancrède qui attendent un croûton de pain le soir devant la boulangerie. Ça, ça n'est pas normal ! Il est juste question de prendre un peu aux riches pour donner aux pauvres.

— Ils se le sont peut-être gagné, les riches, ce qu'ils ont !

— Quand c'est trop, c'est trop, madame Ginetta !

La droguiste savait que dans cette discussion aucune ne convaincrait l'autre, alors elle glissa sur un autre sujet :

— Et avec « tes amis », ça s'est bien passé ? demanda-t-elle en laissant apercevoir sa dent en or au coin de son sourire.

Alice devint toute rouge.

— Bien, bien ! C'était très sympa !

— Il y avait ton ami Alexandre, je suppose.

— Il y était.

— Et ça ne le gêne pas au fils du Dr Kourakine de manifester avec les cocos ? Il n'a pas peur pour sa moto ? Pour ses cours de tennis l'été et ses cours de ski l'hiver ?

— Madame Ginetta ! Vous exagérez toujours ! plaisanta Alice, trop heureuse que les remarques ne soient pas d'ordre sentimental. En tous les cas, cela ne le dérange pas de faire de la publicité à votre droguerie en me présentant à ses amis comme votre petite vendeuse !

— C'est vrai, convint la droguiste.

Le lundi soir, Mireille prenait un cours de rattrapage. Depuis qu'elle avait été opérée de l'appendicite, elle avait un peu perdu pied à l'école. Mme Lalonde, une vieille institutrice à la retraite, était réputée dans le quartier Saint-Roch pour remettre sur les rails les brebis égarées. Chez les Zampano, on avait mis en place un pot commun. Colette et Alice mettaient chaque mois quelques francs pour payer les cours. Même pépé Nandou et mémé Finette avaient tenu à apporter leur modeste contribution. Alice accompagnait Mireille. Dès qu'on remontait le boulevard Saint-Roch au-delà de la place, on n'était déjà plus en terrain vraiment connu et Alice n'aurait jamais laissé Mireille s'aventurer seule par là, particulièrement le soir. C'était l'occasion pour les deux sœurs de s'attarder devant la boutique de vêtements pour enfant *Corinne et Caroline* dont la vitrine était agencée avec tellement de sophistication qu'elle aurait eu sa place sur l'avenue de la Victoire. Et c'était un privilège que de l'avoir si près de chez soi. Mireille montrait ce qui lui plaisait, et Alice prenait des notes dans sa tête pour un éventuel cadeau de Noël. De là, on remontait le boulevard et, avant d'arriver à la rue Denis-Séméria, avec sa concentration d'immeubles neufs où beaucoup d'amies d'école de Mireille habitaient, on bifurquait dans l'enceinte d'une fabrique de cartes postales aux installations vieillottes. Ce qui était marquant par-dessus tout en pénétrant là, c'était l'odeur entêtante des encres, des vernis et des acides qui servaient à la fabrication des cartes. Un cocktail totalement enivrant ! À l'extérieur de l'atelier, les ouvriers laissaient pêle-mêle des bidons de produits chimiques, des cartons, des sacs contenant des cartes postales ratées. Alice et Mireille aimaient bien y jeter un œil ! Il y avait toujours une carte à récupérer, même si la couleur de la mer dans la baie des Anges était un peu trop verte, ou le clocher de Notre-Dame-de-Laghet semblait avoir subi un tremblement de terre. L'entrée de l'immeuble de Mme Lalonde était située tout à côté. C'était une maison à deux étages dont les murs étaient peints en ocre jaune. Le vert des persiennes était passé. On gravissait un escalier sombre et la porte d'entrée s'ouvrait sur une petite femme toute frêle, vêtue de noir. Ses cheveux étaient encore châtains ou peut-être les teignait-elle. Mme Lalonde avait une petite voix haut perchée, à peine voilée, comme si elle ne pouvait se défaire d'un rhume perpétuel. Sa peau de femme déjà âgée était blanche et presque transparente. Elle parlait d'une voix douce mais ferme et tout en elle inspirait le respect. Elle faisait entrer ses élèves dans sa salle à manger envahie de plantes vertes dont l'odeur se mêlait à celles qui provenaient de la fabrique de cartes postales. Mireille s'asseyait à la table. Alice se faisait oublier dans un fauteuil crapaud au tissu râpé. Elle lisait pendant le cours, mais d'abord elle prenait plaisir à écouter Mme Lalonde dire les premières lignes de la dictée que Mireille s'appliquait à transcrire sur sa feuille. « À quoi penses-tu, toi, la tête renversée ? Tes yeux tranquilles se lèvent vers le soleil qu'ils bravent. Mais c'est pour suivre seulement le vol de la première abeille, engourdie, égarée en quête d'une fleur de pêcher mielleuse[1]. » Tous les textes que Mme Lalonde choisissait résonnaient comme des poèmes. Elle ne manquait jamais de dicter le nom des auteurs, et il y avait du beau monde ! Colette, Gustave Flaubert, Albert Camus, Alain-Fournier, Maurice Genevoix. Alice espérait que Mireille éprouvait autant de plaisir à écrire ces lignes qu'elle-même avait à les entendre. Lorsque venaient les questions sur la dictée, Alice était motivée pour se plonger dans son roman. Elle était là comme dans une bulle hors du temps. Une lampe était allumée près du fauteuil et elle se disait que, chez elle, plus tard, elle disposerait d'un coin de lecture aussi douillet. Mme Lalonde répétait de sa voix douce, sans agacement, comme si elle l'énonçait pour la première fois : « Avec l'auxiliaire avoir, le participe passé s'accorde en genre et en nombre avec le complément d'objet direct si celui-ci est placé avant le verbe. »

Lorsqu'elles rentraient, il faisait nuit. Les magasins servaient leurs derniers clients. Chez le primeur de la place Saint-Roch qui était complètement ouvert sur le trottoir, les lumières étaient aveuglantes. Alice et Mireille entraient toujours pour embrasser leur voisine du 17. Malgré son bonnet et ses mitaines, elle avait les joues et les mains séchées par le froid qui s'engouffrait dans les allées du magasin. Évidemment, tout était ici de la première fraîcheur ! Le magasin était magnifique avec ses fruits disposés en pyramides et ses

---

1. *Extrait des* Vrilles de la vigne *de Colette.*

régimes de bananes pendus. On trouvait aussi des kakis, des jujubes, des dattes et d'autres fruits exotiques aux couleurs indéfinissables. Le primeur, qui était un colosse timide, commençait à rentrer les étals extérieurs. Et avec lui, ça ne traînait pas. Puis, en continuant à descendre le boulevard, elles passaient devant la pharmacie dans laquelle on se sentait toujours obligé de murmurer comme dans une église avec son ordonnance à la main. C'était comme le prolongement du cabinet du médecin et les pharmaciens dans leur blouse blanche faisaient régner une ambiance docte.

Pour la première fois, le passage en revue de toutes les boutiques séparant la maison de Mme Lalonde et le 17 avenue Giacobi n'apportait aucun réconfort à Alice. Elle demeurait perdue dans ses pensées. Sans doute était-elle encore dans les rues de Paris et résonnaient en elle les clameurs de la foule. Elle avait enfoui la main de Mireille au fond de sa poche pour la tenir au chaud, mais il lui manquait quelqu'un pour s'occuper d'elle, comme Alexandre l'aurait fait.

XII

ALORS QUE L'ON APPROCHAIT de Noël, Alice se rendit un soir à la réunion de Josy dans une cellule de la jeunesse communiste près de Riquier. Josy lui ouvrit les bras et la présenta comme une nouvelle recrue. Cela épouvanta Alice qui se tint en retrait. Il fut question du soutien des ouvriers de Rodhiacéta qui étaient menacés de deux mille suppressions d'emploi. Deux mille ? pensa Alice. Il existait donc des entreprises qui pouvaient compter deux mille ouvriers ! C'était impensable pour elle. « Les patrons, tous des salauds ! À bas le capitalisme ! » Alice écoutait avec étonnement. Mme Ginetta n'était pas une tortionnaire. Même si elle aimait bien l'avoir sous sa coupe et si elle était prête à se couper un doigt plutôt que de l'augmenter, sa patronne était quand même bienveillante avec elle. Elle était contente d'avoir du travail. On prédisait la mort du petit commerce, mais, si c'était le cas, il s'implantait ici ou là des supermarchés. Ils donneraient du travail aux vendeuses dans son genre, non ? Alice trouva les participants hargneux et sévères. On n'était pas là pour rigoler ! À la fin de la réunion, Josy s'approcha d'Alice en bonne copine.

— Je te donne ton bulletin d'adhésion. Tu pourras payer ta cotisation la prochaine fois.

Alice prit le bulletin avec embarras.

— Je vais réfléchir, Josy.

— Si tu es juste, tu peux payer en plusieurs fois, tu sais.

— C'est que... je ne suis pas sûre d'être vraiment intéressée.

— Comment, pas intéressée ? Tu es une travailleuse, donc tu es intéressée ! s'exclama Josy en ouvrant ses yeux ronds dont les cils un peu trop maquillés se dressaient comme des armes.

— C'est que… je ne dispose pas de beaucoup de temps, mais je resterai sympathisante.

Josy parut contrariée, comme si sa prime de recrutement lui était passée sous le nez. Elle enfila sa cape dernier cri. Elle fit ressortir ses mains par les fentes et recommença à les agiter.

— Bon, je ne te force pas. Aux jeunesses communistes, on est libres. On n'est pas staliniens !

Alice s'enfuit de la réunion, comme libérée. Elle ne savait pas ce qu'en penserait Alexandre qui sans doute l'aurait bien vue s'engager dans un mouvement politique comme lui qui était à l'UEC[1].

Avant tout, Noël approchait. Une ambiance particulière régnait dans le quartier Saint-Roch où tous les commerces rivalisaient de séduction. Alice, à genoux dans la vitrine, avait disposé les objets susceptibles de tenter le chaland. La vaisselle avait droit à des tourbillons de bolduc doré, les verres étaient saupoudrés de bicarbonate pour imiter le givre. « Tu peux y aller ! disait Mme Ginetta. On va pas être *ratchou*[2] pour Noël ! » Des ménagères entrouvertes laissaient miroiter les couverts en inox. Des écrins décorés de nœuds rouges ou verts dévoilaient des rasoirs électriques, des sèche-cheveux ou des batteurs de cuisine. Des vases en cristal avaient été minutieusement astiqués et présentaient des branches de houx et de gui que Mme Ginetta rapportait de l'arrière-pays niçois lorsqu'elle allait voir, comme chaque année, la crèche de Lucéram, qu'elle n'aurait manquée pour rien au monde.

Alice adorait cette période de l'année. La température n'était pas franchement basse, mais on faisait comme si, parce qu'à Noël on aurait aimé un mètre de neige dans les rues. Alors les vitrines faisaient semblant d'être obstruées par le givre. Il fallait regarder à

1. *UEC : Union des étudiants communistes.*
2. *Ratchou : radin (expression niçoise).*

travers des dessins d'étoiles, de flocons, et de Père Noël. Clairette était depuis de nombreuses années une championne de peinture sur vitrine et on faisait appel à elle jusque sur la place Saint-Roch. Depuis toute petite, elle montrait des talents évidents pour le dessin et la peinture. En deux heures, elle vous composait au blanc d'Espagne un tableau de Noël digne des plus grandes vitrines de la Victoire ou même de Paris. Chez le volailler, par exemple, cette année-là, un Père Noël sur son traîneau rempli de cadeaux adressait un clin d'œil aux clients. Il agitait les brides pour faire avancer deux rennes plus vrais que nature arborant eux aussi un air polisson et complice. Rien de bien original, pourrait-on penser, mais c'était surtout dans le mouvement et dans la vie de ce tableau que résidait le tour de force. Ce Père Noël là semblait inviter le chaland à pénétrer dans le magasin pour acheter sa dinde. Et c'était vrai que ces dindes soudain parées de manchons en papier blanc découpé offraient, avant même d'être cuites, des promesses de festin. On imaginait déjà dans son assiette le craquant de la peau dorée et la finesse du jus. Les enfants venaient admirer la vitrine et les voisins qui possédaient un appareil photo l'immortalisaient.

Chez Mme Ginetta, quelques étoiles au blanc d'Espagne suffisaient. Un trop gros dessin aurait masqué sa devanture et aurait empêché le client de se laisser tenter. Elle considérait qu'Alice avait les dons requis pour dessiner les étoiles et cela lui faisait économiser les quelques sous qu'elle aurait dû donner à Clairette.

L'avenue Giacobi était en fête et on y sentait une animation plus fébrile qu'à l'accoutumée. Les passants s'attardaient dans les rues. Hermione et Tancrède déambulaient jusqu'à tard devant les vitrines illuminées, leurs yeux délavés étaient soudain aussi intensément brillants que leur ventre était désespérément vide. Ce qui se passait là était pour eux aussi féerique que les illuminations de Paris. C'était magique à l'extérieur et divin à l'intérieur. Chez le charcutier, des guirlandes de boudin blanc truffé décoraient le comptoir, au-dessus de pâtés en croûte et de galantine. Tous les petits plats étaient mis dans les grands. Une odeur renversante s'échappait de la boutique dès que quelqu'un poussait la porte.

Et le frère et la sœur se postaient là pour la humer avec extase. Ils n'oubliaient pas leur faim, mais, en salivant, il leur semblait n'être pas tout à fait exclus. Ils rentraient toujours chez eux avec quelque chose car personne dans le quartier n'était insensible à leur dénuement. Eux savaient que cette période de Noël était propice à améliorer l'ordinaire car les gens se sentaient souvent gênés de posséder plus que les autres.

Chaque année, Alice n'aurait pas dérogé au rituel de remonter l'avenue de la Victoire sous les arches illuminées. Comme sa grand-mère le faisait pour elle lorsqu'elle était petite, Alice faisait photographier Mireille devant les grands magasins à côté du Père Noël. Mireille se trouvait désormais trop grande, mais obtempérait pour faire plaisir à sa sœur qui trouvait là, semblait-il, beaucoup de joie et de réconfort.

Elle réussit à entraîner Alexandre, malgré ses réticences, sur la place Masséna et dans l'Avenue. Elle s'extasiait devant la brillance des lumières dans la nuit, sa mise en abîme dans l'Avenue qui irradiait tout à coup et lui expliquait combien cette magie rare et éphémère dans l'année lui redonnait de l'espoir, en l'homme, en la vie. Il trouvait cela trop religieux.

— Je ne te parle pas de religion, je te parle de magie. Notre regard est attiré par ces lumières. On a envie de ne pas être raisonnable, de manger trop, de faire la fête, de dépenser !

— Je me refuse à réduire ma vie à la consommation. Y en a marre de consommer, tout est fait pour nous inciter à consommer. Nous ne nous en rendons pas compte mais la société capitaliste crée nos besoins et, en achetant toutes ces choses superflues, nous nous abêtissons et nous engraissons les patrons. Nous sommes manipulés. Et tu te laisses manipuler !

En buvant son chocolat chaud, Alice avait levé ses grands yeux verts vers lui. Elle était triste et amusée.

— Il n'y a pas de quoi s'énerver, Alexandre ! Nous parlons simplement de Noël, du Père Noël !

— Inventé par les Américains pour endormir un peu plus le peuple, au cas où la religion ne suffirait plus.

La famille d'Alexandre était chrétienne orthodoxe. Ses parents, surtout sa mère, fréquentaient assidûment la cathédrale russe Saint-Nicolas. Mais lui se revendiquait athée. Pour Alice, l'église russe était d'abord une curiosité architecturale et touristique niçoise au même titre que le *Negresco*. Elle aurait bien voulu en savoir davantage sur cet édifice, le visiter avec lui peut-être, mais il rechignait à s'étendre sur le sujet.

Décidément, c'était plus amusant de « faire » les illuminations avec Mireille ou Clairette qui ne cherchait pas midi à quatorze heures au sujet de cette fête. Alice arbora un air boudeur. On touchait à quelque chose qu'un mortel n'ayant jamais eu de vitrines de Noël à décorer ne pouvait comprendre, car il fallait bien donner un sens à tout cela et s'en amuser. Heureusement, comme d'habitude, ne supportant pas d'être fâché et voyant son regard triste, il prit sa main, la tapota d'abord, puis la caressa et joua délicatement avec ses doigts. Il l'attira vers lui et embrassa sa bouche aux effluves de cacao. Il trouva cela délicieux, puis il fixa ses yeux verts pour lui faire comprendre qu'il aimerait l'avoir tout à lui, dans un lit chaud et douillet, pour fêter encore plus dignement Noël que cela, le jour où elle serait prête.

À la réouverture de janvier, dès le lendemain du Nouvel An, Mme Ginetta donna une course à faire à Alice dans le Vieux-Nice.

— Tu dois porter cette commande de Ratplapla chez Mme Moretti, rue Alexandre-Mari. Il y a aussi deux bouteilles d'essence de térébenthine.

Elle avait prononcé « madame » avec emphase. Alice comprit qu'elle n'allait pas chez n'importe qui.

— Tu sais, c'est la femme du peintre Raymond Moretti. Il commence à être connu. Pour une fois que l'on a un peintre de chez nous. Les autres, Picasso et tout ça, ils sont venus se dorer la pilule sur la Côte d'Azur, mais ils ne sont pas d'ici. Il a eu son exposition à Paris l'an dernier, Moretti ! On dit que c'est lui qui fait l'affiche du carnaval cette année. J'espère que ça ne sera pas trop moderne. Celle de l'an dernier était vraiment bien, mais elle n'était pas de lui.

C'est important l'affiche du carnaval. C'est un peu notre image de marque à nous, les Niçois.

Alice écoutait tout en préparant sa commande, puis en finissant de mettre son manteau. Rien ne l'exaltait plus pour commencer l'année que de se rendre au domicile de l'artiste dont elle avait entendu parler et qu'Alexandre semblait tenir en grande estime pour son univers créatif autant que pour ses positions politiques. Elle fonça dans l'air vif de la fin de matinée. Le ciel était d'un bleu pur et le soleil réchauffait les rues. Elle se faufila dans le Vieux-Nice et fonça vers la rue Alexandre-Mari. Cette partie-là de la vieille ville était cossue et presque pompière. Une sorte de barrière de camouflage entre la Méditerranée et les ruelles sombres et populaires du Vieux-Nice. Elle traversa sans freiner la place du Palais-de-Justice et se gara sur le trottoir, devant l'entrée de l'immeuble, entièrement parée de marbre, des marches jusqu'à l'encadrement de la porte. Le hall était vaste et sonore. Ses pas résonnaient. Il y avait eu là sans doute, dans le temps, un hôtel de luxe. Les miroirs reflétèrent son image engoncée dans ses vêtements d'hiver. Une affichette sur la boîte aux lettres Moretti indiquait d'aller sonner au dernier étage de l'immeuble. L'escalier était monumental. En montant les marches, Alice se faisait l'effet d'un personnage de dessin animé découvrant les fastes d'un palais qui avait pourtant perdu de son lustre. Essoufflée et émue, elle sonna à la porte du dernier étage. Elle entendit un rire en cascade derrière la porte. Une très belle femme ouvrit tout en continuant à brosser ses cheveux qu'elle portait très longs, jusque sur les reins. Ils étaient noirs et très brillants. Elle était grande et élancée et portait un pantalon de soie bouffant sur une tunique multicolore. Son visage était lumineux et avenant. Ses yeux exprimaient une grande bienveillance et une certaine malice.

— Bonjour et bonne année ! lança-t-elle à l'adresse d'Alice qu'elle n'avait pourtant jamais vue. En quoi puis-je vous être utile ?

— C'est la droguerie Ginetta pour la commande de Ratplapla et la térébenthine.

La femme éclata de rire et fit un signe à Alice pour qu'elle pénètre dans l'appartement. Elle s'arrêta dans une pièce remplie de plantes vertes ressemblant à une serre où le soleil pénétrait en se faufilant entre les feuillages des caoutchoucs et des philodendrons.

— Attendez un instant, je fais ma tresse.

Dans un geste à la fois technique et gracieux, elle rassembla ses cheveux et exécuta une longue tresse qu'elle termina par un élastique. Puis elle balança la lourde et longue tresse derrière son dos. Elle se posta devant Alice et la prit par les épaules pour mieux la regarder. Elle était grande et Alice se sentit tout intimidée devant cette imposante beauté niçoise. Avec ses cheveux châtains coiffés sagement, son manteau en laine rouge d'où dépassait le tergal bleu de sa blouse, Alice se sentit petite et moche. La jeune femme la secoua légèrement comme pour la revigorer.

— Ah ! Ces yeux couleur d'huîtres rêveuses que tu as là ! Tu le sais au moins que tu as des yeux couleur d'huîtres rêveuses ?

Alice demeurait interdite. Personne ne lui avait jamais parlé ainsi.

— Je n'ai pas de monnaie sur moi, poursuivit Mme Moretti sans transition. Viens, monsieur mon mari doit avoir ça au fond de ses poches. En même temps, je vais te présenter à mes invités du Nouvel An. Ils seront contents de voir de la jeunesse !

Alice suivit Mme Moretti dans un large couloir où étaient suspendues des œuvres de son mari. C'était très coloré et jaillissant. L'appartement était vaste et, après avoir traversé deux pièces en enfilade, elle sortit sur une terrasse, nichée dans les toits de tuiles. La lumière immense de la Côte d'Azur baignait l'espace où trônait un oranger. Alice fut aveuglée. Du monde bavardait et riait, des voix d'hommes. Un instant, Alice eut presque peur d'être amenée là en sacrifice par cette grande prêtresse.

— Ah ! Marie-France, qui nous amènes-tu ? s'exclama une voix dont l'accent prononcé insistait sur chaque syllabe.

— Finalement, je n'en sais rien. Comment t'appelles-tu ? demanda la femme avec douceur.

Alice bredouilla, rougit, se sentant aussi bête que mal à l'aise.

— A… Alice.

— Ah ! fit une autre voix grave. Ça tombe bien, tu es ici aux pays des merveilles !

Un petit homme brun s'avança vers elle en lui tendant une tasse de café.

— N'ayez pas peur. Je suis le mari de Mme Moretti. Asseyez-vous un instant avec nous.

— Oui, elle a l'air démontée, cette jeune fille, il faut la remonter ! Buvez donc votre café ! dit un homme jovial aux formes rebondies.

Alice n'osa même pas un refus poli. Elle s'assit autour de la table de jardin à la place que Raymond Moretti venait de lui présenter.

— Elle nous apporte le Ratplapla et la térébenthine, dit Marie-France, amusée.

— Qu'est-ce que le Ratplapla ? demanda l'un des invités.

— C'est de la mort-aux-rats. Procédé exclusif de la droguerie Ginetta, répondit Alice après s'être raclé la gorge.

Les rires fusèrent.

— J'aurais pas mieux fait ! s'exclama l'homme à l'accent du Sud-Ouest.

— Moi non plus, dit l'invité corpulent qui s'épongeait le front frappé par les rayons du soleil.

Alice commençait à s'habituer à la lumière et but une gorgée de café. L'homme au fort accent lui demanda, en détachant chaque syllabe, ce que cela lui faisait d'habiter une si belle ville. Elle se mit à répondre timidement, des banalités, et s'aperçut tout à coup qu'elle était en train de parler à... Claude Nougaro. « Non, pas possible ! Si ! Quand je vais raconter ça ! Personne ne va encore vouloir me croire ! » Alors elle passa en revue les autres invités du couple Moretti. « Et l'autre homme au ventre rond ? Ça me dit quelque chose, mais je n'arrive pas à mettre un nom. Mais c'est sûr, il est connu. Bedos ? Non, pas Bedos. Mais oui, bien sûr ! Devos ! Raymond Devos ! Alexandre, Mme Ginetta, ma mère, Clairette, personne ne va en revenir ! Comme c'est dommage ! Personne ne va me croire ! » L'excitation était à son comble, elle se tortillait sur sa chaise. Elle trouva urgent de ne pas paraître trop bête en si brillante compagnie et se mit à raconter comment l'été pendant les pauses elle allait se baigner à la Tour Rouge et que c'était un vrai privilège que de pouvoir profiter de cela, et comment cela lui rendait la vie plus douce. Les autres l'écoutaient, ravis. On voyait sur leur visage qu'ils imaginaient très bien l'instant de cette pause ensoleillée au doux murmure de la Méditerranée. Un bel homme brun à l'air ténébreux qui ressemblait un peu à Moretti lui dit qu'ils étaient du même quartier puisque lui était de l'avenue des Diables-Bleus[1]. Il dit qu'en tant qu'écrivain il se devait de raconter cet autre Nice des quartiers populaires que le monde ignorait mais sans lequel le Nice des cartes postales n'existerait pas. Près des tasses à café, il y avait des pastis servis, une bouteille de vin rouge, quelques bouts de pissaladière et des petites olives noires de Nice. Elle déclina l'offre d'un apéritif. Il était temps de partir, Mme Ginetta allait s'inquiéter.

— Merci pour le café.

Ne sachant comment saluer cette assemblée si particulière qui tentait de la retenir.

— Au revoir, messieurs dames.

Elle se leva, hésita un instant.

— Vous savez, personne ne va me croire lorsque je vais dire que je vous ai rencontrés.

Nougaro s'agita comme un pantin mou.

— Qu'à cela ne tienne ! Marie-France, tu as une feuille de papier ?

Mme Moretti s'exécuta et disparut pour aller chercher du matériel.

Très habilement et rapidement, Nougaro dessina une colombe.

— Tu vois, la colombe de la paix, Picasso, Cocteau l'ont déjà dessinée, mais on se la prête. Et il signa de sa belle signature appliquée et lisible. Puis il réfléchit en regardant vers le ciel.

— Je vais ajouter quelque chose d'irréfutable.

Il écrit au-dessous de son dessin :

Et Nice dans la nuit a glissé son collier
De perles sur le cou d'la Méditerranée
Nice, very nice, very Nice.

---

1. *Louis Nucéra,* Avenue des Diables-Bleus, *1979.*

— Un jour, j'écrirai une chanson sur Nice. Oui, parce qu'il n'y a pas que Toulouse qui a droit de cité. Et ces paroles seront dedans ! Oui, il y aura ça ! L'image est jolie, n'est-ce pas ? Le collier de perles au cou de la Méditerranée ! Alors là, tu pourras frimer en montrant ta feuille datée de 1968[1] !

Autour de lui, les autres s'étaient rapprochés pour mieux voir le génie à l'œuvre. Alice était penchée avec eux et elle se sentit vibrer intensément. Puis il fut temps d'interrompre le rêve. Elle se confondit en remerciements. Raymond Moretti emprunta le crayon à Nougaro et signa une affichette qu'il tendit à Alice.

— Elles sortent tout juste de l'imprimerie. Bientôt, il y en aura partout dans Nice.

Alice regarda et vit l'affiche du Carnaval de Nice 1968. La tête de Monsieur Carnaval explosant de mille confettis lumineux, à la fois ogre et bon génie.

— C'est magnifique ! s'exclama Alice. C'est vraiment ça le carnaval ! Enfin pour moi. À vrai dire, j'ai toujours eu peur des grosses têtes !

Moretti ne sut pas si son affiche suscitait de l'émerveillement ou de l'épouvante chez la jeune fille, mais il rit.

Tous la saluèrent chaleureusement, heureux d'avoir été distraits un instant par sa jeunesse. Mme Moretti la raccompagna et lui recommanda de revenir le plus souvent possible, que sa compagnie était de la lumière en plus chez elle et que, dès qu'elle aurait besoin de Ratplapla, ce qui pourtant n'était pas souhaitable, elle ne manquerait pas de faire appel à elle. Elle se souvint alors qu'elle ne l'avait toujours pas payée et l'abandonna un instant pour aller chercher de quoi régler son dû. Elle revint avec un billet et la pria de garder la monnaie. Et devant les remerciements confus d'Alice, elle termina en lui demandant de ne pas l'appeler Mme Moretti, mais Marie-France.

Alice se retrouva dans la cage d'escalier, folle de bonheur, serrant son dessin et son affiche sur son cœur. Elle dévala l'escalier comme une enfant en poussant des petits cris de joie.

---

1. *Chanson de Claude Nougaro,* Very Nice, *1983.*

Toute l'avenue Giacobi, et sans doute au-delà, eut droit à l'histoire de la livraison chez les Moretti. Alice exhibait fièrement ses affiches et racontait comment elle avait bavardé de tout et de rien avec ses illustres hôtes. Les gens se méfiaient, surtout les plus jeunes qui se rappelaient ses tendances à l'affabulation. « Qu'est-ce qu'elle a encore inventé ! »

— *Atchidenté*[1] *!* Tu te la rêves pas un peu, ta vie !

Mais devant les preuves, ils finirent par la croire, surtout devant l'affiche du carnaval, parce qu'elle n'était pas encore apparue dans les rues de Nice et c'était donc étrange qu'elle la possède déjà.

Clairette, qui était une fine connaisseuse en matière d'art, demandait régulièrement à Alice de lui montrer ses affiches et goûtait la chance qu'elle avait eue de croiser ces pointures. Elle était bluffée.

— Tu te rends compte, il aurait pu y avoir Picasso ! Tu aurais pu prendre l'apéritif avec Picasso !

Alexandre, quant à lui, eut un moment d'incrédulité totale.

— Crois-tu que je pourrais inventer toute seule « Et Nice dans la nuit a glissé son collier de perles sur le cou d'la Méditerranée » ?

— Et pourquoi pas ? Tout le monde sait que tu es une littéraire.

Elle s'énerva. Pour une fois qu'il la valorisait.

— Mais non ! J'en suis bien incapable !

— Mais si, tu en es capable ! Il ne faut pas exagérer, ce n'est pas non plus du Victor Hugo !

En étudiant de près les preuves en images, il finit par convenir de la véracité de l'événement. Il parut intéressé par la notoriété des personnes qu'elle avait rencontrées et qui avaient l'heur de figurer dans son aréopage personnel. Mais il reprocha à Alice son côté midinette qui la perdrait.

— Il s'agit de Nougaro quand même, pas de Claude François ! se défendit-elle.

Elle avait toujours l'impression de se débattre, de devoir se justifier, de ne jamais avoir le dernier mot et de passer pour une imbécile.

1. *Atchidenté : interjection exprimant la surprise (expression niçoise).*

Finalement, seule Mme Ginetta eut une réaction à la hauteur de l'événement. Elle s'empressa de mettre une affichette en évidence sur le présentoir de Ratplapla : *Claude Nougaro ne veut que celle-là !* Elle aurait bien écrit Raymond Moretti, mais elle ne voulait pas s'attirer des ennuis en insinuant qu'il y avait des rats chez lui, et puis il était bien moins connu que Nougaro.

XIII

UN SOIR DE FÉVRIER, Alexandre invita Alice à une fête organisée à la résidence des filles de la cité universitaire Montebello où vivaient nombre de ses amies. Ils arrivèrent à moto. Généralement, Alexandre se faisait charrier par ses camarades au sujet de sa Yamaha, véhicule de capitaliste, et Alice se demandait si elle n'était pas la monnaie d'échange de cette contradiction. « Ma petite amie est vendeuse dans une droguerie. » Cela rabattait le caquet de beaucoup sans doute. Devant les portes du bâtiment flottaient un drapeau rouge et un autre du Vietnam. Les filles avaient invité les garçons, la fête se déroulait au rez-de-chaussée, dans la salle commune, déjà très enfumée, où était servi de l'alcool. Cette soirée était un acte de provocation puisque les garçons n'étaient pas autorisés à venir chez les filles. De plus, ces dernières n'avaient pas le droit de sortir au-delà de 23 heures quand les garçons, eux, étaient libres de faire ce qu'ils voulaient le soir. Alors, en invitant les garçons, on respectait le règlement tout en le transgressant. C'était formidable ! Les filles avaient placardé dans le hall des affichettes : *Merci monsieur Neuwirth*[1] *!*

1. *Lucien Neuwirth : la loi du 28 décembre 1967 portant son nom permet un accès à la contraception sous certaines conditions de délivrance. Cette loi controversée ne sera jamais vraiment appliquée. Il faudra attendre la loi du 24 décembre 1974 portée par Simone Veil pour concrétiser un véritable accès à la contraception. La loi du 18 janvier 1975 autorisera l'interruption volontaire de grossesse.*

Au milieu des vapeurs d'alcool s'improvisaient des tribunes comme à Hyde Park où des jeunes motivés et quelque peu désinhibés prônaient la liberté sexuelle, le retrait des troupes au Vietnam, le pouvoir aux ouvriers. Quelques jours avant, les étudiants avaient conduit une grève de la faim symbolique dans les restos U de Nice. Ils n'en étaient pas complètement fiers parce que cinq mille repas étaient partis à la poubelle et ce gaspillage contredisait leur dénonciation de la société de consommation. Depuis, ils cherchaient des moyens d'action plus conformes à leurs idéaux. Cette soirée en faisait partie.

Comme beaucoup de ses camarades, Alexandre avait quitté l'UEC[1] qu'il jugeait trop frileuse, voire rétrograde, sur les enjeux de société. Il avait rejoint les maoïstes qui selon lui avaient une vision plus intellectuelle du progrès social. Alice ne comprenait pas grand-chose à tout cela. Elle avait bien fait de ne pas adhérer aux jeunesses communistes. Il le lui aurait encore reproché. Pour autant, dans cette soirée, on oubliait un peu les animosités et on faisait la fête avec les anciens camarades. Même Josy était là. Elle portait un béret à la Bonny and Clyde. Si elle n'avait pas le charme de Faye Dunaway, elle semblait néanmoins remporter grâce à cela un vif succès auprès des garçons. Alice s'en méfiait. Le bruit régnant dans la salle conduisait Josy à parler à l'oreille d'Alexandre qui se penchait vers elle, et cette dernière semblait ravie de cette promiscuité. Alice ressentait des pincements au cœur vifs et douloureux. Mais, ne se sentant pas posséder les armes suffisantes pour lutter, elle détournait son regard. À vrai dire, elle s'ennuyait un peu. Elle sirotait une bière au goulot, sans goût ni conviction, et se prenait à regretter ses parties de baby-foot ou de flipper chez Figasso, qui occupaient bien la soirée et favorisaient les parties de rigolade et les conversations. Alors elle se forçait à écouter les orateurs et souvent elle était d'accord avec eux. Oui, elle souhaitait la fin de la guerre au Vietnam, oui, elle pensait que les ouvriers étaient mal payés, mal considérés et n'avaient pas le droit au chapitre pendant que les patrons s'en

1. *UEC : Union des étudiants communistes.*

mettaient plein les poches, même si Mme Ginetta était une exception, enfin peut-être. Oui, elle était favorable à la loi Neuwirth qui lui permettrait peut-être de coucher avec Alexandre sans avoir peur de tomber enceinte. Mais comment se procurer cette pilule quand on n'avait pas encore vingt et un ans et quand il fallait des indications thérapeutiques autres que la contraception, comme des douleurs de règles, expliquait, virulente, cette belle fille aux cheveux blonds et raides et au sourire américain ? Jamais elle n'oserait demander l'autorisation à sa mère. Enfin, sans doute. Alice était plus attentive que la moyenne des auditeurs aux discours parce qu'elle ne possédait pas comme les autres tout le vocabulaire et la rhétorique. Alexandre était fier d'elle et, régulièrement, entre deux verres et deux invectives, il venait marquer sa satisfaction de la voir là et sans doute se félicitait-il de l'élever à de si hautes considérations.

Très vite, des couples montèrent dans les étages, d'autres en redescendaient enlacés, l'air ravi. Un acte de défiance terrible alors que cela était interdit. Un vent de liberté soufflait sur la cité U. Les tribuns s'essoufflèrent et les étudiants mirent de la musique pour danser. Alice, légèrement grisée par l'alcool, commençait à se déhancher comme tout le monde. Alexandre n'était pas un danseur et, toujours flanqué de Josy, poursuivait ses discussions avec les plus acharnés.

Vers 23 heures, la fête battait son plein et chacun était distrait par quelque chose quand un énorme fracas retentit dans la salle. Une des baies vitrées avait explosé et volé en éclats sous le poids d'un bac à fleurs qui avait été jeté dedans. Des cris de peur jaillirent, perçants, et les étudiants reculèrent spontanément vers le fond de la salle. Alice chercha du secours auprès d'Alexandre qu'elle ne trouva pas. Un chaos indescriptible s'ensuivit. Dehors, dans la nuit, devant les fenêtres, une troupe informe d'individus attendait, menaçant en criant et en levant le bras.

Des clameurs s'élevèrent dans la salle.

— Les fafs[1] ! Les fafs sont là !

---

1. *Faf : diminutif apparu en 1968 pour désigner les fascistes.*

Sans organisation ni mot d'ordre, tous les garçons et quelques étudiantes sortirent pour en découdre avec les agresseurs. Alexandre était parmi eux. Alice l'aperçut qui se jetait sur un individu, le prenant par le col et le faisant tourner sur lui-même. Il lui assena un coup dans la figure, mais un autre attrapa les boucles d'Alexandre pour le tirer en arrière. Ce dernier se débattit, mais prit un uppercut dans l'estomac. Il tituba, puis se releva avant de se jeter sur un autre. Chacun avait son adversaire, et des insultes fusaient de ce pugilat. « Salaud de gaucho ! » « Facho de merde ! » Les filles n'étaient pas en reste qui criaient, insultaient, mordaient, tiraient des tignasses de cheveux et commençaient à secourir les blessés. Alice était restée à l'intérieur, terrorisée. Elle n'avait jamais vu ça de sa vie ! C'était la guerre ! Il y avait une alcôve sous l'escalier qui menait aux étages. Elle s'y cacha, en attendant que cela se calme. On entendait les coups sourds pleuvoir et elle apercevait parfois Alexandre en mauvaise posture. Elle aurait voulu lui porter secours, mais elle était tétanisée. Ses jambes ne la portaient plus. Ses lèvres tremblaient et sa bouche était sèche. Qu'aurait voulu Alexandre ? Qu'elle se protège ou qu'elle rentre dans la bataille ? Des sirènes de police retentirent au loin, puis se rapprochèrent. Alors Alice se sentit autorisée à sortir de son trou et s'approcha doucement. Les groupes se dispersaient brusquement dans les fourrés noirs. Alice vit briller les casques et les boucliers des CRS dans les lumières des phares des fourgons. Des matraques s'élevaient déjà sur les étudiants de tous bords en train de fuir. Alice demeurait pétrifiée, attendant que son tour arrive. Elle se sentit alors saisie violemment par le bras et tirée vers l'arrière. C'était cuit !

— Cours, cours, ne te retourne pas !

Alexandre l'entraînait vers le fond du bâtiment où il avait garé sa moto. Elle se sentait malmenée comme une poupée de chiffons. Sans prendre le temps de mettre son casque, il actionna le démarreur qui grippa une première fois. Alice enfourcha de guingois le porte-bagages et s'agrippa à la taille d'Alexandre. Il démarra en trombe. Elle manqua tomber dans le premier virage, puis se redressa et se serra encore plus fort contre le dos du jeune homme. Il connaissait les cités U de Nice comme sa poche et emprunta un itinéraire à travers des bosquets et des plates-bandes qui lui permettait de sortir de l'enceinte sans être rattrapé. Il dévala à toute berzingue les collines de Valrose. Lorsqu'il se sentit en sécurité, au pied de Cimiez, il ralentit, puis arrêta la machine qui pétaradait. Ils en descendirent tous deux, tremblants, et se tinrent l'un face à l'autre, interdits. Enfin, elle se serra contre lui et ils s'embrassèrent fiévreusement.

— Aïe, gémit Alexandre.

Elle prit le visage de son ami entre ses mains et l'observa à la lueur du lampadaire. Il était tuméfié. Une de ses paupières était fermée et sa lèvre inférieure boursouflée comme prête à exploser sous la pression du sang.

— J'ai honte, dit-elle. Je suis restée cachée. J'aurais pu venir t'aider. Tu es tout escagassé !

— Nous aurions été deux escagassés. Ça nous aurait avancés à quoi ? L'essentiel, c'est qu'on n'ait pas été pris par les flics. Tu vois la tête de la mère Ginetta demain matin ? Sa vendeuse prise dans une échauffourée, arrêtée, mise en tôle !

Alice sourit à cette idée.

— Tu sais, je n'y comprends rien à vos histoires. Qui sont ces types qui vous ont attaqués ?

— Des gars de la fac de droit. Des mecs d'extrême droite qui sont contre les grands changements qui se préparent et qui veulent casser du gauchiste. Je vais te dire, je ne suis pas mécontent des quelques beignes que j'ai pu leur donner. Et s'il faut y revenir, j'y reviendrai.

— Est-ce que cela en vaut la peine ?

— Il faut en passer par là. Je t'assure. Et ça ne fait que commencer ! ajouta-t-il avec jubilation.

Elle secoua la tête pour montrer sa perplexité.

— Raccompagne-moi. Il faut que tu rentres te soigner.

— Pas avant d'avoir fait notre petit tour.

— Quel petit tour ?

— Celui qui te fait plaisir.

Il redémarra doucement et prit une allure de balade. Bientôt, ils furent sur la promenade des Anglais à hauteur de l'avenue Gambetta. Il prit l'allée longeant la Méditerranée en direction de Rauba-Capeù. Le froid était mordant et Alice se serrait contre Alexandre, la tête posée sur son épaule, le regard tourné vers la mer. Les palmiers défilaient un à un, dessinant une zébrure dans le paysage sous les halos des lampadaires. L'eau était noire. Il y avait encore quelques promeneurs. Des vieux avec leur chien, des amoureux. Les bars et les casinos avaient une vie cachée, seules les lumières de leurs devantures laissaient échapper au-dehors leurs turpitudes. Tous ces scintillements se reflétaient dans l'anse de la baie. *Et Nice dans la nuit a glissé son collier de perles sur le cou d'la Méditerranée.* Elle ne pensait plus à rien. Elle se laissait juste étourdir par le vent.

XIV

LORSQUE ALICE ARRIVA au magasin le lendemain matin, Mme Ginetta lui dit bonjour distraitement. Elle lisait *Nice-Matin* et son regard suspicieux faisait des allers-retours entre la page qui l'occupait et Alice. Cette dernière sentait ce regard lourd posé sur elle et, pour se donner une contenance dégagée, tout en déballant ses cartons, elle se mit à chantonner. La clochette de la porte tinta et Alice se précipita pour accueillir cette première cliente matinale qui allait enfin rompre cette ambiance pesante.

— Bonjour, madame Pandolfi !

— Bonjour, pitchoune ! Ah ! Madame Ginetta, vous avez vu le journal ! Ces jeunes des facultés, ils vont nous faire tout péter ! Pendant que les parents triment pour leur payer des études, ils s'amusent à la guerre. On aura tout vu ! Comme si on n'en avait pas eu assez de la guerre !

— Je suis bien d'accord avec vous, madame Pandolfi, répondit Mme Ginetta tout en continuant à jeter sur son employée un regard réprobateur. Mais, tous ces jeunes, c'est des gosses de riches. Ceux qui travaillent, ils se tiennent à carreau, eux. N'est-ce pas, Alice ?

Alice avait disparu à nouveau dans ses cartons.

— Quand on travaille le lendemain, on n'a pas le temps d'aller passer ses soirées à faire le fada contre la police. Sinon on n'est bonne à rien, et on arrive au travail avec des cernes jusque-là !

— Sans compter que tous ces garçons, ils étaient là pour – Mme Pandolfi baissa la voix et regarda autour d'elle – ...

pour coucher avec les filles. Et les filles, elles n'attendaient que ça, pardi ! Enfin, paraît-il ! Non, mais on aura tout vu ! De mon temps, les filles, elles se faisaient respecter ! Elles restaient à la maison. Et puis elles ne faisaient pas d'études ! C'est ça qui leur met ces idées dégoûtantes dans la tête ! Les études et le cinéma !

— C'est peut-être aussi la faute des parents. On n'éduque plus les enfants. On leur laisse faire tout ce qu'ils veulent. C'est pour ça que je vous dis, madame Pandolfi, que tous ceux qui travaillent, ils ont un peu plus de plomb dans la tête. Enfin, presque tous.

Mme Ginetta regarda Alice en coin. Celle-ci ne voulait pas croiser le regard de sa patronne, ni de la cliente, mais elle sentait monter la colère en elle. Elle trouvait les propos échangés très faux et très injustes, elle se mordait les lèvres pour ne pas intervenir.

— Vous êtes d'accord avec moi, madame Ginetta ? Ces étudiantes, des traînées ! Ah ! Il doit s'en passer de belles dans ces cités universitaires ! On aura tout vu ! Moi, je suis bien contente de n'avoir eu que des garçons. Parce que c'est par les filles que les problèmes arrivent.

Alice n'y tint plus.

— Eh bien moi, si j'avais pu, j'en aurais fait, des études ! Croyez-moi !

Les deux femmes regardèrent Alice, étonnées.

— Tu aurais pu plus mal tomber, ma petite. Tu as une bonne place chez Mme Ginetta. Je crois qu'elle est gentille avec toi. Tu n'as pas à te plaindre !

Mme Ginetta rosit de plaisir.

— Ce n'est pas la question. Mais je crois que j'aurais aimé aller au moins au lycée et apprendre pour ne pas me retrouver comme une *cougourde*[1] devant tout ce qui se passe dans le monde.

— Notre monde à nous, c'est Saint-Roch ! répondit Mme Pandolfi. Et tu en sais bien assez pour très bien y vivre.

---

1. *Cougourde : désigne une fille jugée stupide. Traduction niçoise de courge, le masculin étant cougourdon.*

— Non, madame Pandolfi, le monde ce n'est pas Saint-Roch ! Regardez ce qui se passe au Vietnam. Il faut se sentir concerné. Tous ces morts ! Ces gens qui n'ont rien demandé ! Toute cette oppression des Américains ! Et pour se sentir concerné, il faut comprendre la situation. Et elle est compliquée ! Heureusement que les étudiants sont là pour nous ouvrir les yeux sur tout ça. Ils ont le temps de réfléchir, eux. Et il faut des gens qui réfléchissent pendant que nous, on travaille ! Sinon on se fera toujours avoir !

— Écoute, ma petite, les Vietnamiens, du temps de l'Indochine, ils n'ont plus voulu des Français, ils n'en seraient peut-être pas là si nous y étions encore. Quant aux Américains, moi, je n'ai rien à dire, heureusement qu'on les a eus en 44 ! rétorqua Mme Pandolfi.

— Vous avez raison, madame Pandolfi, dit Alice au comble de l'énervement, tout ça n'est peut-être pas une question d'intelligence, ce n'est peut-être qu'une question de cœur !

Les deux femmes regardaient Alice avec un œil bizarre. Elles étaient surprises plus par l'audace d'Alice que par ses propos. Alice, se sentant autorisée à parler, poursuivit :

— Quant aux filles, madame Pandolfi, il faut arrêter l'hypocrisie. Combien en connaissez-vous autour de vous qui se sont mariées parce qu'elles étaient enceintes sans l'avoir voulu. Alors vous, vous pensez qu'elles sont les uniques responsables ? Et les garçons alors ? Vous pensez peut-être qu'elles les ont forcés ?

— Mais quelle mouche la pique ? dit la cliente en se tournant vers la patronne.

— Oui, quelle mouche te pique ? Allez, allez, remets-toi au travail, ma fille ! Voilà que tu divagues, maintenant ! Excusez-la, madame Pandolfi. Qu'est-ce qu'il vous fallait ce matin ?

Mme Ginetta se pencha à l'oreille de la cliente pour lui souffler que, sans doute, Alice avait senti sa mère attaquée dans cette conversation, sa mère qui avait élevé seule ses trois enfants et dont on savait qu'elle avait eu beaucoup d'amis, « enfin vous voyez »… Mme Pandolfi leva les yeux au ciel d'un air entendu.

— Pauvre petite, vous avez raison, elle est plus à plaindre qu'autre chose, mais enfin, elle prend de l'assurance ! Faites attention, madame Ginetta ! Enfin, on aura tout vu ! Il me faudrait des cristaux de soude et du cirage Lion noir, pas une autre marque, je veux du Lion ! Et des tampons Jex, ceux avec le savon déjà dedans !

Elles enchaînèrent ensuite avec l'affaire qui avait jeté tout le monde dans l'émoi depuis la fin du mois de janvier et qui alimentait toutes les conversations, la disparition du sous-marin *La Minerve* au large de Toulon.

— Qué désastre ! Tous ces pauvres garçons ! Ils ne les retrouveront pas. Mourir enfermés sous la mer sans pouvoir être secourus ! Oh ! *Madona !* Vous savez, madame Ginetta, il paraît que l'un de ces marins est le fils de quelqu'un qui habite avenue Giacobi ? Enfin, moi, je ne sais pas qui ! C'est ce qu'on m'a dit. Enfin, d'ici ou d'ailleurs, qué misère !

Lorsque la cliente fut partie, Mme Ginetta tança son employée avec une rudesse inhabituelle. Elle lui interdit dorénavant de prendre la parole devant les clients tant qu'elle ne lui aurait pas donné l'autorisation. Surtout pour dire des « conneries » plus grosses qu'elle. Dans son commerce, on était d'accord avec les clients. Les clients qui avaient envie de discuter ne venaient pas chercher la contradiction, ils voulaient seulement parler et qu'on les approuve. Sinon ils iraient voir ailleurs. Finalement, tout le monde se fichait des opinions de la commise, pourvu qu'elle ne fasse pas fuir le client. Surtout une cliente comme Mme Pandolfi qui venait plusieurs fois par jour ouvrir son porte-monnaie devant le comptoir. La cliente qui suivit interrompit le flot de sa furie. Elle s'approcha, mielleuse, de la porte d'entrée.

— Bonjour, madame Turlure ! Quel bon vent vous amène aujourd'hui ?

Mme Ginetta s'absenta en milieu de matinée pour aller faire quelques courses dans le quartier. Alice, qui faisait profil bas depuis la diatribe de sa patronne, goûta ces instants de solitude, mais une colère sourde l'envahissait encore. Elle ne savait pas bien si elle reprochait à Mme Ginetta ses idées rétrogrades ou bien si elle craignait d'avoir définitivement perdu son affection quasi maternelle. Elle s'approcha du journal demeuré replié et fermé sur le comptoir. Regardant à travers les vitrines si la patronne ne revenait pas, elle jeta un œil sur la une. Une grande photo sombre montrait la police en train de disperser des jeunes gens, avec un gros titre : « Nuit d'émeutes entre étudiants à la résidence universitaire Montebello ». Elle ouvrit fébrilement le journal pour lire l'article. Alice eut une sueur froide. Une autre photo l'illustrait. On y voyait la police chassant les étudiants et, au coin du bâtiment, s'enfuir, de dos, et manquer de se coucher sur le côté une Yamaha transportant un couple. Heureusement, la qualité de la photo était mauvaise et la moto était de biais, si bien qu'on ne voyait pas la plaque d'immatriculation. Mais pour Mme Ginetta qui était un fin limier, nul doute qu'elle avait reconnu Alice, avec sa demi-queue flottant au vent et la moto d'Alexandre, désormais célèbre dans le quartier. Elle parcourut rapidement l'article qui mentionnait des événements sans précédent entre étudiants de différentes mouvances politiques et soulignait la « provocation sidérante » des étudiants de gauche qui bravaient l'interdiction de mixité dans la cité universitaire. Alice referma vite le journal et s'empressa de retourner à la construction d'une pyramide de savonnettes en alternant les Palmolive vertes et les Cadum roses. Toute la journée, Alice et Mme Ginetta se regardèrent en chien de faïence. Chacune ne sachant pas très bien ce que l'autre lui reprochait, mais déterminée à mettre une distance.

Le soir, lorsqu'elle eut fini la vaisselle, que Joël et Mireille furent tranquilles, elle se confia à sa mère :

— Tu sais, j'en ai marre de Mme Ginetta. Elle devient trop autoritaire avec moi. Toi, au moins, à Niceco, tu as tes collègues, tu peux te défouler et parler de tes conditions de travail. L'union fait la force ! Moi, je dois me taire et encaisser.

— Parce que tu crois que moi je suis mieux lotie ! J'ai aussi la chef de rayon toujours sur le dos. Et je discute trop, et je ne vais pas assez vite, et je suis en retard après la pause ! Quand on a su qu'on allait avoir une femme comme chef, on était contentes. D'abord parce que l'autre *stassi*[1] allait avoir fini de se frotter à nous chaque fois qu'il avait un commentaire à faire, et qu'elle serait bien placée, elle, pour comprendre que c'était dur pour nous, les femmes, de tout mener de front. Tu parles ! Elle est encore plus vache !

— Peut-être qu'elle pense devoir en rajouter pour être considérée autant qu'un homme.

— Non, non, non ! Les femmes sont plus vaches que les hommes, tout le monde te le dira ! Reste tranquille ! *Faï tira*[2], je te dis, tu es bien chez Mme Ginetta. Elle a peut-être une contrariété en ce moment. Ça va lui passer !

Alice était presque triste. Elle décida d'aller faire un tour. Chez Figasso, elle ne trouva pas Clairette qui sortait avec un mécanicien de la station Total. Plus qu'elle ne sortait avec lui, elle le retrouvait souvent dans la chambre qu'il louait derrière la station, dans une vieille maison vouée à la démolition, étranglée entre des immeubles neufs. Depuis qu'elle était étudiante, Clairette disait vouloir rattraper le temps perdu. Aussi n'était-elle pas farouche. Elle entretenait au moins deux liaisons, l'une avec un étudiant en économie, fin et intelligent comme une fille, disait-elle, et qui faisait l'amour tout en dissertant ; l'autre avec Luigi, le mécanicien, qui la faisait rire et comblait ses appétits sensuels, en déployant toute sa virilité.

Alors, malgré la nuit, malgré le froid et la peur, Alice prit son Solex et parcourut les rues de Nice pour aller retrouver Alexandre boulevard Victor-Hugo. Par la rue de derrière, on pouvait accéder au jardin dans lequel le Dr Kourakine et quelques privilégiés de l'immeuble garaient leurs voitures. Il fallait juste escalader un muret près du portail tenu fermé. De là, elle voyait si la lumière était allumée dans la chambre d'Alexandre et, si c'était le cas, elle allait taper au carreau après s'être glissée le long des topiaires de buis. Ce soir-là, elle l'aperçut. Il travaillait à son bureau. Elle toqua. Il ouvrit la fenêtre. Elle enjamba la balustrade et sauta sur le parquet. Ils s'embrassèrent longuement et silencieusement, comme deux jeunes

1. *Stassi : abruti (expression niçoise).*
2. *Faï tira : laisse aller (expression niçoise).*

adolescents qui s'embrassent pour la première fois. Au début, Alice avait très peur d'être surprise par les parents d'Alexandre. Mais ces derniers ne souhaitant pas se trouver nez à nez avec un communiste dans leur propre maison, comme c'était déjà arrivé une fois, ignoraient purement et simplement le fond de leur appartement qu'ils avaient définitivement abandonné à leur fils.

— Tu as vu le journal ? dit Alice, inquiète.

— *Nice-Matin* ? Ça m'a fait marrer !

— Ah bon ? Pas moi. On nous reconnaît. Qui a pu prendre cette photo ?

— La police est de mèche avec la presse ! Tu ne sais pas ça ?

— J'ai la trouille.

— Aucun risque. Cela dit, pendant quelques jours, il vaut mieux se faire oublier. C'est dommage, car en ce moment il y a du boulot. On aurait plein de tracts à tirer contre la réforme Fouchet, mais pour ça, il faut être à la fac. Et à la prochaine bagarre avec les fafs, on risque de se faire coffrer. Ce serait « contre-productif ».

— Tu en as, un vocabulaire savant !

Il l'entraîna vers le lit. Elle s'allongea près de lui et se laissa caresser. Elle le regardait dans les yeux, pleine d'admiration et de crainte. Elle ne s'était jamais donnée complètement à lui. Elle avait une immense pudeur, et puis les parents étaient non loin de là. Lorsqu'il insistait, elle lui disait qu'elle avait peur de tomber enceinte et, même s'il essayait de la rassurer en lui affirmant qu'il savait comment s'y prendre, elle le repoussait, l'air de rien. Pourtant, elle avait très peur qu'il se lasse, elle ne voulait même pas penser à ce qu'il pouvait bien faire avec les autres, celles qui n'étaient pas farouches et qui souhaitaient que les cités U soient mixtes. Pourtant, elle aurait bien eu envie certaines fois de s'abandonner. C'était dur de résister à cette passion qui les étreignait, c'était dur de résister à son propre désir qui ne demandait qu'à exulter, quand les caresses d'Alexandre l'avaient poussée dans ses derniers retranchements et que presque plus rien en elle ne pouvait lutter. C'était douloureux. Ce soir-là, elle le tint encore à distance. Elle avait embrassé toutes ses plaies, doucement, ses yeux meurtris, sa bouche tuméfiée, ses pommettes enflammées. Tout son corps à lui vibrait et il la désirait charnellement. Elle s'abandonnait un peu mais laissait sa main entre eux, prête à le repousser, comme un garde-fou. Il défaisait les boutons de son gilet et glissait sa main sous son corsage, puis il descendait sous sa ceinture pour atteindre le bas de son ventre. Elle adorait fourrager ses doigts dans ses boucles et embrasser son visage, mais n'osait pas être plus entreprenante. Il y avait toujours un moment où elle se blottissait contre lui, la tête sur son épaule, qui sonnait l'arrêt de leurs ébats, comme si elle était définitivement repue et heureuse. Lui l'était beaucoup moins, bien sûr.

— Tu as bien fait de passer ce soir, dit-il en se redressant pour allumer une cigarette. J'ai quelque chose pour toi. Enfin, pour nous.

— Ah bon ? Qu'est-ce que c'est ? demanda-t-elle, joyeuse et intriguée.

Alexandre aimait beaucoup faire des surprises et ménager des petites attentions insolites. Elle y était très sensible et trouvait que cela faisait partie du charme de son amoureux.

Il lui tendit une feuille de papier. Elle la regarda, perplexe.

— Une ordonnance ?

Elle lut la feuille avec plus d'attention.

— Une ordonnance de ton père ?

— Oui, et tu peux marquer ce que tu veux dessus !

Elle ne comprenait pas. Elle riait pour se donner une contenance.

— Mais qu'est-ce que tu veux que j'en fasse ?

— Je ne sais pas, moi, dit-il en savourant son effet. Par exemple, écrire le nom d'une pilule contraceptive !

Elle comprit tout à coup.

— Tu as volé des ordonnances à ton père pour que je me procure la pilule !

— Bravo ! C'est exactement ça ! À nous la liberté ! Tu n'auras plus peur de tomber enceinte et on va pouvoir s'en donner à cœur joie !

Alice demeurait interdite. Elle ne savait quoi penser. C'était inconfortable.

— Mais je ne suis pas majeure, ils ne me la donneront pas.

— À toi de jouer. Tu vas bien trouver quelqu'un qui peut aller à la pharmacie à ta place.

Alice se mordit les lèvres.

— Mais tu as volé des ordonnances, on n'a pas le droit de faire ça !

— Est-ce qu'on a le droit de priver les femmes de la contraception. Non, crois-moi, nous sommes dans notre bon droit. De toute façon, c'est le seul moyen. Je vais te marquer ce qu'il faut, tu n'auras plus qu'à ajouter le nom de ton commissionnaire en imitant mon écriture.

Alice était abasourdie. Elle n'arrivait pas à préciser ce qui la mettait à ce point mal à l'aise. Peut-être cela manquait-il sérieusement de romantisme ? Sans doute. Elle se sentait meurtrie et comme humiliée par cette sorte d'injonction. Tout à coup, elle se demandait si sa retenue vis-à-vis d'Alexandre n'était motivée que par un problème de contraception.

Lorsqu'elle rentra chez elle, il était très tard. Le Solex ronronnait dans les rues. Elle était encore plus triste, le visage caché sous sa capuche solidement fermée par son écharpe. Elle n'avait pas vraiment trouvé le réconfort qu'elle était venue chercher.

Le lendemain, Mme Ginetta battait encore froid à Alice qui ne vivait pas très bien cette animosité. C'est que d'habitude Alice sentait qu'elle avait, malgré son jeune âge, un certain ascendant sur sa patronne et que cette dernière prenait un malin plaisir à se frotter à l'intransigeance de la jeunesse. Mais cette fois-ci, c'était l'inverse. Alice se sentait vaguement coupable et Mme Ginetta semblait vouloir garder ses distances.

— Alice, tu vas aller rue de Sospel. Les carnavaliers viennent de téléphoner. Ils ont besoin de paquets de colle à tapisserie pour terminer leurs grosses têtes. Tu n'as même pas besoin de prendre le Solex, c'est tout à côté. Je t'ai préparé sept paquets dans ce panier. Allez, zou ! Ils en ont besoin tout de suite !

Alice partit sous la pluie de ce mois de février. Elle remonta la rue Sorgentino. Le parapluie dans une main, le panier dans l'autre. Le chargement était lourd, et elle devait faire des pauses. La mercière sortit même de sa boutique pour lui proposer de rentrer se mettre à l'abri. Deux rues plus loin, elle était arrivée. Sur l'un des côtés de la rue, plusieurs portes de garage en tôle ondulée, de différentes hauteurs, se succédaient. Elle n'avait pas le numéro de sa livraison. Elle jugea que pour faire entrer et sortir des têtes de carnaval, il fallait que la porte fût haute et elle se décida à passer sous le rideau de la plus grande.

Il faisait froid, l'atelier sentait fort la peinture. Elle laissa son parapluie à l'entrée et s'avança timidement plus avant. De grandes fresques couvraient les murs. Des fresques noir et blanc, parfois marron virant sur le rouille. C'était étrange. Des hommes décharnés semblaient sortir des murs. On y croyait. Des hommes et des femmes paraissaient avoir subi des tortures et laissaient voir dans leur nudité leurs plaies béantes. Des femmes portaient et donnaient à voir leur enfant mort. Alice avançait, intriguée, à pas craintifs dans ce décor d'épouvante. Comme les murs ne suffisaient pas, des draps tombaient ici et là, déchirés par des mains crispées, laissant apparaître des visages terrorisés. Au milieu de ce labyrinthe horrible et saisissant, se confondant presque avec les personnages, elle finit par distinguer un jeune homme aux cheveux longs. Il souriait de toutes ses dents, en plissant ses yeux dont on ne voyait plus les prunelles.

— Vous cherchez, mademoiselle ?

— Je viens porter la colle, monsieur.

— La colle ?

Alice doutait.

— Je ne suis pas à l'atelier des grosses têtes ?

Il rit.

— Ah ! Non ! Le carnaval, c'est deux garages plus loin. Ici, c'est un genre de carnaval. C'est un carnaval qui dénonce, qui affranchit, mais c'est moins drôle et moins coloré. Le carnaval d'à côté, on se rebelle pour un jour et on se soumet le reste de l'année. Moi, je voudrais éveiller les consciences, jusqu'à l'écœurement, pour que réellement on imprime en soi et pour toujours : « Plus jamais ça ! »

— Jusqu'à l'écœurement, répéta Alice en parcourant à nouveau les fresques. Vous réussissez très bien. Mais pourquoi ne pas ajouter une lueur d'espoir ? Personne n'a envie de vivre dans un tel monde ! Je ne sais pas, moi, de la couleur. Un sourire.

— Parce que pour l'instant il n'y a pas d'espoir. Regardez. Les camps de concentration, la guerre d'Algérie, l'apartheid en Afrique du Sud, aujourd'hui le Vietnam. Rien ne sert de leçon à l'homme. L'horreur n'a pas de limites. Ça ne s'arrête pas. Je voudrais qu'un jour mes fresques soient dans la rue, à même les murs, les portes. Pour qu'au hasard de leurs pas les gens soient frappés et se disent : « Attention ! Aujourd'hui, je suis cette victime, mais demain, je peux être ce bourreau ! »

— Eh bien ! Dites-moi ! Je vais vous envoyer Mme Pandolfi ! Elle ne va pas en revenir !

— Je ne sais pas qui est Mme Pandolfi, mais envoyez-la-moi ! Je vais lui parler du pays.

Le jeune homme était jovial et ses paroles profondes. Elles touchaient Alice au cœur. Il lui expliqua plus en détail ses dessins. C'était très torturé et cela manquait pour elle de couleur, mais Alice se sentait touchée plus que par un discours. Elle pensait être très privilégiée de pouvoir profiter de cette visite. Elle s'aperçut tout à coup que l'heure tournait et se rappela que l'atelier de carnaval attendait la colle. Elle s'excusa et demanda si à l'occasion elle pouvait revenir avec sa petite sœur pour lui montrer tout cela. Il leva les bras au ciel pour lui signifier qu'elle pouvait emmener toutes les personnes qu'elle voulait, y compris Mme Pandolfi, même s'il se doutait qu'il aurait beaucoup de mal à la convaincre de l'utilité de son art. Il demanda son prénom à Alice et, bien sûr, ne manqua pas de faire allusion au pays des merveilles.

— Et vous, c'est comment votre nom ? On ne sait jamais, au cas où vous deviendriez célèbre.

— Pour mon prénom, c'est Ernest. Pour mon nom, j'hésite encore.

Elle regagna au plus vite le garage d'à côté. Des éclats de voix joyeux s'élevaient dans l'atelier. Des « ah ! » de satisfaction, accompagnés d'un ou deux sifflements, retentirent lorsqu'elle montra son panier de paquets de colle. Des hommes étaient juchés sur des échafaudages jouxtant au plus près l'oreille démesurée ou le nez monumental d'une grosse tête. Elles paraissaient inoffensives comme cela. Désincarnées. Alice savait qu'elle aurait peur lorsque celles-ci se pencheraient vers elle le soir du carnaval. Les plus petits seraient vraiment terrorisés, comme si une menace terrible surgissait dans leur vie insouciante d'enfant. Mais ce ne serait *que pour de rire*.

XV

LES JOURS RALLONGEAIENT. La douceur de l'air envahissait les rues en même temps que les parfums des orangers diffusaient leurs notes d'agrumes encore verts. À Saint-Roch, dans les familles, on préparait les communions solennelles. Dans un souci d'égalité, l'aube blanche sans fioriture était désormais de rigueur. Beaucoup regrettaient la liberté de pouvoir en mettre plein la vue ce jour-là avec une robe en dentelle blanche, qui faisait de la petite fille une mariée avant l'heure. On se la transmettait dans la famille comme une relique qui marquait sa dévotion religieuse et sa position sociale. Une aube inspirée de la bure des moines, identique pour les filles et les garçons, mettait tout le monde à la même enseigne. On y ajoutait une croix de bois, austère à souhait, pour rappeler le vœu de pauvreté à ceux qui auraient pu l'oublier. Mais là encore, certains pouvaient acheter l'aube neuve quand d'autres, moins fortunés, louaient cette aube qui avait donc déjà beaucoup servi. Pour la plupart des enfants, cette cérémonie marquait non pas les vœux d'une foi éternelle, mais la levée de l'obligation d'aller à la messe et de se confesser. C'était pour les familles l'occasion de réunir tout le monde et de faire un bon repas. Quelquefois même, on allait au restaurant, dans l'arrière-pays, pour être un peu à la campagne. Les parrains et les marraines devaient se déboutonner pour offrir aux communiants une chevalière sertie des initiales, une gourmette ou une montre.

Mais ce printemps-là, il flottait dans l'air autre chose encore. Les conversations s'éternisaient devant les boutiques. Les gens étaient graves et inquiets. Les radios étaient allumées et on écoutait les informations. À Paris, les étudiants de Nanterre avaient boycotté leurs examens et occupaient la faculté. Ils appelaient les ouvriers à les rejoindre. Déjà, des facultés, Toulouse, Aix-en-Provence, suivaient le mouvement. Un vent de révolte soufflait sur la France. Les conversations allaient bon train.

— Ça va leur passer ! C'est parce que c'est les examens !

— Je crois qu'ils veulent déboulonner de Gaulle. Et tant qu'ils n'y seront pas arrivés, ça va chauffer !

— Il vaudrait peut-être mieux faire quelques réserves. Des pâtes, du sucre, du riz. On ne sait jamais.

— Je ne vous cache pas que moi, j'ai déjà commencé.

— Ça ne tiendra pas bien longtemps, Fouchet va remettre de l'ordre dans tout ça !

— Heureusement, ça se passe à Paris ! Ça ne viendra pas jusque chez nous !

— Oh ! Mèfi !

On se quittait et on rentrait à nouveau dans un magasin pour acheter un kilo de sucre supplémentaire.

À la droguerie, Mme Ginetta rayonnait parce que les clients venaient faire provision de savons, de bougies, de lampes électriques et de piles pour être sûrs de pouvoir faire fonctionner le transistor en cas de coupure d'électricité. Comme elle avait senti le vent venir, elle avait su faire des stocks depuis quelques mois. Et même quand les clients ne demandaient rien de tout cela, elle les alarmait :

— Je vous rajoute une bougie ou deux, madame Turlure ? Vous avez vu les journaux ? On ne sait jamais !

— Vous avez raison, mettez-m'en trois !

Alice ne chômait pas. Il y avait tous ces cartons à déballer, à stocker, tout cela dans la petite réserve exiguë, mais dont on devait tirer parti dans les moindres recoins, du sol au plafond, sans négliger l'ordre et la propreté. Au cas où cela ne suffirait pas, elle sillonnait les artères niçoises, pour aller piller les réserves des collègues droguistes qui avaient le nez moins creux que Mme Ginetta et ne voyaient pas arriver la période de troubles et de privations qu'elle avait su anticiper, elle. Il faut dire qu'Alice lui servait de baromètre. Elle comprenait, à ce que son employée lui racontait des réunions auxquelles Alexandre la faisait participer, jusqu'à rencontrer dernièrement les syndicats de Sud-Aviation à Cannes, que la situation était explosive. Virgile Barel, en personne, le député communiste de la circonscription, soutenait les prémices du mouvement. Oui, Mme Ginetta avait toutes les raisons de croire que le grand soir était pour bientôt. Ce n'était pas tant l'aspect politique de la question qui l'intéressait que l'aspect commercial et les retombées qu'elle pouvait en espérer. Mais tout de même, elle n'était pas tout à fait indifférente aux changements sociaux qui pourraient en découler. Pour autant, elle pensait que les commerçants seraient encore les grands oubliés. D'autres échauffourées entre étudiants d'extrême droite et de gauche s'étaient produites, et elle savait qu'Alice adorait aller jouer les infirmières auprès de son chevalier maoïste.

Après avoir gardé ses distances avec Alice pendant quelque temps parce qu'elle jugeait que son employée n'avait pas à « faire de la politique », elle mesura combien les indications glanées auprès de son employée pouvaient lui être utiles pour son commerce. Alors elle s'était radoucie pour mettre Alice en confiance. Elle avait alors compris, au-delà de la politique, l'importance qu'avait prise Alexandre dans la vie de sa commise.

Un jour, le nez penché sur ses factures qu'elle pointait du bout de son stylo, Mme Ginetta glissa d'un trait et le plus simplement du monde à Alice :

— J'espère qu'il te fait prendre la pilule, le fils du Dr Kourakine ! Avec cette loi qui est passée, ça devrait plus poser de problème !

Alice se sentit rougir de la tête aux pieds. Elle n'avait pas l'habitude d'aborder les questions intimes avec sa patronne et elle se sentait percée dans sa vie secrète. Elle trouvait Mme Ginetta très indiscrète.

— Oui, parce que cela fait un moment que ça dure avec ton Alexandre. Ne me dis pas que vous n'avez pas... enfin, tu vois ce que je veux dire. J'espère que tu prends toutes tes précautions ! Ce serait bête que tu tombes enceinte. Entre vous deux, ça n'ira peut-être pas très loin. Vous n'êtes pas du même milieu. C'est bien de vouloir t'amuser, mais les garçons comme lui, ça ne finit pas avec les filles comme toi. Alors tu te retrouverais avec un pitchoun. Et cela doit être dur d'élever un enfant toute seule ! Quant à faire passer le petit, si tu veux aller à la boucherie !

Alice était agacée parce que Mme Ginetta semblait obsédée par ces questions de maternité non désirée. Il faut croire que cette crainte qui la chevillait au corps l'avait conduite à rester célibataire et à ne surtout pas avoir d'enfant. C'est ainsi qu'elle avait résolu ce problème.

— Mme Ginetta, vous me gênez. Vous le savez, je n'aime pas aborder ces questions qui sont... personnelles.

— Alors là, ma belle, il ne faut pas te gêner avec moi ! Madame Ginetta, elle en a vu de toutes les couleurs !

Elle se tut un instant, faisant mine de reprendre le pointage de ses factures. Alice se crut un instant délivrée de cette conversation embarrassante.

— Mais j'ai pensé à quelque chose, moi. Il est bien placé, le fils Kourakine, pour te procurer une ordonnance pour cette pilule ! Il n'a qu'à faucher une feuille vierge à son médecin de père ! Et le tour est joué !

En disant cela, Mme Ginetta avait mimé avec sa main le geste de subtiliser ni vu ni connu la précieuse ordonnance et l'avait assorti d'un clin d'œil.

Les jambes d'Alice se dérobèrent sous elle. Cette patronne était rusée ! Elle aurait fouillé dans son sac où se trouvait encore la feuille qui lui brûlait les doigts et qu'elle n'osait même pas sortir afin de la cacher ailleurs ? Ou bien y avait-il quelque chose en elle qui avait changé ? Quelque chose dont elle n'avait pas conscience, mais qui se voyait comme le nez au milieu de la figure. Peut-être quelque chose d'un peu indécent qui aurait mis la droguiste sur la voie. Elle bredouilla quelques paroles inintelligibles.

— Comment ? Parle plus fort, je ne t'entends pas, railla Mme Ginetta. Tu dis que tu as besoin d'une personne majeure pour aller à la pharmacie à ta place ?

Alice bredouilla de plus belle. Mme Ginetta souriait et semblait s'amuser à torturer son employée. Alice transpirait. Elle s'était rarement sentie si mal à l'aise.

— Non, non. Vous n'y êtes pas du tout. Je n'ai pas d'ordonnance. Vous n'y pensez pas ! Ce serait du vol !

— Du vol ! Comme tu y vas ! C'est juste profiter d'une situation ! Enfin, c'est comme tu veux. Si tu as besoin. Tu sais que je suis là. Brave !

Comme si cette conversation n'avait pas eu lieu, la droguiste se replongea dans ses factures, laissant Alice en proie à une vive agitation intérieure. La jeune fille disparut dans la réserve et vérifia si l'ordonnance se trouvait toujours dans son sac. Elle y était et ne semblait pas avoir été touchée, mais Mme Ginetta était si maline ! Elle croisa son image dans le miroir. Peut-être ses traits étaient-ils moins juvéniles, comme légèrement emplis d'une sève nouvelle. Tout le reste de l'après-midi, elle évita de croiser le regard de sa patronne qui demeura dès lors silencieuse.

Mais cette scène avait bouleversé Alice. Il était peut-être temps qu'elle laisse tomber les interdits, qu'elle vive sa vie de femme, qu'elle s'abandonne enfin sans crainte. Cela faisait plus d'un mois qu'elle avait cette ordonnance et qu'elle tentait de l'oublier, sachant qu'Alexandre lui demanderait des comptes et qu'il attendait qu'elle donne une suite. Ce soir-là, elle voulait se retrouver près d'Alexandre. Il lui semblait qu'une dernière fois près de lui, à désirer être entièrement possédée par lui, sans pouvoir s'abandonner tout à fait, la déciderait tout à fait à sauter le pas. Après tout, c'était le sort des jeunes filles d'aujourd'hui que de se prendre en main pour assumer leur désir. C'est ce qu'on entendait partout. Si toutes les étudiantes souhaitaient être libres de faire ce qu'elles voulaient de leur corps, elle le pouvait aussi. Elle en avait autant le droit qu'une autre. De cet instant, elle n'eut plus en tête que le projet de rejoindre Alexandre dans sa chambre le soir même. Non pas pour se donner à lui complètement, mais pour goûter encore à cet interdit et en revenir convaincue de changer les choses.

Le temps lui parut long. C'était le soir où Mireille allait prendre son cours chez Mme Lalonde. Mireille était heureuse de se promener avec sa sœur le long du boulevard Saint-Roch. Elle voulut s'attarder devant la vitrine de *Corinne et Caroline* pour commenter avec elle la nouvelle collection d'été, mais Alice la tira par la manche, pour aller plus vite. Chez Mme Lalonde, elle s'impatienta et elle ne réussit pas à se concentrer sur son livre. Alexandre lui avait recommandé la lecture d'Albert Camus. Elle lisait *L'Étranger* et la vieille institutrice la félicita pour sa lecture. Elle n'avouait qu'à elle-même que ce livre lui paraissait presque ennuyeux. Elle avait préféré la lecture de Marguerite Duras que lui avait conseillée Clairette. Alexandre n'appréciait pas, il disait que c'était de la littérature pour filles. Intellectuelle, mais de la littérature pour filles quand même. Pourtant, dans *Le Ravissement de Lol V. Stein*, même si elle avait trouvé cette lecture un peu difficile, elle s'était laissée emporter par une musique douloureuse qui lui parlait d'elle et la mettait en garde contre ses propres démons amoureux. Mais, ce soir-là, ses yeux parcouraient les lignes noires de *L'Étranger* sans en accrocher le sens, tant elle était pressée de partir.

Lorsque le cours fut fini, elle entraîna Mireille et elles redescendirent le boulevard en courant presque. Elle ne rêvait que d'une chose : être près d'Alexandre. Alice avait encore quelques courses pour le dîner à faire dans le quartier. Sur la place Saint-Roch, à l'angle de la rue Sorgentino, avait ouvert un supermarché où on trouvait de tout : des conserves, du fromage, de la viande, des œufs, des légumes, de la droguerie et même le pain. Alice n'aimait pas y aller. Elle y était entrée juste une fois, par curiosité, et elle avait regretté de ne pas porter des lunettes noires afin d'y passer incognito. Par fidélité pour Mme Ginetta et les autres petits commerçants, les épicières Mme Martin et Mme Hugo, chez qui on s'approvisionnait alternativement pour ne pas faire de jalouses, le volailler Ricou, le boucher Michel, le boulanger Tosello et tous les autres ! Ce soir-là, pressée et inquiète de perdre du temps avec chacun d'entre eux en bavardant, elle fonça vers le supermarché en entraînant sa sœur. Mireille, à qui on interdisait farouchement de mettre les pieds dans cet établissement, était rayonnante. Enfin ! Elle allait pouvoir pénétrer dans ce temple du commerce ! Dans les allées, elles avançaient au pas de course, en baissant la tête pour ne croiser le regard de personne de leur connaissance. Au rayon droguerie, Alice aperçut une cliente de Mme Ginetta qui cacha son visage derrière son paquet de lessive, honteuse de se faire prendre la main dans le sac.

Alice se dirigea rapidement vers les rayons qui l'intéressaient. Du lait, du beurre, du jambon d'York et des oranges. Mireille aurait bien voulu flâner à la recherche de quelque chose d'inutile mais elle avait compris qu'il fallait faire fissa. Alice l'autorisa à acheter une barrette à cheveux en métal avec des perles et, malgré sa frustration de ne pouvoir s'attarder davantage, cela suffit à son bonheur.

Il fallait maintenant passer devant les magasins connus avec le chargement. Elles mirent les courses dans le cartable de Mireille qu'Alice portait à bout de bras. Elles devaient quand même saluer les commerçants qui raccompagnaient les clients jusque sur le trottoir, tant les jours qui rallongeaient invitaient à la conversation et à profiter de la douceur du soir.

— Ah ! Ces cartables, ils sont de plus en plus lourds ! lança M. Ricou. Ils ne se rendent pas compte à l'école que ça leur déforme la colonne vertébrale !

Elles saluèrent de façon coupable le volailler en se dépêchant de passer devant sa boutique. Arrivées dans l'appartement, elles se mirent à rire, comme si elles avaient tourné dans un film d'espionnage.

— Allez, fini de rigoler ! Hop, hop, aux devoirs ! Je prépare à manger et je file. Je sors ce soir.

— C'était bien quand on sortait tous les trois avec Alexandre, dit Mireille. On allait se promener et on s'amusait bien. Ça n'arrive plus.

— Il est très occupé, tu sais, maintenant. Avec toutes ses réunions ! C'est qu'il est très engagé ! Et nous sommes à un moment très important ! Il va se passer des choses !

— Oui, je sais. Mais c'est quand même dommage. Je l'aime bien Alexandre.

Joël n'était pas encore rentré. Il traînait maintenant le soir et il était devenu difficile de lui imposer quoi que ce soit. Bien souvent, seul l'appel du ventre le faisait revenir.

Alice expédia le repas et laissa son frère et sa sœur finir seuls leur dessert. En partant, elle croisa sa mère dans l'escalier. Celle-ci montait de son pas usé, mais toujours droite et bien mise. À peine une épingle à cheveux commençait à sortir de son chignon. Elles s'embrassèrent. Colette avait presque du mal à parler tant elle était fatiguée.

— Tu sors, ma belle ?

— Oui, mais ne t'inquiète pas, maman. Ton assiette est prête sur le réchaud.

— Brave ! Ne rentre pas trop tard alors !

— À 11 heures, je serai rentrée.

Alice enfourcha son Solex et pédala dans l'avenue Giacobi jusqu'à dégager le levier qui enclencha le moteur. Elle partit par les rues. Elle se sentait exaltée, car elle savait que ce soir elle allait prendre une décision. Elle avait besoin des bras d'Alexandre, de son souffle chaud sur sa nuque et de ses baisers. D'abord du bout des lèvres, dessinant le contour de sa bouche, puis suaves et généreux cherchant sa langue retenue. Ah oui, ce serait chouette ! Et puis elle imaginait tout ce qu'elle se permettrait de faire et tout ce qu'elle n'osait pas encore entreprendre. En vérité, elle n'avait peur que d'une chose, c'est qu'il ne soit pas là. Avec toutes ces AG, ses réunions, ses « meetings » ! Il fallait qu'elle s'y prépare. Mais le simple fait de se rendre chez lui la mettait déjà dans un état d'euphorie et d'excitation. C'était loin, elle savait qu'elle était un peu folle de traverser les rues de Nice comme ça, la nuit. Mais c'était le seul petit grain de folie qu'elle pouvait lui offrir, elle dont la vie était si bien rangée. Elle fut vite arrivée derrière l'immeuble d'Alexandre. Elle avait éteint le moteur du Solex, ainsi que la lumière, dans le boulevard Victor-Hugo pour arriver le plus discrètement possible. Comme d'habitude, elle laissa le vélomoteur près de la grille du jardin, et elle sauta par-dessus le muret. La lampe de la chambre était allumée. Son cœur bondit dans sa poitrine. Il était là ! Elle se glissa le long de la haie de buis tout en observant les fenêtres du salon où se tenaient les parents. Elle courut vers la terrasse et, au moment où elle allait taper au carreau, son bras demeura suspendu en l'air. Elle voyait devant ses yeux hébétés deux formes allongées sur le lit, imbriquées l'une dans l'autre. Les formes étaient à moitié dévêtues. Les mains d'Alexandre glissaient fébrilement le long du corps d'une fille qui ondulait. Alice venait de recevoir un coup de poignard dans le cœur. Une infinie tristesse l'envahit. Elle se sentait misérable et laide. Elle recula dans l'ombre de la terrasse et continua un instant à regarder la scène. La fille renversa la tête en arrière dans un mouvement de pâmoison et Alice reconnut Josy. Josy était une fille libre qui se donnait et qui prenait son plaisir. Josy était communiste et cela faisait sans doute partie de son programme que de mettre en commun les biens amoureux. Alice recula encore, manqua tomber de la marche de la terrasse et s'enfuit dans la nuit, en laissant libre cours à ses larmes et retenant à peine ses cris de désespoir.

Après une nuit sans sommeil, à se tourner et se retourner dans son lit en étouffant ses pleurs pour ne pas réveiller Mireille et Joël, elle se leva, les yeux bouffis. Elle avala son petit déjeuner, se prépara et accompagna sa sœur à l'école. Mireille ne tenait plus guère à être couvée ainsi, préférant désormais faire le chemin avec ses amies. Mais ce matin-là, Alice la bouscula avec autorité et la poussa vers l'école. Mireille, voyant que sa sœur avait un chagrin qui la torturait, ne protesta pas et se laissa accompagner. Alice embrassa froidement Mireille qui levait vers sa sœur des yeux tristes et étonnés. Alice regagna au pas de charge la droguerie. Comme d'habitude, elle entra par la réserve où elle enfila sa blouse. Elle fouilla dans son sac et pénétra dans la boutique sans dire bonjour. Mme Ginetta fut surprise de cette entrée et leva les yeux de *Nice-Matin*.

— Eh bé ! On dit plus bonjour ?

Alice se dirigea vers le comptoir où sa patronne était déjà installée pour la journée. Elle sortit une feuille de sa poche et la plaqua sur le formica devant les yeux ébahis de Mme Ginetta.

— Mme Ginetta, si vous voulez bien, cela m'arrangerait que vous alliez à la pharmacie à ma place.

XVI

En ce début de mois de mai, le temps demeurait frais. On commençait à voir de timides baigneurs sur les plages. Mais Clairette ne passait plus prendre Alice à la pause de midi pour aller à la Tour Rouge. Alors Alice partait seule. Elle fonçait tête baissée sur son Solex pour rejoindre la fac occupée par les étudiants depuis quelques jours. Alexandre n'était plus visible chez lui, mais on le trouvait dans les amphis, dans les locaux des ronéotypeuses pour plancher sur la rédaction des tracts. Il y mangeait et il y dormait. Il y passait sa vie. Alice le rejoignait dès qu'elle pouvait. Elle voulait se rendre utile, et était embauchée pour peindre les banderoles, polycopier les tracts, préparer des sandwichs. Parfois, ils n'avaient même pas le temps de se voir, mais il lui lançait de loin un regard entendu pour la féliciter d'être un si bon petit soldat. Elle n'était pas la seule d'ailleurs, d'autres filles avaient rejoint les étudiants et s'occupaient de l'intendance. Alice ne se sentait pas forcément à l'aise avec celles qui étaient étudiantes. Elle n'osait pas prendre la parole parmi elles et passait pour une timide. Comme si l'assurance et le franc-parler dont elle faisait preuve à Saint-Roch restaient étranglés en elle lorsqu'elle était à Carlone. Malgré tout, elle se sentait utile et n'aurait voulu manquer cela pour rien au monde.

De temps en temps éclataient des bagarres sanglantes avec les étudiants de droit qui ne voulaient pas du report des examens au mois de septembre. Pour ceux de lettres, c'était entendu, les examens se dérouleraient après les grandes vacances et on allait organiser des élections pour que la fac soit gérée de façon paritaire. Les étudiants auraient alors leur mot à dire sur la réforme des programmes, l'organisation des filières et les relations qu'ils entretenaient avec les enseignants. Certains professeurs avaient d'ailleurs rejoint le mouvement et profitaient des AG pour donner leur point de vue. Ils venaient parfois aux fêtes improvisées le soir ainsi qu'aux spectacles que le Théâtre populaire de Nice jouait dans l'amphi 75 de la fac. Les barrières tombaient et on approchait d'un idéal.

Alice avait laissé passer quelques jours sans donner de nouvelles à Alexandre lorsqu'elle l'avait surpris avec Josy. Plusieurs fois M. ou Mme Ricou l'avaient appelée depuis la cour :

— Alice, téléphone !

Mais elle ne voulait pas répondre.

— Dites que je ne suis pas là !

Un jour, la Yamaha se gara devant la vitrine de la droguerie. Alice courut se cacher dans la réserve, en laissant tomber par terre les balais qu'elle s'apprêtait à ranger sur leur présentoir.

— Dites à Alexandre que je ne suis pas là, madame Ginetta !

— Dis donc, fais tes commissions toi-même ! De toute façon, je sors, je dois aller à la Poste.

Alice avait attendu un moment. Elle n'avait plus entendu de bruit dans le magasin et se sentait vaguement coupable de ne pas être là pour le surveiller. Alors elle était sortie doucement, en passant une tête. Personne. Il avait dû renoncer et repartir. Elle sortit tout à fait. Mais Alexandre était à l'autre bout du magasin, vers la vaisselle. Il était beau, avec son corps tout élancé et ses cheveux que le vent avait indisciplinés. Elle rougit. Il s'était précipité vers elle et avait voulu la prendre dans ses bras.

— Ben alors ! Pourquoi tu ne donnes plus de nouvelles ?

Elle se dégagea. D'abord, elle demeura silencieuse et regardait ailleurs.

— Tu ne veux plus de moi, c'est ça ? Tu veux casser ? Alors dis-le !

Elle restait froide et distante.

Il se mit à marcher de long en large dans le magasin.

— Je ne pourrais pas le supporter, Alice ! Surtout pas en ce moment. J'ai besoin de toi. Tu es tout ce qui a pu arriver de mieux dans ma vie. Tu ne peux pas savoir ! C'est toi qui m'inspires dans toutes ces luttes. C'est pour toi que je fais tout ça ! Sans toi, je n'ai plus aucune raison de vivre !

Il avait l'air sincère et Alice commençait à s'assouplir. Puis Alexandre s'emporta presque :

— Qu'est-ce que tu me reproches ? De ne pas te consacrer assez de temps en ce moment ? Si c'est ça, tu n'as donc rien compris à notre combat !

— Tu n'y es pas du tout. Je vous ai vus avec Josy, un soir, à travers la fenêtre de ta chambre, dit-elle sans sourciller.

Il se laissa tomber sur un tabouret et mit sa tête entre ses mains. Il ne pleurait pas vraiment, mais tout son corps était agité. Elle attendit. Il leva ses yeux vers elle. Il semblait torturé.

— C'était une erreur. Josy était venue chercher une ordonnance.

Il secoua ses épaules et rabaissa la tête. Il n'était pas vraiment fier de son petit trafic.

— Alors à chaque fois qu'une fille vient chercher une ordonnance, tu donnes un cours particulier ? rétorqua Alice.

— Non, je me suis laissé aller. J'ai été stupide. Je me suis fait avoir. Josy en pince pour moi depuis longtemps. Elle m'a embobiné. Josy est une fille très libre. Mais je ne suis pas amoureux d'elle.

Il leva sur elle un regard fiévreux et implorant.

— C'est toi que j'aime !

Il fit une pause et ajouta en la fixant :

— Peut-être même que je te respecte trop.

Et là, de vraies larmes coulèrent sur ses joues.

Alice sentit son cœur défaillir. Une lutte de sentiments contradictoires s'empara d'elle. Elle entendait s'entrechoquer dans sa tête les arguments impitoyables de Clairette à qui on ne la racontait pas : « Ne te fais pas avoir ! », et ceux de mémé Finette, une romantique impénitente : « Laisse parler ton cœur ! » Alice chassa ces pensées tyranniques. Elle n'aimait pas le voir pleurer ainsi. Elle était touchée. Elle s'accroupit devant lui et caressa ses cheveux. Sans hésiter davantage, elle lui demanda si elle pouvait passer chez lui le soir même. Il s'illumina comme un enfant à qui on promet un cadeau.

— Bien sûr !

— Maintenant, il faut que tu partes, Alexandre. Des clientes peuvent entrer ou Mme Ginetta revenir de sa course.

Ils se serrèrent dans les bras l'un de l'autre avec retenue. Il partit presque à reculons en faisant quelques courbettes embarrassées. Il paraissait gauche tant il était grand.

Lorsque Mme Ginetta revint, elle trouva Alice ragaillardie. Elle avait compris que, depuis quelques jours, il y avait de l'eau dans le gaz, sans savoir totalement de quoi il retournait. Mais elle n'était pas née de la dernière pluie. Elle s'était acquittée de sa tâche, en évitant la pharmacie de Saint-Roch où tout le monde la connaissait. Nul ne savait où elle était allée, mais elle était revenue avec ce qu'il fallait et l'avait donné à Alice comme on transmet un secret compromettant. Elle observa Alice avec circonspection.

Alice arborait un air serein et léger. Il lui semblait avoir eu, pour une fois, une certaine supériorité sur Alexandre. Elle l'avait eu à ses pieds. Elle s'était remise à l'ouvrage avec entrain. Il y avait une promotion à préparer pour les lessives Bonux, et elle s'attela à la tâche. « Mesdames ! Deux paquets achetés, le deuxième à moins trente pour cent, et l'assurance de deux cadeaux pour faire plaisir aux enfants ! » Mme Ginetta avait repris son poste derrière le comptoir.

— Tu sembles bien heureuse, Alice. Le fils du Dr Kourakine a su trouver les mots, on dirait !

Alice ne répondit rien.

— Tu as raison de pardonner. Tant qu'il est sincère et qu'il ne te raconte pas des salades comme « j'ai fait une erreur, parce que je te respecte trop » ou quelque chose dans le genre, tu peux pardonner.

Alice garda son feutre en l'air un instant, tout en réfléchissant, puis se pencha à nouveau sur son affiche.

Le soir même, fière de brandir sa plaquette aux pastilles roses, elle se donna à lui entièrement. Elle n'en retira pas plus de plaisir qu'auparavant, peut-être même moins. Elle fut satisfaite de le voir satisfait, jouissant de sa jouissance, heureuse de se trouver enfin « normale ». Ils se quittèrent précipitamment parce qu'il devait rejoindre la fac occupée, mais à la façon dont il l'embrassa, ce soir-là, en l'enveloppant d'une possession évidente, elle sut qu'il n'y aurait pas de Josy entre eux pendant quelque temps. Il lui dit simplement :

— C'est bien que tu sois revenue. Un révolutionnaire ne peut pas se permettre d'avoir un chagrin d'amour !

Lorsqu'elle revenait de la pause passée à la fac, Alice avait les doigts bleuis par l'encre de la ronéotypeuse. Elle ne pouvait pas cacher à sa patronne qu'elle participait de près au mouvement de révolte. Mme Ginetta demandait des nouvelles du front, ce qui lui permettait d'ajuster ses approvisionnements. Elle s'inquiétait pourtant des intentions de son employée. Peut-être avait-elle peur que sa tête coupée soit exhibée au bout d'une fourche dans le quartier Saint-Roch.

— Mais à moi, tu me reproches quelque chose ?

Alice était prudente.

— Oh non, madame Ginetta ! Vous êtes très arrangeante. Cela dit, je sais que vous me donnez ce que vous pouvez, mais j'ai quand même un bien petit salaire. C'est difficile de joindre les deux bouts, vous savez.

— Oh ! Quand même ! Ce que je te donne, avec le salaire de ta mère ; je ne sais pas combien ils payent à Niceco, mais ça ne doit pas être des clopinettes ! Et bientôt celui de ton frère qui ne va pas tarder à travailler, je suppose, vous allez rouler sur l'or ! Sans compter les étrennes que je te donne à Noël !

— Les enfants ne sont pas faits pour rester avec les parents, madame Ginetta. J'espère un jour avoir mon appartement à moi. Quant à mon frère, j'espère pour lui qu'il fera des études.

— Si tu épouses le fils du Dr Kourakine, tu n'auras plus de problèmes et moi je perdrai la meilleure vendeuse de Nice !

Elle disait cela sur un ton affecté, pensant ainsi se protéger d'un quelconque ressentiment de la part de son employée.

Alice l'avait informée qu'il se préparait une grande manifestation pour le 13 mai. Dans le quartier, on sentait une effervescence nouvelle. Les gens prenaient parti. Beaucoup semblaient satisfaits que les choses bougent à ce point. Sans espérer la révolution, une bonne leçon au gouvernement ne ferait pas de mal. M. Ricou, le volailler, par exemple, arborait un sourire encore plus généreux que d'habitude et s'employait à rassurer les clientes qui confiaient leur peur dans son magasin.

— Moi, je vais repartir dans mon village en Italie avec mes économies, disait l'une d'elles. Peut-être même que j'y resterai définitivement. Ici, il y a des têtes qui vont tomber !

— Ça ne fera peut-être pas de mal ! Quelquefois, aller voter, ça ne suffit pas et vous êtes d'accord que tout ne tourne pas rond dans ce pays ! Vous trouvez normal que les pauvres doivent toujours travailler plus pour fabriquer des richesses qui ne profiteront qu'aux riches ? Je vous coupe la tête, madame Pisano ?

— Oui, oui ! Coupez ! Et les pattes aussi, monsieur Ricou, s'il vous plaît, coupez-moi les pattes !

La cliente sursautait lorsque M. Ricou abattait son tranchoir sur le cou et les pattes du poulet couché sur le billot. Elle repartait encore moins rassurée qu'elle n'était entrée.

Mais on s'accordait pour dénoncer les violences policières faites contre les étudiants dans la nuit du 10 au 11 mai à Paris. Un gouvernement qui frappe sur sa jeunesse perd la confiance du peuple et il peut être capable du pire ! Planait encore le spectre des autoritarismes qui avaient conduit l'Europe au chaos. Hitler, Mussolini, et Franco qui sévissait encore en Espagne, sans compter Staline, il y en avait pour tous les goûts ! En tous les cas, dans le quartier Saint-Roch où les gens vivaient humblement, parfois même misérablement, ces violences policières suscitaient l'indignation. Et si, dans *Nice-Matin*, on mettait en garde contre des événements qui feraient fuir les touristes, à Saint-Roch, à vrai dire, on s'en fichait un peu que les palaces de la côte soient boudés !

Alors cette manifestation du 13 mai était saluée. Elle rassemblerait tout le mouvement étudiant, les travailleurs, les syndicats et les politiques.

Alexandre s'était fait arrêter deux fois par la police pour menace à l'ordre public. Une fois, dans une échauffourée avec des militants d'extrême droite. Son père était venu le chercher au poste de police et ne lui pardonnait pas cette humiliation. Une autre fois, il s'était fait prendre alors qu'il collait des affiches sur la promenade des Anglais. Là, son père ne s'était pas déplacé et avait voulu ignorer qu'il avait un fils. Il avait été relâché au bout de quarante-huit heures, mais il avait été fiché par les Renseignements généraux. Cela exaltait Alexandre, il avait l'impression de ne pas faire tout cela pour rien, puisque ça « emmerdait » les autorités. À chaque fois, Alice tremblait. Elle avait des nouvelles par Josy, qui n'était bégueule avec personne et lui témoignait beaucoup de sympathie. Depuis quelque temps, Alexandre recommandait à Alice de ne pas le suivre sur les lieux les plus brûlants de la lutte, surtout la nuit. Il craignait pour elle. Ce n'était pas la place de sa « nana », disait-il. Elle aurait voulu y être et, d'ailleurs, elle bravait souvent l'interdit en le rejoignant à la fac le soir pour l'embrasser avant qu'il ne parte en expédition quelque part. Elle n'osait pas se l'avouer mais elle aimait avoir peur pour lui.

La grande manifestation du 13 mai eut lieu. Quelle fête ! Les rues de Nice étaient à eux. La jeunesse était dans la rue, toutes les facs, les lycées, les écoles professionnelles étaient représentés. Mais il y avait aussi des délégations des grandes entreprises du Sud-Est, entraînées par les syndicats CGT et CFDT. Alice avait rejoint Alexandre et sa bande place Masséna. Cela avait été difficile de le retrouver tant les bannières étaient nombreuses, mais elle finit par repérer sa tignasse bouclée sous la banderole de la fac d'histoire. Il fut soulagé de la voir et lui demanda de se mettre derrière avec les filles, quand les garçons se tiendraient devant sous les bannières, prêts à en découdre si besoin était. On craignait des charges de CRS. C'était un merveilleux chahut. Les voitures étaient bloquées et les automobilistes finissaient par s'impatienter. Ils klaxonnaient de concert avec les slogans qui résonnaient déjà sur la place. « Travailleurs, étudiants, unité d'action ! » Il y avait donc une place pour Alice dans cet événement. Sur les affiches confectionnées artisanalement, on pouvait lire : « Vive l'union des travailleurs et des étudiants ». On ne pouvait pas mieux résumer son « alliance » avec Alexandre. Le temps était de la partie. Un beau ciel bleu ainsi qu'un souffle léger transportant les embruns méditerranéens venaient donner un air de vacances à la manifestation. Alice adora remonter l'avenue de la Victoire sur la chaussée. C'était d'ordinaire une rue étranglée par le flot des voitures et des camions de livraison, et les piétons n'y flânaient pas avec insouciance malgré les larges trottoirs. Là, on pouvait l'arpenter en chantant à tue-tête et seules les clameurs de la jeunesse l'envahissaient. Le pas était rapide, et l'avenue, noire de monde, faisait comme un ruban qui flottait et se déroulait. La boutique Bouchara avait eu l'excellente idée d'afficher sa promotion du moment : *lundi 13, mardi 14, mercredi 15, 3 jours insolites !* Tu parles de jours insolites, c'était plus que cela, c'étaient bien des jours extraordinaires ! Les filles se donnaient le bras pour faire front sur toute la largeur de la rue. Devant, sous la bannière, les garçons bombaient le torse comme des guerriers. De temps en temps, Alexandre se retournait pour s'assurer qu'Alice était encore bien là et tous deux se regardaient en se souriant avec extase. Dans les bureaux, on s'était mis aux fenêtres pour voir passer la manif. Certains étaient circonspects, d'autres saluaient les manifestants d'un geste de connivence. Les échanges étaient joyeux. Au retour sur l'esplanade du Paillon, les slogans se firent plus offensifs. Des cordons de CRS se tenaient prêts à intervenir. On brandissait devant leurs yeux des banderoles : « Non aux violences policières », « CRS, SS ». Devant le palais des expositions, des étudiants prirent la parole au micro pour lire leurs revendications, réclamant la démission de Fouchet, des débouchés après les études et des profs qui ne soient pas des flics. Virgile Barel avait été installé sur une chaise, à l'ombre, et la vision de ce vieil homme fatigué applaudissant timidement à tout ce tintouin laissait entrevoir qu'un monde était en train de disparaître et qu'un autre était en train de surgir avec force du néant, tel un nouveau-né qui sort de sa mère en poussant son premier cri.

Alexandre s'approcha d'Alice. La prenant par le cou et fourrageant ses lèvres dans ses cheveux près de son oreille, il lui murmura de le suivre. Elle prit sa main, ils traversèrent le cortège qui commençait à s'éparpiller et il l'entraîna vers l'avenue de la Victoire qu'ils parcoururent à nouveau, en courant cette fois-ci, pour rejoindre le domicile des Kourakine. Quelques commerçants qui avaient eu peur des échauffourées remontaient à présent leur rideau et la circulation automobile reprenait ses droits. Le couple riait et arriva, essoufflé, derrière l'immeuble. Alexandre récupéra sa moto dans le garage familial. Il l'aurait bien laissée plus près de la manif, mais il avait craint qu'on la lui abîme ou qu'on lui siphonne son essence, denrée rare depuis quelques jours. Il démarra, elle s'installa sur le siège à l'arrière et s'accrocha à lui avec énergie. Il gagna la promenade des Anglais. Il y avait peu de passants, à croire que tout le monde était à la manif, ou bien en avait eu peur. Il accéléra et ils remontèrent la Promenade dans un vacarme mécanique, comme deux fugitifs qui mettaient les voiles.

Il l'emmenait à Cannes, où il était prévu de faire un *sit-in* devant le Palais des festivals pour sensibiliser les festivaliers au mouvement. Ils longèrent le bord de mer. Lorsqu'ils arrivèrent à destination, un groupe important était déjà formé et se faisait entendre. Des affiches « Festival de Cannes, étudiants, solidaires » se mêlaient à celles de la programmation 1968 : *Anna Karénine*, *Autant en emporte le vent*, *Je t'aime, je t'aime*. La foule augmentait de minute en minute devant le palais. Certains avaient essayé de pénétrer à l'intérieur, mais avaient été refoulés par la police qui avait été rapidement appelée. Jean-Louis Bory, le critique de cinéma, était sorti pour parler avec les manifestants. Il confirma que beaucoup de gens de cinéma présents dans le palais demandaient l'arrêt pur et simple du festival, en solidarité avec le mouvement étudiant et ouvrier. Il expliqua qu'eux-mêmes souffraient de la politique autoritaire d'André Malraux menée contre le cinéma français et que le festival devait aussi se débarrasser de la tournure uniquement commerciale qu'il était en train de prendre. Il fut applaudi à tout rompre. Il cita les metteurs en scène qui étaient déjà presque convaincus de la nécessité d'arrêter les projections ainsi que la compétition : Godard, Truffaut, Berri, Saura. Ce n'était qu'une question d'heures. À l'annonce de chaque nom, les manifestants, dont le nombre grossissait encore, clamaient des bravos.

Alice n'était jamais venue au Festival de Cannes. Parfois, en famille, on poussait jusqu'à Juan-les-Pins, pour se baigner sur la plage qui longe la voie ferrée. Mais Cannes et sa Croisette restaient comme inaccessibles. Alors elle était là aussi un peu en midinette. Elle essayait de deviner, parmi les ombres qui se pressaient derrière les fenêtres du palais, un acteur ou un metteur en scène connu. Alexandre s'était approché des portes pour s'associer au groupe décidé à parlementer avec les organisateurs et les festivaliers qui osaient sortir et affronter la foule. Elle aurait préféré qu'il reste près d'elle, mais elle le trouvait courageux et déterminé et était convaincue que le mouvement réussirait grâce à des gens comme lui. D'ailleurs, au milieu des fortes têtes qui bravaient les marches du palais, on ne voyait que lui, avec son grand corps maigre et ses cheveux bouclés. Vers la fin de l'après-midi, les manifestants commencèrent à quitter les lieux. Les portes du palais s'ouvrirent pour laisser sortir les spectateurs confinés là depuis un bon moment. C'étaient pour beaucoup des invités VIP de la Côte d'Azur. Les femmes portaient en plein jour des tenues de gala pailletées. On sentait qu'ils étaient apeurés par cette populace amassée dehors. On lisait dans leur regard la terreur du lynchage. Les manifestants les sifflèrent et ils se dépêchèrent de regagner leurs décapotables garées quelque part aux abords du festival.

Alexandre prit la main d'Alice et l'entraîna sur la plage. Ils s'assirent sur le sable. C'était un autre privilège de Cannes. À Nice, il n'y avait que des galets. Le sable était doux sous les pieds. Alexandre conduisit Alice pour qu'elle s'assoie au creux de lui, tous deux face à la mer. Des reflets violets descendaient sur l'eau. À droite, on apercevait les îles de Lérins que les derniers rayons du soleil allumaient. Les bars des plages privées servaient des apéritifs aux festivaliers qui, lentement, se réappropriaient les lieux après cet après-midi mouvementé, profitant du luxe du paysage entre deux commentaires consternés sur ce qu'ils venaient de vivre. Alexandre avait laissé tomber son armure, sa révolte et sa violence et déposait à présent des baisers dans la nuque d'Alice. Elle se laissait faire et trouvait qu'elle avait beaucoup de chance qu'il lui réserve ainsi sa part de douceur. Elle se laissait aller à lui, son dos collé contre sa poitrine, comme sur un transat. Elle fermait les yeux et laissait la lumière transpercer et réchauffer ses paupières closes. Pour son premier Festival de Cannes, elle n'aurait pu imaginer mieux.

XVII

LE QUARTIER SAINT-ROCH prenait une drôle d'allure car Nice s'installait dans la grève. C'était comme si la lenteur et l'étourdissement du mois d'août s'invitaient en mai. Les transports étaient paralysés. Plus de bus, plus de trains. À partir du 20 mai, la fonction publique, les hôpitaux se joignirent au mouvement, puis les artisans, les banques. Les mairies fermèrent aussi. Quelques commerçants baissaient de temps en temps le rideau en signe de solidarité et, de toute façon, la grève des transports et la pénurie d'essence empêchaient les approvisionnements. Les facs étaient toujours occupées et, çà et là, on signalait quelques exactions contre des biens publics qui ne faisaient pas de victimes mais qui ajoutaient au climat de rébellion.

Mme Ginetta résistait, jusqu'à épuisement des stocks, disait-elle. Ses clientes commençaient à craindre la pénurie totale et toutes avaient les placards remplis de pâtes, de sucre, de farine, de bouteilles d'huile.

— Au moins qu'on puisse manger ! disaient-elles.

— Oh mais ! L'hygiène, c'est important aussi ! ajoutait Mme Ginetta.

Les hommes faisaient des allers-retours à Vintimille pour s'approvisionner en essence, les files d'attente étaient interminables. On disait qu'un marché noir était en train de s'installer. On hésitait à se rendre des services par peur de manquer. C'était la vie à l'envers, car les enfants du quartier, d'habitude, avaient pour mission d'aller chercher chez le voisin en dévalant l'escalier un verre de farine pour finir de rouler la pâte à gnocchis ou bien un œuf qui manquait pour monter la mayonnaise.

Alice ne savait pas très bien ce qu'elle devait faire. Elle hésitait à faire faux bond à sa patronne en se signalant gréviste. « Les hausses de salaire, la retraite à soixante ans, la durée du travail », toutes ces revendications la concernaient au premier chef ; elle, ainsi que sa mère et tout l'univers de travailleurs modestes dans lequel elle évoluait dans son quartier et dans sa famille. Alexandre l'exhortait à se mettre en grève :

— Rien à foutre de la vieille Ginetta ! Tu te préoccupes d'elle, mais est-ce qu'elle se préoccupe de toi ? Elle fera son beurre sans toi, ne te fais pas de souci.

— C'est que j'ai aussi peur de perdre ma place. Tu sais, elle est arrangeante quand même. Moi, j'ai pas les syndicats derrière pour me soutenir.

— Elle est arrangeante pour mieux t'avoir à sa botte. C'est ça le paternalisme ! Et le paternalisme, c'est révolu ! Si elle ne te reprend pas, considère que c'est ta chance ! Tu reprendras des études, et tu te tourneras vers un autre métier. Entre nous, tu ne comptes pas rester vendeuse toute ta vie ?

Alice demeurait songeuse.

Un jour de la fin du mois de mai, M. Ricou appela Alice par la fenêtre de la cour juste avant la fermeture de son magasin. Son prénom résonna entre les murs des immeubles dans le bourdonnement des transistors allumés et le cliquetis des fourchettes. Elle descendit très vite. Le magasin était vide. M. Ricou finissait de nettoyer son billot et ses hachoirs. Elle prit le combiné dans le réduit, se doutant que c'était Alexandre.

— Alice, j'ai besoin de toi, dit la voix légèrement voilée de quelqu'un qui a beaucoup crié ou beaucoup fumé, à moins que ce ne fussent les deux. Je me demandais si dans ta droguerie tu ne pourrais pas nous procurer des bouteilles d'alcool à brûler. C'est pour faire des cocktails Molotov. Impossible en ce moment de trouver de l'essence.

— Quoi !

Alice regarda autour d'elle, affolée. Il lui sembla que M. Ricou avait pu entendre ce qu'il lui avait demandé. Elle se calma et prit le parti de répondre comme s'il lui avait proposé une sortie au cinéma.

— Je ne crois pas que cela soit possible, Alexandre. Je pense qu'elle ne sera pas, mais pas du tout d'accord.

— Mais tu n'as pas besoin de lui dire, tu lui chipes trois bouteilles, ça suffira. Nous, on ne peut pas les acheter ni les piquer, on est filés par les RG, tandis que toi, ni vu ni connu. Trois bouteilles, elle ne s'en apercevra même pas !

— Détrompe-toi. Je pense que cela ne lui ferait pas du tout plaisir. Je ne veux pas risquer de la... décevoir. Je pense que cela ne sera pas possible. Une autre fois peut-être.

Tout en répondant, elle se reculait en tirant sur le fil tire-bouchonné du téléphone pour observer le magasin. M. Ricou décrochait à présent les lapins pelés pendus à leur crochet pour les rentrer dans les frigos aux portes de bois. Les bêtes laissaient voir dans le creux de leur écorché rose les breloques brunes de leurs viscères. Alice aimait bien d'habitude le bruit particulier des leviers qui fermaient hermétiquement les portes du frigo. C'était bref et net, elle aurait voulu cette fois que ce son s'amplifie, s'éternise et couvre sa conversation.

— Alice, tu ne peux pas nous laisser tomber. On projette de balancer ça sur la gendarmerie de Cannes. C'est symbolique, tu comprends ? Tu es d'accord avec nous, il faut taper là où il y a des flics et des capitalistes ! C'est le moment, de Gaulle a filé et il n'y a plus personne à la barre. À nous de faire voir de quoi on est capables pour renverser cette politique !

Alice continuait à répondre en cherchant ses mots, pour éloigner les soupçons de M. Ricou.

— Il y a déjà la grève, c'est compliqué. Je ne sais pas si c'est possible d'aller... plus loin. Enfin, je veux dire jusqu'à Cannes ! Ça fait beaucoup, tu comprends. C'est un projet qui n'est peut-être pas... raisonnable !

— Alors là ! C'est moi que tu déçois ! Tu ne peux pas imaginer à quel point ! Il me semblait que tu étais à cent pour cent d'accord avec nous. Dis donc, c'est pour vous, les travailleurs, qu'on s'expose, nous les étudiants !

Elle baissa la voix. Elle n'aimait pas quand Alexandre entreprenait de la faire culpabiliser sur le mouvement en faisant siffler les mots entre ses dents.

— Je sais, je sais, Alexandre. Mais, s'il te plaît, ça n'est vraiment pas possible. Trouve quelqu'un d'autre, pour... cette sortie au cinéma.

Alexandre comprit enfin qu'elle ne pouvait pas parler librement.

— Ah ! D'accord ! Les murs ont des oreilles ! Alors réponds par oui ou par non ! Tu veux bien piquer cet alcool à brûler, oui ou merde ?

Alice hésita un instant car elle aurait bien voulu répondre la dernière option proposée, mais, par égard pour M. Ricou, elle se ravisa.

— Non, Alexandre, ça n'est décidément pas possible.

— T'es qu'une briseuse de grève ! T'as plus qu'à rejoindre les rangs des fafs ! Tu oublies que moi, j'en ai pris des risques pour toi ! J'ai pas hésité à piquer ce qu'il fallait, quand il fallait !

Il raccrocha.

Alice avait envie d'éclater en sanglots, mais elle se retint. Elle passa devant M. Ricou qu'elle remercia rapidement sans oser croiser son regard.

— À ton service, donne bien le bonjour à ta mère.

Elle s'enfuit en courant et, arrivée dans la cage d'escalier, elle laissa couler ses pleurs. Elle ne savait pas ce qui l'affectait le plus. Le mauvais traitement que lui infligeait Alexandre en lui raccrochant au nez, le désespoir de l'avoir contrarié en refusant ce qu'il demandait, sa frilosité stupide à ne pas vouloir prendre de risque quand tout le monde en prenait, ou bien l'idée qu'Alexandre puisse l'assimiler aux fafs qu'il haïssait tant. Elle ressentait aussi, confusément, une forme d'humiliation lorsqu'il lui rappelait ce qu'il avait fait pour elle avec le vol d'ordonnance, comme si la contraception n'était que son affaire à elle.

Il ne fallait pas qu'on la voie pleurer à la maison. Elle reprit son souffle, le dos appuyé contre le mur. Mais, décidément, ce n'était pas l'heure de s'abandonner au chagrin au 17 de l'avenue Giacobi. M. Soler sortit de son appartement pour aller vider sa poubelle, elle monta un étage plus haut. Là, c'était M. Vernet qui descendait vider la sienne, croisant et saluant le boulanger fariné et mélancolique qui remontait chez lui. Elle se dépêcha de rentrer chez elle en séchant ses yeux. Seule Mireille s'aperçut de la mine déconfite et des yeux rougis de sa sœur.

— C'est encore Alexandre, n'est-ce pas ? Je l'aime bien, Alexandre, mais je ne sais pas si c'est l'amoureux qu'il te faut !

Alice mit son index devant sa bouche pour la sommer de se taire.

Décidément, les temps étaient perturbés.

Le lendemain, le téléphone sonna en milieu de matinée chez Mme Ginetta.

— Tiens ! C'est pour toi ! dit la patronne, étonnée, en passant le combiné à Alice.

Alice avança, inquiète, pensant à une relance d'Alexandre sur le lieu même du forfait qu'il avait envisagé. Il était tout de même gonflé !

— Oui, répondit-elle, presque agacée.

Elle se redressa, surprise. Un deuxième « oui » se fit plus poli. Mme Ginetta plissait ses yeux, au comble de la curiosité, comme si cette mimique pouvait l'aider à entendre mieux. Le visage d'Alice rosissait, comme embarrassé, très concentré sur ce qu'on était en train de lui dire.

— Bien, monsieur, j'arrive tout de suite, merci monsieur.

Mme Ginetta avait fini par croiser ses bras, en attendant le compte rendu.

— Qu'est-ce qui se passe ?

— C'est le collège. Il faut que j'aille chercher Joël. Je ne sais pas ce qu'il a fait. C'est en rapport avec la grève. Les CRS arrivent, paraît-il, et il vaut mieux que j'aille le récupérer, me dit le principal.

La droguiste secoua la tête pour montrer son exaspération.

— Pourquoi ils n'ont pas appelé ta mère ? Tu n'es pas majeure, que je sache ! C'est elle qui doit s'occuper de ça !

— Ils l'ont appelée, mais Niceco ne lui donne pas l'autorisation de s'absenter. Avec ces grèves, vous savez, tout est perturbé.

— Alors là, c'est trop facile ! Alors Niceco ne donne pas l'autorisation, et moi, petite droguiste de quartier, je devrais laisser partir mon unique employée pour qu'elle règle ses affaires personnelles. C'est toujours sur les mêmes que ça retombe ! Tu sais, vivement que quelqu'un défende les petits commerçants !

Alice demeurait agitée devant le comptoir.

— Alors, madame Ginetta ? Je peux y aller ? Je rattraperai mes heures.

La patronne bougonna.

— Mouais ! Tu peux y aller, mais, tu sais, je ne suis pas contente. Et puis qu'est-ce qu'il a fait ton frère ? J'espère rien qui puisse nuire à la réputation de ma droguerie ! Il ne manquait plus que ça ! Ah ! *Vierja Santa*[1] !

Alice courut jusqu'au collège situé derrière la place Saint-Roch, près de l'église, et qui portait depuis peu le beau nom de collège mixte Jean-Giono, même s'il n'était pas niçois celui-là ! Lorsqu'elle arriva au bout de la rue Sorgentino, elle sentit qu'une agitation troublait le lieu. Des fourgons de CRS étaient en train d'arriver et se dirigeaient vers le collège. Les commerçants sortaient sur le pas de leur magasin. Les passants ralentissaient leur marche pour voir ce qui allait se passer. Les deux fourgons s'immobilisèrent devant la clôture de l'école maternelle. Les CRS en armes et casqués descendirent prestement et se déployèrent tout autour de l'école primaire et maternelle, ignorant le collège situé pourtant juste derrière eux, dans l'ombre des platanes. Les maîtresses, affolées, firent rentrer les tout-petits qui étaient en récréation et qui, dans leurs culottes courtes et leurs petites robes légères, étaient visiblement pétrifiés par cette arrivée fracassante des forces de l'ordre.

1. *Vierja Santa : Sainte Vierge (exclamation nissarde).*

Alice profita de cet égarement des CRS, sans doute attirés par le rouge des murs de l'école inondée de soleil, pour traverser en courant le square et pénétrer dans le collège. Elle frappa au carreau du bureau du surveillant général et se présenta. On la fit passer dans un petit réduit où l'attendait Joël, penaud. Le principal arriva immédiatement.

— Bonjour, mademoiselle. Joël a été pris ce matin en train de distribuer des tracts avec deux acolytes. Un tract incitant les élèves à ne pas reprendre les cours après la récréation de 10 heures, pour la tenue d'une AG. En plus de cela, Joël et ses amis se sont introduits dans le collège dans la nuit. Ils sont passés par-dessus les grilles et ils ont cassé un carreau pour rentrer dans la salle des professeurs où ils ont confectionné leurs tracts en utilisant notre papier, notre encre et la ronéotypeuse. Nous avons interrompu cette distribution, et il devrait, tout au plus, n'y avoir qu'un *sit-in* dans la cour pendant la récréation. Mais je ne sais pas qui a prévenu la police. La préfecture m'a appelé ; les CRS devraient arriver bientôt et il est hors de question que des élèves se fassent arrêter dans l'établissement.

Alice écoutait attentivement le principal en prenant un air consterné et en lançant des regards furieux à son frère, mais, au fond, elle était rassurée que Joël n'ait rien fait de plus grave, une injure à un professeur, un coup de poing à un camarade ou un coma éthylique dans les toilettes.

— Alors je vous demande, mademoiselle, comme aux autres parents, d'emmener votre frère le plus loin possible du collège et de régler cette affaire en famille. Nous verrons ce qu'il adviendra d'eux quand tout ça se sera calmé. Il va de soi que nous vous enverrons la facture du carreau, du papier et de l'encre. Allez, dépêchez-vous, la police va arriver d'une minute à l'autre !

— Les CRS sont déjà là, monsieur, dit Alice, mais, apparemment, ils se sont trompés, ils ont encerclé l'école maternelle et l'école primaire.

Le principal sourit et secoua la tête.

— Alors filez vite, ils ne tarderont peut-être pas à s'apercevoir de leur bévue.

Alice et Joël sortirent du collège. Alice lui tenant la main et lui tenant son cartable, comme si elle venait chercher un élève malade. Les CRS étaient toujours accroupis devant les claustras de la maternelle et de l'école primaire, attendant de réagir au moindre mouvement de foule. Une foule avec des tétines à la bouche ! Lorsqu'elle s'engouffra avec son frère dans la rue Sorgentino, elle entendit des sifflets et une course lourde sur le bitume. Les CRS venaient de s'apercevoir de leur méprise.

— Oh, merde ! C'est dommage, se lamenta Joël. J'aurais tellement voulu être là, pour en découdre avec les flics ! Avoir fait tout ça, et même pas pouvoir en profiter !

Alice s'arrêta en plein milieu du trottoir et regarda Joël dans les yeux.

— Mais depuis quand es-tu devenu révolutionnaire, toi ? Alors, quand je te crois en bas, dans la rue, en train de jouer tranquillement au *pilou*[1], en fait tu es en train de rentrer par effraction au collège pour voler du papier et de l'encre et faire des tracts !

— C'est les lycéens, ils sont venus la semaine dernière pour nous inciter à débrayer. Ils ont dit qu'il fallait que nous, les collégiens, on rejoigne le mouvement et qu'on prenne notre destin en main. On s'est dit qu'ils avaient raison, qu'on pouvait pas rester sans rien faire et qu'on devait participer nous aussi. Alors on a décidé de distribuer ces tracts pour inciter tout le monde à arrêter les cours.

— Et avec qui tu as fait ça ?

— Je suis pas une balance ! répondit Joël.

— Hé ! Je suis pas un flic, je suis ta sœur ! Dis-moi avec qui tu as fait ça !

— Avec José et Bernard.

— José, le fils du croupier du palais de la Méditerranée ?

— Oui, et Bernard, son père travaille à l'usine à gaz.

1. *Pilou : jeu typiquement niçois consistant à jongler, un peu comme au football, avec un petit volant de papier, de tissu ou de plastique, coincé dans une petite pièce de monnaie trouée.*

— Ils vont se faire remonter les bretelles ces deux-là, non ?

— Je ne crois pas. Leurs pères sont sympathisants. Le père de Bernard est en grève. Je pense au contraire qu'ils seront très fiers de ce qu'on a fait. Chez nous, c'est pas drôle, personne ne participe au mouvement. Maman a peur de perdre sa place à Niceco, toi tu es devenue la bonne à tout faire de Mme Ginetta. Les grands-parents, ils sont hors course ! Moi, je veux que ça change ! Je veux que ça pète !

Alice écoutait Joël. Finalement, elle ne le connaissait pas vraiment, il était d'ordinaire silencieux. Quelquefois, elle le pensait même sournois. Il y avait donc une pensée dans cette tête d'écorché vif.

— Qu'est-ce que tu veux donc changer, Joël ?

— Tout. Il y a trop de choses qui me révoltent. Je ne veux plus qu'il y ait de bidonvilles, je ne veux plus voir Hermione et Tancrède attendre qu'on leur donne un croûton de pain devant la boulangerie, je veux que maman gagne plus d'argent et qu'elle rentre plus tôt à la maison. Je veux l'amour libre !

— L'amour libre ! Mais enfin, Joël, tu es en cinquième ! Sais-tu au moins ce que cela veut dire, l'amour libre ?

— L'amour libre, ça voudra dire qu'on n'aura plus besoin d'être marié pour faire des enfants et on ne pourra plus traiter personne de bâtard.

— Tiens donc !

Joël poursuivit son inventaire :

— Je veux pouvoir jouer au tennis si j'en ai envie.

— Ah bon ! Tu veux jouer au tennis maintenant ?

— Mais non ! Tu sais bien que je veux être footballeur. Mais si j'avais envie de jouer au tennis, maman ne pourrait pas me le payer.

Il se tut un instant, puis reprit :

— J'aurais bien aimé moi aussi être le fils d'un grand footballeur comme toi. D'ailleurs, tu sais, quelquefois je mens et je dis que je suis son fils. J'ai trop vu sa photo sur le bahut, avec son pied sur le ballon. Ton père, il est un peu à moi, aussi.

Cela ne choquait pas Alice. Joël tira de l'intérieur de sa poche un bout de carton pas plus grand qu'une carte à jouer.

— Moi, quand les copains me demandent qui est mon père, je montre ça !

Il tendit à Alice le morceau de carton sur lequel il avait collé une coupure de *Nice-Matin*, jaunie, vieillie, à force d'être regardée. On y voyait la photo d'un footballeur en action, le corps en vrille, en train de faire une passe du pied. Les bras en croix, le regard concentré et le visage crispé dans l'effort. Magnifique !

Alice observa la photo et reconnut son père.

— Je ne connaissais pas cette photo. Où l'as-tu eue ?

— C'est Bernard qui me l'a donnée lorsqu'on était en primaire. Un jour, il est venu avec. « Ça serait pas ton père, par hasard ? » J'ai regardé la photo, et oui, c'était mon père. C'était bien comme ça que je l'imaginais.

Alice était mal placée pour lui faire une leçon de morale sur le mensonge. Même si elle n'avait pas eu d'accès d'affabulation depuis longtemps, elle s'abstint de sermonner son frère sur le sujet. Elle trouvait merveilleux d'entendre Joël rêver tout haut. Rêver d'un monde meilleur, plus juste et plus conforme à ses désirs les plus profonds.

Il fut décidé d'envoyer Joël dans le Vieux-Nice, le soir même, chez pépé Nandou et mémé Finette. Le temps que l'affaire des tracts se tasse. Il avait semblé à Alice et à sa mère que la présence d'un homme, bon et autoritaire, fût-il à la retraite, serait bénéfique à Joël. En attendant le soir, et pendant qu'Alice reprenait son travail à la droguerie, il devait demeurer confiné à l'appartement. Elle avait rassuré Mme Ginetta sur les raisons de l'éviction de son frère. Une mesure de précaution. Les CRS étaient déployés tout autour de l'école et le principal craignait pour les élèves. Tout se savait dans le quartier. Sa patronne saurait tôt ou tard que Joël participait activement aux mouvements de grève. Elle détourna le sujet en glosant sur la bourde des CRS qui s'étaient campés devant l'école maternelle dans l'attente d'un soulèvement des culottes courtes. Heureusement pour eux, ils ne savaient pas que si tata Bartoli était sortie avec ses torchons en guise d'arme, la réputation de leur compagnie aurait été définitivement détruite ! L'anecdote dérida la droguiste bientôt distraite par les commentaires des clientes sur la disparition soudaine de De Gaulle. Chacune y allait de son hypothèse.

— Il est parti en Amérique du Sud, pardi ! Tout ça, ça l'a dépassé ! Ils partent tous en Amérique du Sud ! Surtout quand ils ont quelque chose à se reprocher !

— La situation est trop *esplosive*, il est en train de monter un plan quèque part avèque l'armée.

— Tante Yvonne, elle l'a trouvé fatigué. Elle lui a dit d'aller se reposer. Il est peut-être même mort à l'heure qu'il est !

— Il nous refait le coup de Londres, en 40 ! Vous allez entendre sur Radio Monte-Carlo, bientôt : « Les Français parlent aux Français ! »

— Oui, c'est ça le courage !

Pendant ces débats animés, parfois houleux, Alice se fit oublier. Le soir, elle accompagna Mireille chez Mme Lalonde. Cette remontée du boulevard Saint-Roch, dans la douceur du mois de mai, le parfum acidulé des orangers emplissant l'air, la main de Mireille, toujours calme et sereine, dans la sienne, tout concourait à apaiser ses tourments. Elle chassait au loin la pensée d'Alexandre qui n'avait pas été gentil avec elle, le sentiment douloureux d'avoir peut-être précipité, à cause de sa frilosité, la fin de leur amour. Elle sentait diminuer l'inquiétude que lui procurait Joël. Tiens, pourtant Alexandre aurait été fier de ce qu'avait fait Joël. Il le trouverait sans doute plus audacieux, plus combatif qu'elle. Il ne l'aurait pas déçu, lui. Ses déchirements l'assaillaient à nouveau en pénétrant dans la fabrique de cartes postales. Elles descendirent la petite pente et, avant de pousser la porte d'entrée de la bâtisse ocre, passèrent devant les sacs de cartes ratées et les bidons d'acide. C'était le dernier cours de l'année avec Mme Lalonde. Mireille ne passerait pas le certificat d'études qui ne se présentait plus automatiquement, mais elle avait rattrapé son retard et était prête à passer en sixième. Mireille tenait fièrement un bouquet de fleurs pour remercier la vieille dame de son aide et de sa bienveillance. Alice laissa sa sœur entrer dans le hall et, avant de pénétrer à son tour, jeta un regard sur les bidons entreposés dans la cour.

XVIII

— Et de l'acide chlorhydrique, ça t'irait ?

Alexandre regarda Alice avec surprise. Il l'avait vue arriver de loin, sur son Solex, se frayant un passage entre les piquets de grève. Elle avait profité d'une longue course dans l'avenue Gambetta commandée par Mme Ginetta pour pousser coupablement jusqu'à Carlone. Il avait décidé de lui faire la tête et de l'ignorer presque, malgré le mal qu'elle s'était donné pour arriver jusque-là. Ils étaient de toute façon occupés à préparer la manifestation de 11 heures et s'apprêtaient à partir. Si elle pensait venir se faire pardonner avec ses airs de sainte-nitouche ! Elle avait bravement plongé ses yeux verts dans les siens et ne détournait pas son regard.

— De l'acide chlorhydrique ? Heu ! Il faut que je demande, bredouilla-t-il. Tu sais, moi, je n'y connais rien.

Il s'éloigna et parlementa avec un jeune homme encore plus maigre que lui, et dont le front était barré par une mèche rebelle. De loin, le jeune homme la toisait du regard à travers ses verres de lunettes sales, pendant qu'Alexandre lui parlait. Elle le vit hocher la tête. Alexandre revint près d'elle.

— C'est d'accord.

Elle ne le laissa pas parler davantage.

— Alors passe me prendre vers 11 heures ce soir avec ta moto. Je t'attendrai en bas de mon immeuble.

Elle tourna les talons et partit comme elle était venue.

Toute la journée, elle fut distraite. Son cœur battait anormalement. Mme Ginetta la trouva même maladroite.

— Qu'est-ce qu'y t'arrive, Alice ? Tu es *falabraque*[1] aujourd'hui ! Allez, allez, il faut se réveiller ma petite ! Regarde comment tu m'as rangé ces piles électriques, c'est fait *basta qué sigue*[2], ça !

Elle avait beau essayer de réagir, Alice était assaillie par ses pensées. Elle tournait le problème dans tous les sens. Il était impensable qu'elle vole de l'alcool à brûler chez Mme Ginetta. Mais, après tout, dans cette fabrique de cartes postales, ils n'avaient qu'à pas laisser ces bidons traîner n'importe où ! C'était même dangereux. Alors il n'y avait pas de mal à en mettre à l'abri un ou deux. Pour autant, sa conscience n'était pas tranquille. Que voulaient-ils faire avec ça ? Juste du bruit, quelques petits dégâts matériels ? Elle connaissait trop bien son Alexandre pour savoir que, sous ses airs de guérillero, il ne ferait pas de mal à une mouche et que rien ne valait plus pour lui que la vie humaine. Non, elle pouvait avoir confiance. Ce serait juste un pétard pour attirer l'attention. Pour montrer que les étudiants ne se laisseraient pas endormir par les promesses électorales du moment. À Lyon, un policier était mort la semaine dernière. Elle avait entendu Alexandre déplorer cet événement tragique, alors il n'était sûrement pas prêt à commettre un crime.

Et puis elle s'était fait violence. Pourquoi dire oui à Alexandre ? Pour lui être agréable et ne pas paraître cougourde à ses yeux ? Qu'allait-elle mélanger les sentiments amoureux avec le but impérieux qu'il poursuivait ? Lui était dans une autre dimension, il travaillait pour le bien de l'humanité et ça dépassait largement le cadre de leur petit couple. N'était-elle pas capable d'en faire autant ? Parce qu'elle était une fille ? Elle était décidée à prendre sa part de risques. Non pour lui plaire, mais pour être à la hauteur de la situation. Enfin, si par la même occasion ça pouvait lui plaire et regonfler l'attrait qu'elle pouvait susciter en lui. Non, non, on ne mélange pas l'amour avec la révolution !

1. *Falabraque : bon à rien, bras cassé (expression niçoise).*
2. *Basta qué sigue : fait n'importe comment (expression niçoise).*

L'air était doux le soir devant le numéro 17 de l'avenue Giacobi. Ça y était ! On avait retrouvé de Gaulle à Baden-Baden et il allait demain prononcer un discours à la radio. Les jeunes, pensant qu'Alice prenait le frais, l'avaient rejointe pour fumer une cigarette et commenter les dernières informations. Elle aurait bien aimé qu'ils disparaissent, tous. Vers 23 heures, le phare jaune de la Yamaha brilla au coin de la rue. Tout le monde se retourna pour regarder l'arrivée d'Alexandre. Les garçons s'attroupèrent autour de la moto pour l'admirer et se renseigner sur ses performances techniques. Alexandre condescendit à donner des explications sur son engin. Alice était agacée par la situation et n'aspirait qu'à lever le camp. Ce qui allait suivre l'inquiétait au plus haut point et il lui tardait d'être sur le théâtre de son projet. Elle lança un regard à Alexandre pour lui demander d'abréger sa démonstration.

— Allez, les gars ! C'est pas que je m'ennuie, mais Alice, elle est pas de cet avis. Elle voudrait bien qu'on aille prendre l'air avec ma bécane.

Un garçon essaya de poursuivre la conversation :

— Alors les étudiants, vous en êtes où de la grève ?

— On tient bon ! Faut pas lâcher maintenant.

— Moi, si je me mets en grève, je peux dire adieu à mon turbin. Je suis le seul employé. Mon patron, il me dit qu'il y en a dix qui attendent à la porte.

— Chacun fait ce qu'il peut. Si déjà tu nous soutiens.

— Je vous soutiens, mais est-ce qu'on a les mêmes intérêts ? Vous, vous voulez la liberté, vous voulez faire ce que vous voulez quand vous voulez. Votre bon plaisir, quoi ! Nous, les travailleurs, on veut simplement vivre dignement de notre travail.

Alice s'impatientait, mais Alexandre semblait vouloir prendre son temps, car, finalement, ce n'était pas si souvent que les étudiants rencontraient les jeunes des quartiers populaires. Il emprunta même la cigarette d'un des jeunes pour allumer la sienne.

— Non, je ne suis pas d'accord. On voudrait nous diviser mais nous ne sommes pas si éloignés que ça. Parmi les étudiants d'aujourd'hui, il y a les décideurs de demain. Et si on coupe ceux qui réfléchissent de ceux qui exécutent, alors vos recrutements, vos conditions de travail, les machines sur lesquelles vous travaillerez continueront à être pensés contre vous et non pas pour vous et vous ne cesserez pas d'être exploités. De notre liberté, de notre prise de conscience dépend la vôtre, et le bien-être de tous.

— Tu as sans doute raison. Mais tout ça, ça marche pour les grosses usines, avec des syndicats, mais nous ! Au garage, on est cinq ; Daniel, lui, au magasin de cycles, il est tout seul. Qu'est-ce que tu veux qu'on râle !

Alice n'y tint plus.

— Bon, Alexandre, je n'ai pas la permission pour la nuit entière ! Il faudrait qu'on parte.

— Salut, les gars ! Le devoir m'appelle. Ravi d'avoir pu échanger avec vous.

Les garçons serrèrent la main d'Alexandre, d'une poignée virile qui marquait leur volonté d'ouverture. Alice grimpa sur le siège et accrocha ses mains à la poignée derrière son dos, comme elle aimait à le faire depuis quelque temps. Cela lui donnait, pensait-elle, l'air dégagé et aguerri d'une amazone rompue à cette machine infernale. Elle ne jeta de regard à personne lorsque la moto démarra. Lorsqu'ils eurent bifurqué sur le boulevard Saint-Roch, elle lui donna quelques indications :

— Tu te diriges vers le haut du boulevard. Un peu avant Casino, ce sera sur la gauche. Tu ralentiras lorsque je te le dirai.

Elle le guida jusqu'à l'entrée de la fabrique et, arrivés sur les lieux en un rien de temps, elle lui indiqua l'endroit où il devait tourner. Elle était fébrile et, en même temps, les dés étaient jetés, l'inquiétude et les doutes étaient derrière elle. Elle avait enfilé un pantalon en coton et un pull à manches courtes pour être plus à l'aise. Elle avait noué un foulard autour de son cou, façon star de cinéma et, malgré la nuit, elle portait des lunettes de soleil. Lui inaugurait un casque intégral, une folie qu'il s'était offerte et qui pourrait servir autant pour la moto que pour les manifs et qui l'aiderait ici aussi à se dissimuler avantageusement.

Elle lui tapa vigoureusement sur l'épaule pour qu'il arrête le moteur en passant le portail toujours laissé ouvert et éteigne vite le phare. La fabrique était vide et plongée dans l'obscurité, mais Mme Lalonde pouvait avoir le sommeil léger à son âge, ainsi que son petit-fils qui occupait le logement au-dessus. Elle ne voulait même pas penser à ce que la vieille dame dirait d'elle, la petite lectrice sage, si elle connaissait l'objet de sa venue dans la cour, au clair de lune. Il fit glisser la moto jusqu'à l'auvent qui abritait les bidons d'acide et les sacs de cartes postales ratées. Sans même descendre de la moto et pendant qu'Alexandre la maintenait en équilibre, elle attrapa la poignée d'un bidon qu'elle souleva et coinça sous sa cuisse gauche. Puis elle en saisit un deuxième qu'elle arrima sous sa cuisse droite. Sans un mot, elle envoya une sorte de ruade à son pilote pour qu'il redémarre le plus vite possible. Il démarra si vite que la Yamaha se cabra dans la montée et Alice faillit tomber à la renverse. Mais elle se cambra tant qu'elle put et Alexandre se stabilisa. Il sortit de la fabrique en faisant jaillir sa moto sur le boulevard. Il fit monter les chevaux en puissance dans un bruit d'enfer et nul doute que beaucoup de riverains furent pour le moins remués dans leur sommeil. L'équipage n'était pas banal, avec ces deux bidons blancs qui pendaient comme les pare-battages d'un bateau. Par bonheur, ils n'étaient pas pleins et Alice arrivait à les maintenir serrés contre elle, mais il ne lui restait plus de main pour s'agripper à Alexandre et celui-ci devait rouler avec prudence pour ne pas qu'elle tombe. Il avait très peur de croiser une patrouille de police, car le terrain était miné en cette période tendue. Il rusa en évitant les grands axes. C'était autant de virages dangereux, mais c'était le prix à payer pour ne pas se faire arrêter. Il n'était pas question d'aller à la fac, le quartier était surveillé comme le lait sur le feu. Il se dirigea donc vers le boulevard Victor-Hugo et se détendit à l'approche de cet environnement familier. Dans ce quartier chic, un désert. Nul besoin de déployer les forces de l'ordre. Il n'y avait pas même dans la rue un insomniaque promenant son chien.

Dans le jardin, derrière l'immeuble, Alexandre rentra la moto éteinte. Ils ne se dirent rien. Mais, après avoir enlevé son casque, il attira violemment Alice vers lui et l'embrassa avec une fougue et une passion inhabituelles. Elle tenait encore ses bidons à la main et se trouva dans une position inconfortable, l'empêchant d'apprécier complètement la ferveur de l'étreinte. Mais intérieurement, elle la goûtait comme une petite victoire qui avait peut-être encore davantage de saveur. Après l'avoir délestée de son chargement, il l'entraîna finalement vers la porte-fenêtre de sa chambre.

Pour la première fois depuis qu'elle connaissait Alexandre, elle quittait sa chambre et traversait Nice au petit matin. Elle avait insisté pour qu'il la ramène chez elle avant le réveil de tout le monde, boulevard Victor-Hugo comme avenue Giacobi. Il s'était fait prier, n'arrivant pas à sortir de son sommeil, mais il avait fini par se lever, complètement embrumé par sa courte nuit, faite de discussions sans fin sur les combats à mener, entrecoupées en interlude d'étreintes foudroyantes. Plus habituée que lui à se lever de bonne heure, elle était déjà fraîche et dispose, quand lui avait la bouche pâteuse et le cheveu hirsute. Il pilota la Yamaha de façon automatique et parcourut les rues désertes en dépassant avec une arrogance inconsciente les camions des éboueurs. Elle profitait, insouciante, de ce moment de fraîcheur. Il la déposa en bas de chez elle. Les rideaux des magasins étaient baissés. Seul le boulanger patibulaire sortit alors qu'ils s'embrassaient une dernière fois. Ils ne le remarquèrent même pas.

— Tu feras attention avec cet acide, dit-elle en le cajolant. Promets-moi qu'il n'arrivera rien de grave.

— Robespierre n'a jamais promis à personne de ne couper aucune tête ! répondit-il en riant.

Elle se recula et le regarda avec inquiétude.

— Pourquoi me parles-tu de Robespierre ? Cela n'a rien à voir, j'espère ?

Il l'attira à nouveau contre lui.

— Allez, ne t'inquiète pas. La « chienlit » a quand même du plomb dans la cervelle !

Dans les vingt-quatre heures qui suivirent, une vague angoisse ne quitta pas Alice. Elle était aux aguets au milieu des conversations des clients et tendait l'oreille aux informations que diffusait Radio Monte-Carlo. Quand le ton devenait grave, laissant présager l'annonce d'un drame, son cœur battait la chamade et ses jambes se dérobaient. Mais la journée se passa sans qu'une mauvaise nouvelle tombât.

Le lendemain, la radio annonça dès le matin que la gendarmerie de Cannes avait essuyé plusieurs cocktails Molotov dans la nuit, faisant un blessé parmi les gendarmes de garde et des dégradations importantes sur les bâtiments. On soupçonnait des étudiants appartenant à des groupuscules d'extrême gauche d'avoir perpétré cet attentat et des descentes de police auraient lieu dans la journée à Carlone pour procéder à des arrestations.

Alice ne put finir son petit déjeuner. Sa biscotte resta coincée au travers de sa gorge. Elle avait directement participé à cet attentat en fournissant l'acide et la nouvelle du gendarme blessé la bouleversa. On ne parlait pas de la gravité de sa blessure et elle tremblait qu'on annonçât bientôt sa mort. Cela ne ressemblait pas à Alexandre ! Elle se sentait comme trahie. Elle ne voulait pas de ça ! Elle aurait voulu revenir en arrière et abandonner l'idée de subtiliser ces bidons. Qué bestia ! Rien, rien ne valait la mort d'un homme ! Aucun des idéaux d'Alexandre ne pouvait justifier cela. Alice tremblait en lavant la vaisselle du petit déjeuner qui cognait contre les parois de l'évier. Elle croisa son visage dans le miroir et vit, derrière ses traits tirés, une criminelle. Des larmes lui venaient. Mireille comprenait très bien que quelque chose n'allait pas ce matin, depuis que l'information sur la gendarmerie de Cannes était tombée. Elle essayait de se faire toute petite et, en même temps, elle aurait voulu aider sa sœur et peut-être assouvir sa curiosité d'en savoir davantage. Elle tenta une question :

— C'est ce gendarme blessé qui te rend triste ?

Il ne fallait surtout pas que Mireille sache ni même se doute de quelque chose.

— Oui, c'est ce gendarme. C'est triste d'en arriver là. Tu ne crois pas ?

Et comme si Mireille avait déjà compris :

— Tu sais, ce n'est peut-être pas si grave ! Il est blessé, mais il n'est pas mort ! Ne t'inquiète pas. Tu sais, je les ai vus l'autre jour, les CRS, quand ils ont encerclé l'école, les *niocous*[1] ! Ils sont armés jusqu'aux dents. Ils peuvent se défendre !

Alice sourit et lui caressa les cheveux. Elle aurait bien voulu lui en dire davantage, sur son coup de folie, sur la trahison d'Alexandre, Mireille était tellement clairvoyante, mais elle se tut. Il était temps de partir pour toutes les deux. L'école et la droguerie de Mme Ginetta les attendaient.

Comme d'habitude, Mme Ginetta avait *Nice-Matin* ouvert devant elle. Elle dit bonjour à Alice, mais on sentait poindre dans le son de sa voix comme une perfidie :

— Aïe, aïe, aïe ! Ça va mal, Alice, ça va mal ! Tu as vu le journal ? C'est l'escalade ! Ils ne vont plus savoir s'arrêter, ces étudiants ! S'en prendre à la police ! Non mais ! Moi, je suis républicaine, on ne s'en prend pas aux représentants de l'ordre ! Qui va nous défendre à nous alors, si on décanille la police !

Alice ne répondait pas et s'était mise au travail. Il était question de laver les carreaux de toutes les vitrines pour un grand nettoyage de printemps. Elle préparait son seau, son éponge et du vieux papier journal pour essuyer et faire briller, comme Mme Ginetta l'exigeait, puisque, selon elle, rien ne remplaçait le papier journal ! Mais il ne fallait pas en faire trop la publicité car elle n'avait rien à y gagner.

— J'espère que ton Alexandre n'est pas mêlé à tout ça !

Alice haussa les épaules pour montrer combien cette supposition était absurde.

— Tu devrais peut-être arrêter au moins pour un temps de fréquenter tous ces étudiants. Ils ne vont t'apporter que des ennuis. Moi, je sais que tu es une fille sage. C'est toujours ce que je dis : « Alice, au moins, elle a la tête sur les épaules. Je n'ai pas à me plaindre, ce n'est pas elle qui me porterait du tort. »

Alice la laissait parler. Les clientes commencèrent à se succéder. Mme Pandolfi connaissait quelqu'un qui connaissait quelqu'un

1. *Niocou : benêt, niais (expression niçoise).*

qui connaissait le gendarme blessé. Alice tendit l'oreille. C'était un gendarme exemplaire, déjà décoré, sa femme était institutrice à Juan-les-Pins. Qué misère ! Il était entre la vie et la mort ! Et il allait laisser trois orphelins ! « Honte à ceux qui ont fait ça ! » Aujourd'hui, le papier journal laissait de grandes traces noires qu'Alice n'arrivait pas à enlever et ses vitres n'étaient pas impeccables. Elle était accroupie dans la vitrine au milieu des bibelots entre lesquels d'ordinaire elle se frayait un chemin avec agilité afin de ne rien écraser, mais, dans un mouvement désordonné, elle brisa la jambe fine d'un petit cheval en cristal bleu. Des perles de sueur faisaient briller son front et sa gorge était sèche. Mme Ginetta n'osa pas reprendre son employée trop vertement devant une cliente qui hésitait entre le blanc d'Espagne et le Mirror pour nettoyer son argenterie, mais elle manifesta un mouvement d'humeur.

Alice ne pensait pas pouvoir tenir toute une journée dans la boutique de Mme Ginetta, à trembler en attendant la mort du gendarme. C'était une torture. Elle maudissait Alexandre et tous ses amis. Elle maudissait cette foutue révolution. Elle se maudissait et songeait à sa propre fin si la mauvaise nouvelle tombait. Elle retournerait au château à Drap et se laisserait cette fois tomber dans le vide ! Elle ne pourrait pas supporter l'idée d'être responsable d'un tel drame. Elle ne pourrait pas supporter le regard lourd de Mireille, et de toute la famille sur elle ; un regard plein de reproche, de déception, de honte, alors qu'elle s'ingéniait depuis tant d'années à être irréprochable. Elle aurait voulu ne jamais avoir rencontré Alexandre !

À la pause de midi, elle courut chez elle. Elle alluma vite la radio. Aucune nouvelle du gendarme. On ne reparlait même pas des cocktails Molotov sur la gendarmerie de Cannes. Cela la rassura un peu et la calma. Elle n'avait pas très faim, mais avala à la hâte une tomate en croque-sel avec un morceau de pain, l'oreille toujours collée à la radio.

Lorsqu'elle reprit son travail après la pause, elle se sentait légèrement rassérénée, mais le regard de Mme Ginetta était toujours suspicieux, du moins le pensait-elle. Il lui restait à laver l'extérieur de la vitrine des bibelots et Alice n'était pas mécontente d'être dehors, loin des bavardages incessants de sa patronne et de ses pipelettes de clientes qui lui donnaient des sueurs froides.

Perchée sur son échelle, elle s'appliquait à nettoyer la vitre lorsqu'elle entendit derrière elle le vrombissement d'une moto. Dans le reflet du carreau, elle vit arriver ce que ce bruit lui avait fait redouter. Alexandre s'était arrêté dans la rue, devant la vitrine. Il était mal coiffé, pas rasé. Son regard était inquiet. Alice descendit de son échelle et se précipita vers lui.

— Qu'est-ce que tu as fait ? cria-t-elle avec désespoir.

— Ce n'est pas le moment. Aide-moi. Il faut que je me cache. S'ils m'arrêtent, je suis cuit. Mon père ne s'en remettra jamais ! Je suis sûr que tu auras une idée.

Alice regarda autour d'elle. Elle avait l'impression qu'on ne voyait qu'eux au milieu de la rue pourtant presque déserte en ce début d'après-midi. Alexandre avait l'air désemparé et comme suppliant, elle avait l'impression de voir un petit garçon en faute, identique à Joël lorsqu'elle était allée le récupérer au collège. Une voix retentit sur le pas du magasin :

— Eh bé, Alice ! Les vitres, elles vont pas se faire toutes seules !

— J'arrive, madame Ginetta ! J'arrive !

— Tout de suite ! insista Mme Ginetta en rajustant le gilet qu'elle avait simplement posé sur ses épaules.

— Je t'en supplie, Alice ! implora Alexandre. Ne me laisse pas tomber. Il n'y a que toi en qui je puisse avoir confiance.

Alice regarda de tous côtés. Sa tête allait finir par exploser. Puis, sans réfléchir davantage, elle releva les pans de son tablier et enfourcha le siège arrière de la moto.

— Démarre ! lui cria-t-elle. Démarre !

Alexandre ne se fit pas prier et la moto accéléra devant Mme Ginetta qui regarda passer l'équipée, médusée. Elle mit les poings sur ses hanches. Son gilet tomba à terre.

— Vierja Santa ! murmura-t-elle.

XIX

SUR LES DERNIERS CENT MÈTRES, le chemin n'était pratiquement plus carrossable. D'ailleurs, tonton Jeannou tempêtait souvent à ce sujet car il y abîmait les suspensions de ses Dauphine. La moto faisait de larges soubresauts et manquait se renverser à chaque instant, si bien qu'Alice en descendit et finit le chemin à pied, montrant la route à Alexandre en écartant par endroits quelques branches de figuier sauvage ou d'aubépine que le printemps laissait déborder.

Elle connaissait parfaitement la cachette de la clef, sous le fer à cheval accroché sous la tonnelle et dissimulant une petite niche pas plus grande que la clef elle-même. Pépé Nandou et mémé Finette avaient bien pensé monter à la campagne pour s'éloigner de l'agitation de ce mois de mai pas comme les autres. Ils auraient pu vivre là en autarcie, comme ils faisaient chaque été, mais les transports étaient paralysés, et l'essence manquait, ils avaient dû renoncer à leur projet. La campagne de Drap était donc déserte. Les volets de chez la voisine étaient fermés également, elle était sans doute partie chez ses enfants. Ils étaient donc seuls sur le plateau rempli d'oliviers. Pour quelques jours, cela suffirait amplement. Alice avait déjà emmené Alexandre à la campagne, à l'occasion de quelques virées en amoureux, pour quelques heures. Ils y étaient tranquilles, le cadre était bucolique et l'herbe assez haute pour cacher leurs amours.

Alexandre était livide. Il avait soif et se précipita sur le petit évier de pierre dans la cuisine.

— Où est le robinet ? demanda-t-il, comme agacé.
— Mais il n'y a pas l'eau courante, Alexandre ! Ici, c'est le puits ou la source. Mais pour boire, c'est mieux la source. Je vais aller remplir la cruche. Elle partit avec la cruche de terre aux flancs rebondis et traversa le champ d'oliviers. Il la suivit, las. Ils arrivèrent ensemble à la source à demi enterrée dans une butte de terre, tenue par des pierres disposées en arrondi. L'eau coulait en un filet discontinu à l'entrée d'une petite grotte et l'écho renvoyait ce murmure amplifié. Une margelle permettait de poser sa cruche ou son seau. Au fond du trou tapissé d'une végétation sombre, une nappe d'eau s'étalait. L'endroit était frais et charmant. Alice, Mireille et Joël se disputaient toujours le privilège d'aller remplir la cruche. Aussi y allaient-ils souvent ensemble et c'était l'occasion de parties d'arrosage rafraîchissantes.
— Alors il faudra venir ici à chaque fois qu'on aura besoin d'eau ? dit Alexandre en mettant sa bouche sous le filet d'eau pour boire à la source.
— Eh oui ! Quand il ne pleut pas, c'est franchement très agréable. Mais l'été, il faut faire attention aux serpents qui se cachent dans les broussailles et dans les pierres autour. Et puis il faut faire attention aussi au *basilic* !
Alexandre écoutait d'une oreille distraite et Alice, quant à elle, prenait un plaisir jubilatoire à raconter sa campagne. Elle voulait lui faire partager son enfance et lui faire comprendre d'où elle venait. Il ne posa pas de question, mais elle poursuivit son histoire :
— Mon grand-père nous racontait toujours cette histoire de basilic caché dans la fontaine qui nous faisait peur, mais peur ! On n'osait plus venir chercher de l'eau tout seul. Le basilic, c'est un gros lézard. Il disait : « Si vous apercevez deux billes luisantes au fond de la grotte, détournez vos yeux, sinon vous êtes cuits. Le basilic peut tuer d'un simple regard ! Mais si vous restez bien sages devant la fontaine, tout ira bien, il ne peut rien vous arriver. » En fait, il m'a avoué que c'était une histoire qu'il nous racontait pour nous empêcher d'aller patauger dans l'eau. Il avait peur qu'on se noie ! Et c'est vrai que c'était tentant lorsqu'il faisait très chaud

de se tremper dans cette petite piscine naturelle. Mais quand on était petits, on se faisait de belles frayeurs dès que quelque chose bougeait au fond de la caverne. On poussait des cris : « Le basilic ! Le basilic ! » Et je pense que pépé Nandou devait bien rigoler dans son jardin à nous entendre. Je dois avouer que je n'ai pas vendu la mèche lorsque moi j'ai su, et que Mireille et Joël étaient encore trop petits.

Alexandre ne décrochait pas un sourire. Il marmonna :

— Encore un truc des vieux pour se faire servir par les enfants sans bouger le petit doigt et sans s'embêter à les surveiller. Tu parles d'une éducation !

Alice fut surprise, mais elle mit cette mauvaise humeur sur le compte de la fatigue et de l'inquiétude qui l'étreignaient sans doute. Elle le bassinait avec ses souvenirs lorsque son esprit à lui était occupé par les événements qui l'avaient conduit ici. Elle ne sut que répondre et pensa à ce pauvre pépé Nandou qui faisait pourtant mille autres choses dans son jardin et autour de sa campagne lorsque les enfants allaient remplir les cruches. Ils rentrèrent. L'un près de l'autre sans plus échanger un mot. Il demanda s'il pouvait dormir un peu avant le repas. Elle l'installa dans la chambre qu'elle occupait avec Mireille et Joël, sur son lit qu'elle retapa.

Pendant qu'il dormait, elle aéra la maison, alla puiser de l'eau au puits pour les besoins domestiques, ramassa des herbes aromatiques. Dans des bocaux de verre parfaitement fermés, mémé Finette conservait de la farine, des pâtes, du riz. Il y avait aussi des boîtes de sardines et du corned-beef. Des conserves de légumes, de fruits, des confitures emplissaient les placards. Dans le jardin, les cerisiers étaient lourds de fruits, des petites griottes acides, mais savoureuses, dont elle remplit une panière. Lorsque Alexandre sortit de la maison, la mine encore chiffonnée par sa sieste et les cheveux en bataille, il était 20 heures. Le couvert était mis sous la tonnelle. Elle lisait en l'attendant. Pépé Nandou laissait à la campagne ce qu'il plaçait au-dessus de tout dans la littérature française : *Le Mystère de la chambre jaune* et *Le Parfum de la dame en noir* de Gaston Leroux. Les éditions étaient vieilles, les pages jaunies, écornées à force d'être lues. Elle avait cuisiné des pâtes à l'ail, au basilic et à l'huile d'olive, disposé en étoile des sardines sur une assiette et arrangé les griottes dans la panière avec quelques feuilles vertes pour le coup d'œil.

Alexandre sourit et s'étira longuement.

— Je suppose qu'il n'y a pas de chiottes par ici ? dit-il en étouffant un bâillement.

— Derrière la maison, il y a un petit cabanon. C'est spartiate, mais nous, on l'utilise.

Il disparut derrière la maison où le jardin s'étendait encore jusqu'aux abords d'une combe. Il revint en riant.

— Pouah ! Je n'avais jamais vu ça de ma vie ! Je savais que ça existait, mais quand même ! Dommage que je n'aie pas mon appareil photo ! Enfin, sur la photo, il manquerait l'odeur ! Le *Nice-Matin* coupé en morceaux pour se torcher, c'est pas mal non plus ! C'est tout ce que ce journal mérite !

Alice haussa les épaules. Elle ne sut que dire. Elle se sentait vexée et humiliée. Bien sûr, ce n'était pas ragoûtant ce trou au-dessus du magma organique. Mais pépé Nandou était fier de son W-C d'extérieur qu'il avait lui-même habilement construit avec quelques planches et qui offrait un peu d'intimité malgré son aspect rustique. Il n'aurait pas aimé que l'on s'en moque, encore moins de *Nice-Matin* qu'il lisait tous les jours et qui était son ouverture sur le monde. Sans compter les résultats sportifs et les pronostics pour le tiercé.

— Hum ! J'ai faim ! Qu'est-ce que tu nous as cuisiné de bon ?

Alice se détendit et déclina le menu avec une emphase exagérée. Il parut très satisfait et l'embrassa de façon gourmande après lui avoir accroché des cerises derrière les oreilles. Ils s'attablèrent. Elle le servit. Au début du repas, ils s'amusèrent de leurs péripéties. Personne ne viendrait le chercher là. Si les CRS avaient encerclé l'école maternelle de Saint-Roch à la place du collège, il ne leur viendrait sûrement pas à l'idée de parcourir les collines de Drap et de trouver l'entrée de ce chemin qui n'allait nulle part. Quand bien même ils en auraient aperçu le tracé, ils n'auraient pas pu soupçonner qu'il puisse y avoir au bout, dans ce maquis de genévriers et de fruitiers sauvages, âme qui vive.

Ce cocktail Molotov, c'était le projet de plusieurs d'entre eux. Alexandre ne l'avait pas fabriqué parce qu'il en était parfaitement incapable, mais il avait été seul à balancer l'engin artisanal à Cannes, parce qu'il avait une moto et pouvait quitter les lieux au plus vite. Mais maintenant, tout reposait sur lui et, lorsqu'il était revenu à Carlone le lendemain, ses camarades lui avaient conseillé de déguerpir sur-le-champ. La police était déjà venue, elle recherchait un étudiant avec une moto rouge. Il avait erré une heure ou deux, la peur au ventre, et il n'avait plus eu d'issue que celle d'aller trouver Alice, sa petite vendeuse, qui allait sûrement avoir une idée simple et lumineuse pour le sortir de là. La nuit tombait sur les collines. Alice alluma la lampe à pétrole qu'elle posa au milieu de la table.

— Tu sais, je me fais du souci, lui dit-elle. Je suppose que, ne me voyant pas arriver, Mireille est rentrée toute seule de l'école. Elle sera allée chez Mme Vernet en attendant le retour de maman. Tout le monde doit se demander où j'ai bien pu passer. Elles doivent être très inquiètes à l'heure qu'il est. Mireille s'est peut-être arrêtée à la droguerie. Si c'est le cas, Mme Ginetta, qui doit fulminer, lui aura dit que j'ai quitté mon travail en plein milieu de l'après-midi et que je suis partie avec toi.

— Bah ! Elles doivent penser que je t'ai enlevé pour une escapade amoureuse, rien de plus. Et que tu seras rentrée demain.

— Oui, mais demain, je ne serai pas rentrée. J'ai peur, Alexandre. Je ne peux pas les laisser sans nouvelles. Au moins les rassurer. Et Mme Ginetta ? Je crois que je peux dire adieu à ma place, non ?

— Où peut-on téléphoner par ici ?

— À Drap, au village, en bas.

— Demain, nous descendrons à pied et nous essaierons de trouver un téléphone.

Cette proposition l'apaisa un peu. Il la félicita pour son repas et lui dit en riant qu'elle était prête à marier. Cela la fit rougir, mais elle ne sut pas exactement pourquoi. Elle se mit à débarrasser. Elle devait faire quelques allers-retours entre la tonnelle et la cuisine.

Elle fit chauffer de l'eau pour laver la vaisselle dans une bassine. Lui prit *Le Parfum de la dame en noir* qui traînait au bout de la table et se mit à lire à la lueur de la lampe à pétrole. Il éprouvait une quiétude indicible dans la paix de cet endroit retiré, à peine troublée par le chant des grillons et l'agitation tranquille de son amoureuse qui faisait la vaisselle dans la cuisine.

Elle refusa de dormir dans le grand lit de pépé Nandou et mémé Finette malgré l'insistance d'Alexandre que cette soirée rendait plus que romantique. Ils rapprochèrent deux petits lits dans la chambre des enfants et durent s'en contenter. Il s'inquiéta, tout à coup, de savoir comment elle allait faire pour sa pilule puisqu'ils étaient partis sans rien emporter. Elle lui dit que c'était effectivement un problème et qu'il allait devoir « faire attention ». Cela parut le contrarier. Pour une fois qu'ils étaient libres de s'aimer comme ils voulaient ! Il lui en voulut presque et lui dit qu'elle devrait toujours avoir sa plaquette sur elle. Elle le regarda avec des yeux ronds, se culpabilisant d'abord, puis se demandant s'il n'exagérait pas un peu de vouloir gouverner ce qui, après tout, la concernait aussi intimement. Elle bouda un instant. Il préféra ne pas gâcher la soirée et prit le parti de la tranquilliser :

— On va faire avec ! Enfin, on va faire sans !

Leur désir soumis à cette mise en danger imprévue, à la douceur de la nuit et à cette union dans la fugue donna à leur corps à corps une tournure passionnée et exigeante dont ils retirèrent un plaisir nouveau et sans doute plus intense. Et combien elle était heureuse de l'avoir tout à elle !

Le lendemain matin, elle se leva de bonne heure pour préparer du café. Tout son être était cotonneux et un sourire encore fatigué demeurait accroché à ses lèvres. Seule sous la tonnelle, elle but une première tasse de café. Le soleil se levait sur le jardin, par-dessus le figuier, et la rosée semait ses perles fines sur les fraisiers. Il lui sembla que c'était cela le bonheur. Puis Alexandre se leva et sortit en bâillant. Il s'assit près d'elle sur la banquette et fourra sa tête encore ensommeillée dans le cou d'Alice comme un enfant qui réclame un premier câlin de sa mère. Elle lui servit un bol de café et ils partagèrent quelques biscottes ramollies recouvertes de confiture. Repus, ils partirent se débarbouiller directement à la fontaine et s'amusèrent comme deux enfants à s'asperger d'eau et à courir entre les oliviers. Puis, main dans la main, ils quittèrent la maison et regagnèrent la route qui serpente dans la colline et descend jusqu'à Drap. Le temps était beau et il faisait déjà très chaud à cette heure pourtant matinale. Des parfums de garrigue, romarins puissants et genêts enivrants s'élevaient des bordures. Ils en oubliaient presque ce qu'ils faisaient là et se seraient crus en vacances, libres de profiter l'un de l'autre, de la nature offerte, loin du tapage de la ville et des événements pourtant incontournables qui s'y déroulaient. Ils retrouvaient là une part d'enfance, d'innocence, en dévalant la route, s'arrêtant tout essoufflés, cherchant des raccourcis pour couper un virage. Il fallait trois bons quarts d'heure pour descendre et le double pour remonter. Les premières maisons de Drap les rendirent à la civilisation. Au cœur du village régnait une certaine animation. Quelques camionnettes se frayaient un passage dans les rues étroites. Même à Drap, en ce début de juin, on sentait une reprise d'activité. Ils se rendirent à la Poste pour trouver un téléphone, sans grande conviction car ils supposaient que celle-ci était en grève. Le bureau de poste était en contrebas du village, sur la route de L'Escarène, et ils constatèrent un certain trafic sur cette artère toujours très passante. Les volets de la Poste étaient ouverts et la porte entrebâillée. Ils entrèrent, circonspects, sans savoir si le bureau était vraiment en service.

— Entrez, entrez, dit une voix traînante et nasillarde. C'est pour du courrier ou pour le téléphone ?

— Pour le téléphone, répondit Alexandre.

— Vous voulez quel numéro ?

Alexandre sortit un bout de papier de son portefeuille et le tendit à la postière qui fit aussitôt le numéro sur son pupitre. Elle patienta en levant ses yeux en l'air. Puis elle sursauta.

— Postes et télécommunications, ne quittez pas, vous avez un appel, dit-elle mécaniquement mais avec une sorte d'emphase. Vous avez votre numéro cabine 1 ! annonça la postière fièrement.

Alice et Alexandre se regardèrent, amusés. Il n'y avait qu'une seule cabine dans le bureau. Alexandre pénétra dans la cabine en bois, après avoir tiré la poignée métallique de la porte vitrée. À l'intérieur, il décrocha, se tourna et on ne put entendre sa conversation. Alice patienta en lisant distraitement les annonces affichées sur les murs. On recrutait et la Poste faisait la publicité de ses concours. Le certificat d'études suffisait pour celui de « dame manipulante », « dame spécialisée » (télégraphiste, téléphoniste), pour celui de facteur aussi ; cela lui aurait bien plu, facteur, elle qui quadrillait déjà presque les yeux fermés les rues de Nice avec son Solex. Mais, dommage, il n'était pas ouvert aux femmes[1] ! Pour d'autres emplois, dactylo, comptable, elle avait bien le BEPC requis, mais elle n'avait pas de formation professionnelle dans ces domaines.

Alexandre sortit de la cabine. Il ne dit rien de la teneur ni de la destination de son appel et Alice ne posa aucune question. Elle demanda à son tour un numéro à la postière. En attendant la communication, celle-ci tapotait ses doigts sur le comptoir. Elle s'éclaira enfin.

— Postes et télécommunications, ne quittez pas, vous avez un appel. Vous avez votre numéro cabine 1 !

Alice pénétra dans la cabine qui se referma sur elle. Elle décrocha le combiné mural en bakélite, encore nimbé de la sueur et du souffle d'Alexandre. Elle reconnaissait son odeur. Elle avala sa salive et se décida à parler :

— Allô, madame Ginetta ? C'est Alice.

La voix au bout du fil était froide.

— Tiens, une revenante ! Je t'écoute, je suis curieuse de savoir ce que tu as à me dire.

— Je suis désolée, madame Ginetta. Je sais que vous ne devez pas être contente, je n'ai aucune excuse.

— Aucune ?

— Mon... ami... mon ami a des ennuis.

— Des ennuis ?

1. *Ce concours ne sera ouvert aux femmes qu'en 1975.*

— Pas graves graves, mais il m'a demandé de l'aider.

— Alors toi, on te dit de te jeter dans le Paillon, tu le fais !

— C'est l'affaire d'un jour ou deux.

— Mais où es-tu ?

— Je ne peux pas vous le dire, madame Ginetta. Mais ne vous inquiétez pas. Je ne fais pas de bêtises. Je vais revenir.

Il y eut un silence au bout du fil. Alice sentait que sa patronne était en train de fléchir et que cette incartade n'aurait peut-être pas les incidences qu'elle redoutait. Elle regarda Alexandre à l'extérieur et lui fit un signe avec son pouce qui criait victoire.

— Bon, écoute, reprit Mme Ginetta, je ne te rendrais pas service en te disant de faire ce qui te chante. Débrouille-toi pour revenir au magasin aujourd'hui. Sinon, adieu Berthe ! Tu peux faire une croix sur ton emploi chez moi. Il me semble que les bus recommencent à circuler. Je ne sais pas où tu es, mais tu peux trouver une solution pour rentrer. Quant à Alexandre, laisse-le se démerder avec ses problèmes ! Pense à ta mère qui se fait un sang d'encre et qui est venue sonner à ma porte hier au soir. Entre parenthèses, elle est encore bien ta mère ! Tu vas la faire vieillir avant l'âge ! J'ai essayé de la rassurer, je lui ai dit que ton jules t'avait enlevée sur sa moto et que tu passais certainement du bon temps. Et que tu serais sûrement de retour aujourd'hui. Alors, tu rentres au-jour-d'hui !

— Mais madame Ginetta ! Je vous demande simplement...

— À tout à l'heure, je t'attends !

La droguiste avait raccroché brutalement, laissant Alice terrorisée. Elle reposa lentement le combiné sur son socle. Les larmes lui étaient montées aux yeux. Elle sortit de la cabine. Alexandre comprit que le coup de téléphone ne s'était pas bien passé. Il s'approcha d'elle, la prit tendrement par les épaules et attendit qu'elle parle. La postière n'en perdait pas une miette. Pour une fois qu'il se passait quelque chose d'intéressant ! Toutefois, elle était intriguée et même vaguement soupçonneuse. Alice se dégagea, comme si tout à coup elle en voulait à Alexandre de la mettre dans une telle situation.

— Je dois retourner au magasin. Mme Ginetta m'attend.

— Tu t'en fous, reste avec moi ! De toute façon, rien ne sera plus comme avant. Mme Ginetta, les petits boulots, les salaires de misère, tout ça c'est du passé ! Tout va changer !

— Tu rêves, Alexandre ! Tout ce que tu dis, ce sera pour toi et pour les gens comme toi, mais sûrement pas pour moi. En attendant, je dois partir, c'est plus raisonnable.

— Raisonnable ? Est-ce que c'est le moment d'être raisonnable ? C'est le moment d'être fous. « Prenons nos désirs pour des réalités ! » Tu as entendu ça, déjà, non ?

— Ce sont des slogans faciles. Toi, tu pourras avoir tout ce que tu désires. De toute façon, je ne sais même plus ce que je veux.

— Tout le monde est en grève et toi, tu te poses encore des questions sur la légitimité de ton engagement.

Elle le regarda avec une sorte de hargne.

— Tu m'embrouilles avec ton vocabulaire ! Laisse-moi tranquille.

Elle s'approcha du guichet.

— Vous savez s'il y a un bus pour Nice, aujourd'hui ?

— J'en ai vu partir un ce matin. On dirait que ça redémarre. Le prochain est à 11 heures, s'il est maintenu.

Alice remercia et paya sa communication. La postière se crut obligée d'apporter une information :

— Vous savez, officiellement, je suis en grève, mais on m'a demandé d'ouvrir parce qu'il faut bien que les petits vieux viennent chercher leur mandat de retraite. Alors un coup de téléphone en plus ou en moins...

Ils acquiescèrent mollement. Ils déambulèrent dans les rues de Drap à la recherche de pain frais, de cigarettes et d'une solution pour qu'Alice regagne Saint-Roch. Pourquoi ne pas demander à la scierie Jauffret si un de leurs transporteurs ne pourrait la déposer à Nice ? Ils ne parlaient de rien d'autre car un certain malaise s'était installé entre eux. Tout à coup, le klaxon répété d'un autocar retentit au bas du village, vers la route de L'Escarène. Alice se mit à courir pour ne pas rater le bus, elle dévala la ruelle. Alexandre emboîta sa course. Elle traversa sans regarder la route en forçant des voitures à freiner intempestivement. Elle faisait de grands signes au chauffeur pour qu'il ne parte pas sans elle. Elle arriva tout essoufflée et sauta sur la marche. Le chauffeur lui indiqua le prix du transport, elle se retourna, penaude, vers Alexandre. Elle n'avait que quelques centimes. Il sortit un billet de cinq francs de sa poche. Elle bredouilla un merci gêné et, alors que le bus démarrait, elle lui lança presque joyeusement, comme soulagée :

— Tu sais où est la clef ? Sous le fer à cheval !

Elle se laissa tomber sur le siège, derrière le chauffeur, s'apercevant qu'elle dévoilait à tous les occupants du bus, qui sans doute n'en avaient cure, où se trouvait la clef de la campagne de pépé Nandou et mémé Finette.

XX

Alice entra dans la boutique, très timidement. Mme Ginetta était en train de ranger des bombes de laque Elnett sur un présentoir, comme pour mieux lui faire sentir à quoi elle était réduite lorsqu'il passait par la tête de son employée l'idée de déserter le magasin !

— Tu es là, dit-elle simplement, va mettre ton tablier. J'ai rendez-vous chez Audrey pour la couleur et la mise en plis.

Mme Ginetta n'ajouta rien de plus, elle se dépêcha de prendre son sac à main et de sortir, laissant Alice soulagée, mais vaguement honteuse. L'après-midi se passa assez agréablement, les clientes ne faisant aucune remarque sur sa disparition. Alice se demanda si finalement sa patronne n'avait pas décidé d'éviter d'ébruiter l'affaire. Aussi redoubla-t-elle de sérieux, d'empressement et d'amabilité. La droguiste revint assez tard. Elle arborait son casque flamboyant et laqué, quelques traces rouges de teinture coloraient légèrement ses tempes.

— Je crois que je vais bientôt abandonner la mise en plis. Audrey me dit que ce n'est plus du tout à la mode. La prochaine fois, je vais peut-être faire une « permanente ». Ça fera plus naturel.

Alice la laissait parler, osa même ajouter quelque chose à cette conversation :

— En tous les cas, ne changez pas de couleur ; celle-ci vous va très bien. Je ne vous vois pas autrement !

Au fond d'elle, elle redoutait que la droguiste ait une idée en tête. Peut-être avait-elle prévenu la police. Peut-être était-on venu l'interroger au sujet d'Alexandre et de sa fuite devant le magasin. Elle se méfiait donc. Vers 17 heures, Mme Ginetta la surprit encore.

— Tu devrais aller chercher Mireille à l'école. Elle sera contente de te voir. Tu reviendras ensuite travailler, j'ai une livraison de Ratplapla à te faire faire. Avec toutes ces poubelles qui ne sont pas ramassées, tu imagines les rats !

Alice remercia pour la permission de sortir et partit à l'école. Effectivement, Mireille lui sauta dans les bras et elles restèrent un moment ainsi enlacées. Mireille mit sa main dans celle de sa sœur comme lorsqu'elle était petite et dansait d'un pied sur l'autre sur le chemin du retour.

— Il ne faut plus me faire ça ! cria Mireille soudainement. Jamais ! Tu aurais dû me dire où tu allais ou me laisser un mot. Je me suis fait tellement de souci ! Surtout pour partir avec Alexandre, tu parles d'un mystère ! Maman a dit que c'était de ton âge !

— Ah bon ? Elle a dit ça ?

— Oui, elle a dit que tu avais presque vingt ans et qu'à ton âge elle faisait pareil !

— Ah bon ! Elle a dit ça !

La fin de l'après-midi fut bien remplie. Elle se dépêcha d'aller du côté du port livrer le raticide, donna un coup de balai à la boutique. Elle courut à l'épicerie Martin et dans le quartier faire quelques provisions. Puis elle remonta faire cuire des pâtes qu'elle agrémenta d'une sauce préparée avec une petite boîte de concentré de tomate. Sacrilège pour mémé Finette qui cuisinait tout avec des produits frais, mais elle n'était pas là pour le voir ! Elle disposa le couvert sur la table et, enfin, embrassa Mireille en lui demandant de dire à sa mère qu'elle ne s'inquiète pas, elle serait bientôt définitivement rentrée. Ces grèves allaient se terminer. Elle était chez Alexandre. Les réunions et les préparations de manifs duraient très tard et c'était plus prudent pour elle de dormir là-bas, boulevard Victor-Hugo.

Mireille leva son beau regard qui n'était plus si innocent et fit mine de demeurer indifférente à ce mensonge.

— À demain, alors !

— Tu iras toute seule à l'école ; moi, je dois aller directement à la droguerie.

— D'accord !

Alice dévala l'escalier, sortit en trombe son Solex du numéro 17 de l'avenue Giacobi qui tout à coup avait beaucoup moins d'importance pour elle. Elle salua M. Ricou qui baissait le rideau métallique de son magasin et lui répondit avec la jovialité que sa journée de travail n'avait pas entamée. De l'autre côté du boulevard, chez Sévérino, elle attrapa au vol Daniel. Il était en train de rentrer les vélos exposés dehors qui sentaient bon le pneumatique neuf, ainsi que les scooters dont il soulevait les béquilles avec ce geste du pied, un peu las, en fin de soirée. Elle lui demanda de lui avancer un bidon de Solexine.

— Je te le paierai demain, le pressa-t-elle.

— C'est pas la question, répondit-il, ennuyé, mais c'est que c'est encore rationné. Le patron, y veut pas qu'on en vende comme ça. C'est lui qui décide. Et le patron, il est parti !

— Oh, Daniel, dit-elle en croisant les mains, je t'en supplie ! Je te revaudrai ça ! Demande-moi ce que tu veux à la droguerie et je te le procure. Tiens, un an de mousse à raser ! Et les lames ! Il faut que je parte, tout de suite. C'est pour le mouvement ! Ce soir, on fait une expédition. Je veux pas me retrouver en rade, tu comprends !

Elle savait Daniel sensible aux événements qui se déroulaient et frustré de ne pouvoir y participer comme il l'aurait voulu. Il hésita encore un instant en ne cessant de rentrer ses vélos.

— S'il te plaît, Daniel !

Daniel regarda autour de lui, comme si le patron pouvait surgir et le surprendre en flagrant délit. Il se méfiait même du garage d'en face, il se serait fait charrier par les mécanos. Enfin, il rentra pour aller chercher le précieux bidon vert et jaune dans l'atelier. En ressortant, il le dissimulait contre lui dans un chiffon noir de cambouis, et le fit basculer dans la sacoche du Solex où se trouvaient déjà des victuailles. Un saucisson, des tomates, du beurre, du lait, un paquet à l'enseigne de la boucherie Michel. L'autre sacoche était pleine également. Alice, heureuse, fit une bise à Daniel qui du haut de ses dix-sept ans s'en trouva troublé. Elle fit démarrer le Solex et remonta le boulevard Saint-Roch pour repartir vers Drap. En passant devant la fabrique de cartes postales, elle n'eut même pas un frisson, elle pensa juste à Mme Lalonde qui vivait là, comme si l'expédition nocturne n'avait jamais eu lieu. Elle se souvenait seulement des fins d'après-midi à lire, au milieu des plantes vertes, dans les rayons du soleil qui filtraient à travers les persiennes, au son lointain des dictées et des conjugaisons, en attendant la fin du cours de Mireille.

Il était tard, le trajet était long, mais elle se régalait à l'avance de retrouver Alexandre, de préparer pour lui un repas et de le déguster ensemble sous la tonnelle. Il serait content, lui qui avait dû se serrer la ceinture ce midi et qui s'était sans doute ennuyé tout seul là-haut. Elle avait même acheté de la viande ! Aux abords de La Trinité, en longeant le Paillon, elle regarda son reflet dans les vitrines des meubles Molinello, elle se sentait comme un petit soldat courageux et un tantinet inconscient. Elle continuait à sourire, en rêvant à leur nuit qui serait aussi inoubliable que la précédente. Elle l'aurait tout à lui. Il ferait doux, là-haut. Ils entendraient, au milieu de leurs soupirs, le chant des grillons et le murmure de la fontaine.

Les collines de Drap furent rudes à monter. Le moteur chauffait, elle devait pédaler et, à deux reprises, elle dut même éteindre le vélomoteur et le pousser à la main. Les sacoches pleines, l'exercice était pénible et épuisant. Les virages en épingle à cheveux étaient difficiles à passer par la partie la plus étroite, elle traversait pour se donner un peu plus d'aisance. Dans le dernier chemin de terre qui menait à la maison, il était impossible de rouler, les cahots l'auraient fait tomber. Alors elle accrocha définitivement le levier du moteur dans l'encoche et termina la distance restante en poussant le Solex. Elle aperçut entre les feuilles des arbres, vers la tonnelle, le halo de la lumière de la lampe à pétrole et entendit le grésillement du transistor. Il était là à l'attendre et elle se sentait comme rentrant chez elle, auprès de son homme, après sa journée de travail.

Au bout du chemin, tout à côté du figuier, elle vit miroiter une carrosserie claire. Elle fut surprise. En poussant toujours son vélomoteur, elle passa, intriguée, à côté d'une Renault 16, garée là, toutes vitres ouvertes. Elle poursuivit son chemin et pénétra dans le jardin. Il n'y avait pas que les sons du transistor qui parvenaient à ses oreilles, elle distinguait maintenant nettement des rires et des éclats de voix. Son cœur se mit à battre comme si elle craignait quelque chose d'imprévu. Dans la pénombre du crépuscule, elle aperçut des masses sombres dans le jardin et aux abords de la maison. Puis une voix s'éleva de dessous la tonnelle :

— Ah ! La voilà ! La travailleuse ! Le dîner arrive ! Dis donc, tu t'es fait attendre !

Elle demeura interdite, les mains posées sur le guidon du Solex. Alexandre s'approcha d'elle et déposa un baiser sur sa bouche qu'elle accepta distraitement. Maintenant, sous la tonnelle, installés autour de la grande table scellée dans le béton, elle reconnaissait le grand chimiste maigre de la fac et Josy penchée sur la confection d'une affiche, une cigarette coincée entre les lèvres. Des bouteilles de bière étaient disséminées un peu partout entre les feutres et les rouleaux de papier.

— Salut, Alice ! lança Josy avec bonne humeur. C'est extra, ce petit coin de campagne ! Tu aurais dû nous en parler avant !

Alice souleva son vélomoteur sur sa béquille et bredouilla un bonjour irrité.

Dans le parterre où d'ordinaire pépé Nandou lisait le journal installé sur son fauteuil en rotin, deux personnes étaient assises dans l'herbe. On ne voyait rien d'elles, excepté un rougeoiement incandescent qui virevoltait de l'une à l'autre. Une odeur âcre et entêtante se mêlait à celle du thym et du romarin.

— Tu nous prépares quelque chose à manger, Alice ? demanda Alexandre. On finit nos affiches. Tu vas voir, tu vas adorer ! Il n'y a pas qu'à Paris qu'on sait trouver des slogans qui percutent. Il faut qu'on puisse identifier la lutte à Nice ! « L'imagination au pouvoir ! »

Alice sortit les victuailles des sacoches et gagna lentement la cuisine. Il y avait de la vaisselle sale dans la bassine. Elle sortit une poêle pour faire cuire la viande qu'elle avait achetée. Ses mains étaient moites, elle ressentait un malaise profond et une contrariété comme rarement elle en avait éprouvé. Il lui semblait pour autant qu'aucun son ne pourrait sortir de sa bouche. Elle ouvrit fébrilement une conserve de haricots verts et manqua de se couper avec le bord dentelé du couvercle. Dehors, elle entendait les rires. Elle disposa la charcuterie sur un plat et le porta avec une pile d'assiettes et des couverts sous la tonnelle. Elle posa le tout sur la table.

— Laisse, on mettra le couvert quand on aura fini les affiches. Il y en a pour deux minutes. Regarde !

Il brandit fièrement son affiche qu'elle lut : *SOUS LES GALETS, LA RUE ! Les étudiants niçois.* Une autre était déjà prête et séchait contre les canisses. *NIÇOIS, LE CARNAVAL EST DANS LES MINISTÈRES !*

— Mouais, dit Alice en montrant la première. J'aime bien celle-là. Il y a de l'idée. Mais vous savez, tout est en train de reprendre en ville. Les stations-service ont rouvert, les banques, les Galeries Lafayette et la Riviera aussi.

— La grève peut se terminer, mais le mouvement n'est pas près de finir, renchérit Josy. Tout va bouger, les mentalités vont changer. S'il n'y a plus de manifs, on collera quand même les affiches et on peindra les slogans sur les murs. La parole est libérée, Alice ! Définitivement ! On ne pourra plus revenir en arrière !

Alice pensa que Josy n'avait pas besoin des événements pour libérer sa parole, puisqu'elle était un véritable moulin, mais se retint de le lui dire. D'ailleurs, qu'est-ce qu'elle fichait là avec les maoïstes, elle qui était aux jeunesses communistes ! Josy bouffait à tous les râteliers mais il semblait surtout qu'elle suivait Alexandre à la trace.

Elle entendit sa viande grésiller par la fenêtre ouverte de laquelle un fumet appétissant s'échappait. Elle repartit dans la cuisine. Sa déception s'était un peu calmée. Son irritation de voir le havre de paix de mémé Finette et pépé Nandou ainsi envahi et comme violé par des inconnus commençait à se dissiper. Elle s'était persuadée qu'elle devait se montrer tolérante et que cela pouvait être sa modeste contribution à la révolution pour ce jour. Il aurait été inconvenant, alors que tout le monde donnait de sa personne, de se montrer petite-bourgeoise en désirant demeurer seule avec Alexandre. Elle avait eu un moment d'égarement que le romantisme de leur fuite avait induit. Il fallait revenir dans le contexte. Elle finit d'assaisonner ses plats qui étaient cuits et s'apprêtait à annoncer à la cantonade qu'on allait pouvoir passer à table, lorsqu'elle fut attirée par un bruit venant de la chambre de mémé Finette et pépé Nandou. Un bruit feutré émaillé de quelques sons aigus, comme les plaintes d'un animal demeuré enfermé. Elle s'approcha de la porte qu'elle ouvrit délicatement et, très vite, elle aperçut deux corps enlacés, à moitié dévêtus au beau milieu du lit de ses grands-parents. Elle finit d'ouvrir la porte en grand et explosa :

— Vous allez foutre le camp de là ! Allez, « raous » ! Du balai !

La fille, surprise et gênée, se couvrit dans l'instant, mais le garçon la retint et se mit à invectiver Alice :

— Ben quoi ? Ça va pas, non ? Et l'amour libre alors ? T'es jalouse ou quoi ?

Alice disparut dans la cuisine et revint avec un balai ; dans une énergie qu'elle ne maîtrisait plus, elle délogea le couple du lit, jusqu'à ce qu'ils aient quitté la pièce.

— Allez, ouste ! Ouste ! Du balai ! criait-elle à pleins poumons.

Attiré par le bruit, Alexandre était accouru.

— Qu'est-ce qui se passe ?

— C'est ta copine ! vociféra le garçon en rajustant son pantalon. Elle est folle ou quoi ? Tu nous avais pas dit que t'aimais les bonnes sœurs ! Complètement coincée, ta nana ! Eh !

Alexandre se tourna vers Alice.

— Mais qu'est-ce qui te prend ? T'es cinglée ou quoi ? Ils font ce qu'ils veulent, non ? Tu n'as rien compris à rien. Ma pauvre fille, je crois qu'il a raison, t'es vraiment coincée !

— Vous faites ça où vous voulez, mais pas ici et surtout pas sur le lit de mes grands-parents. De toute façon, tout le monde dehors ! Je ne sais pas ce qui t'a pris de demander à tous ces gens de venir ici. Tu n'avais pas le droit. C'était donc ça, ton coup de fil ce matin !

— Tu sais très bien que pour l'instant je suis un indésirable en ville. Pour autant, je ne pouvais pas rester isolé ici à ne rien faire.

Il y a du boulot. La lutte n'est pas finie, tu sais. Je crois que tu ne réalises pas bien ce qui est en train de se passer. Le monde change, Alice, et tu ne veux pas prendre le train en marche !

— Eh bien, je resterai sur le quai et ça m'ira très bien ! En attendant, dis à tes amis de partir et, si tu n'es pas content, tu pars aussi !

Josy s'était approchée. Les beaux jours lui avaient fait abandonner ses collants et ses bottes et elle portait une minijupe avec un t-shirt sans manches. Ses cheveux coupés très court lui donnaient ce petit air mutin et effronté qui ne la quittait pas.

— Qu'est-ce qu'il y a ? C'est Alice qui prend la mouche ? Allez, viens t'asseoir, Alice, et mettons à plat ce qui ne va pas.

Alice bondit en brandissant son balai.

— Alors toi, mademoiselle Je-sais-tout, tu plies bagage et tu te tires avec les autres ! J'en ai une *stoufia*[1] de toi et de tes grands airs ! Et j'en ai assez qu'on me dise tout le temps ce que je dois dire et ce que je dois penser !

Pour une fois, Josy n'insista pas. Elle regagna la tonnelle et rassembla le nécessaire qui avait servi à confectionner les affiches, roula ces dernières. Alexandre était tout embarrassé, se grattait la tête, mettait les poings sur ses hanches, faisait quelques pas et revenait.

— Alice, tu ne peux pas mettre les gens dehors comme ça ! Tu te rends compte que tu agis contre la révolution !

Josy l'interrompit :

— Non, elle a raison, c'est elle qui décide. Si nous la dérangeons, elle a raison de le dire.

Même cette bienveillance affichée agaçait Alice. Surtout lorsque Josy ajouta :

— Qu'est-ce que tu fais, Alex, tu viens avec nous ? Pour la planque, pas de problème, j'ai mon idée. Je connais quelqu'un qui pourra nous dépanner.

Alexandre continuait à dodeliner de la tête et à souffler. Finalement, il marmonna entre ses dents :

— Non, partez sans moi. Je vais rester.

---

1. *Stoufia : expression populaire niçoise que l'on peut traduire par « y en a marre ! ».*

— Comme tu voudras. Allez, les autres, on y va !

Dans la pénombre, des ombres convergèrent vers la tonnelle, venant du jardin et de la maison comme des zombies avançant en cadence. On entendait que ça râlait un peu. Alice compta, ils étaient six à pénétrer dans la Renault 16 ! C'était le chimiste qui conduisait, les autres s'étaient entassés sur les banquettes. Il recula en faisant voler la terre et, dans la lumière des phares, Alice s'aperçut que, dans la manœuvre, la voiture avait failli tomber dans le réservoir d'eau. Elle eut envie de rire, mais se retint car elle comprenait qu'Alexandre, à côté d'elle, fulminait.

Ils demeurèrent un instant sans parler. Le silence était revenu. L'ambiance était pesante. Alice finit de mettre le couvert et rapporta ce qui était en trop dans la cuisine. Elle prit la poêle et porta la viande avec les haricots verts sous la tonnelle. Cela lui coûta, mais elle appela quand même Alexandre :

— Ça va être froid. Viens manger.

— J'ai pas faim.

— Ça m'étonnerait, tu n'as rien mangé à midi.

— C'est pas grave.

Il était dans le noir, assis sur une chilienne dans le carré d'herbe. Il fumait une cigarette. Elle ne voyait que l'incandescence du tabac. Maintenant, il roulait ses cigarettes avec du tabac Drum dans du papier Zig-Zag. Il avait tout à fait assez d'argent pour acheter des paquets de blondes qu'il adorait fumer, mais il se trouvait plus proche du peuple en les roulant. Il boycottait par principe les marques américaines et avait du mal avec les brunes françaises qui, disait-il, arrachaient la gueule du jeune homme délicat qu'il était.

Alice était ennuyée. Elle ne regrettait pas d'avoir viré tout le monde, mais elle était chagrinée de voir la soirée ainsi gâchée.

— Allez, ne fais pas ta mauvaise tête. Viens.

Elle entendit la toile de la chilienne couiner. Et elle distingua la longue silhouette se déplier et avancer vers la tonnelle. Il enjamba le banc et se laissa tomber lourdement. Elle lui servit une tranche de pain avec des rillettes. Il mangea. Ils évitaient de croiser leurs regards. Elle se décida à parler :

— Tu as des nouvelles du gendarme ?

— Josy a dit qu'il s'était simplement taillé un doigt en ramassant les morceaux de vitre cassée.

Elle demeura interdite, la main qui tenait la tartine levée, la bouche pleine ouverte. Elle manqua s'étouffer.

— Quoi ? Il s'est taillé avec un morceau de verre ? C'est tout ?

Alexandre la regarda enfin. Il se mit à rire.

— Ben oui ! C'est tout.

— Mais c'est merveilleux ! Tu n'as tué personne alors !

— Ben non ! J'ai tué personne.

Elle se mit à frapper la table avec excitation.

— Et moi non plus, alors ?

— Qu'est-ce que tu crois ? Tu penses que j'aurais été assez barjo pour aller descendre quelqu'un ? Je t'avais dit qu'on voulait seulement faire du bruit et foutre un peu la trouille aux flics. Mais pas les descendre !

Alice était tellement heureuse que cette nouvelle lui fit oublier l'incident précédent. Elle se leva, trépigna un instant sur place et se jeta sur lui pour l'embrasser.

— Alors là, c'est la meilleure nouvelle de la journée ! Je me voyais déjà recherchée pour complicité de meurtre et toi finir tes jours en prison. Si tu savais comme je m'en voulais d'être allée faucher ces bidons !

— Je finirai peut-être mes jours en prison, mais pas à cause de ça.

— Tu crois que la cavale est finie, alors ?

— Je pense me faire oublier encore un jour ou deux, et puis j'irai me fondre à nouveau dans la masse. De toute façon, ils ne peuvent pas arrêter tous ceux qui ont balancé quelque chose dans ce mouvement !

Elle s'était rassise et entamait son steak avec un bon appétit.

— Tu sais, ajouta-t-elle, gênée, tu peux rester ici tant que tu veux.

— Je ne crois pas, non. Demain, je redescendrai en ville. Même planqué, il faut que je puisse voir les camarades. Il reste encore des choses à organiser. Et comme tu ne veux pas les voir ici !

Alice devint toute rouge et se sentit coincée.

— C'est-à-dire que, si c'est pour faire des affiches et préparer la suite de la lutte, il n'y aurait pas de problème. Mais tu vois bien que certains ne se comportent pas comme ils devraient. Enfin, tu vois ce que je veux dire.

— Oui, je vois très bien ce que tu veux dire. Et c'est bien dommage. Mais tu comprends : « Il est interdit d'interdire ! » Je n'ai pas à dire aux gens comment ils doivent se comporter. Surtout sur ces questions-là. Chacun est libre !

Alice ne sut quoi répondre. Elle se sentait même glacée au fond d'elle. Alexandre profita de cet état de faiblesse.

— Tu sais, je vois bien ce que tu cherches à faire. Tu aimerais qu'on joue au petit couple ici. Tu me garderais pour toi. Il faut que tu comprennes que moi, j'ai des choses à faire plus excitantes et hautement plus importantes que ce que tu me proposes. Cette révolution, c'est le sens de ma vie !

Alice se sentit blessée au plus profond.

— Tu n'y es pas du tout ! Imagine que mon oncle Jeannou soit monté. Ça lui arrive de monter ici, pour réparer ses voitures ou pour arroser le jardin. Imagine qu'il ait trouvé tout ce ramdam, il aurait appelé les flics, c'est certain !

— C'est vrai, c'était sans doute une très mauvaise idée de venir ici. Mais je crois que cela t'arrangeait, comme cela tu m'as pris en otage. Mais on ne me met pas un fil à la patte comme ça, à moi. J'aurais dû me douter que tu avais une idée derrière la tête. Mais tu t'es fourré le doigt dans l'œil ! On ne m'achète pas avec des cerises et un bifteck !

Alice était au bord des larmes. Son bifteck avait du mal à passer, quand lui avait retrouvé un solide appétit. Il poursuivit en faisant des moulinets avec sa fourchette :

— Tu m'as fait honte devant les camarades ! Ils seraient simplement restés une nuit, il n'y avait pas de quoi fouetter un chat ! Ils doivent se foutre de ma gueule à présent et se demander ce que je fais avec une fille comme toi !

Les larmes coulaient à présent sur les joues d'Alice. La lumière de la lampe à pétrole n'était pas franche et il ne le vit pas. Elle but un verre d'eau et se ressaisit.

— Et quel aurait été mon rôle dans ta soirée ? Faire la *manjuca*[1] pour tout le monde, faire la vaisselle et vous admirer en train de trouver des slogans géniaux ? La bonniche, quoi ! Parce que moi je suis une travailleuse et vous des intellectuels ?

Il s'emporta :

— Tu ne peux pas m'accuser de ça ! Pas moi ! Tu n'as rien compris, alors ? Les intellectuels sans les travailleurs ne sont rien et inversement ; c'est la base du mouvement ! Et puis tu sais bien que je crache sur ma classe sociale et que toute ma sympathie va à la classe ouvrière !

— N'empêche que j'aurais fait la *manjuca* et la vaisselle !

— C'est bien ce que tu aurais fait pour moi, non ? Si j'avais été seul ?

— Arrête, ce n'est pas pareil. Si c'est pour nous deux, ce n'est pas du travail.

— C'est quoi, alors ? De l'amour ? De cet amour-là, je n'en veux pas. Il est fini le modèle fiançailles, mariage, papa-maman et les enfants. C'est ça que tu veux, Alice ? Être sous la domination d'un homme et lui faire de bons petits plats ? Je suis un homme libre. Je suis contre le mariage bourgeois, contre la possession d'un être humain par un autre être humain. Je n'appartiens à personne, et... surtout pas à une femme !

Tout se mélangeait dans la tête d'Alice. Comme il y allait ! Qu'allait-il chercher ? Elle avait juste eu envie d'être avec son amoureux un moment, de se retrouver en tête à tête pour se dire des mots doux et faire l'amour sans témoin. Rêvait-elle encore de mariage ? Ce modèle dont il parlait et qu'il rejetait en bloc, elle ne l'avait de toute façon pas connu. Elle avait élevé Mireille et Joël avec sa mère. D'ailleurs, sa mère était comme son troisième enfant et le seul homme de la maison paradait sur une photo qui trônait sur le bahut, le pied posé sur un ballon de football. Inoffensif au premier abord.

1. *Manjuca : la « bouffe » (expression niçoise).*

Après s'être gavé de fromage et de cerises, Alexandre se leva, tendit son ventre qui gonfla sa chemise et s'étira. Il alluma une cigarette et regagna la chaise longue dans le parterre pour la fumer en regardant les étoiles. Alice se retrouva seule sous la tonnelle. Elle rassembla la vaisselle sale et la porta dans la cuisine, puis débarrassa le reste. On entendit le cliquetis des couverts dans la bassine en émail. Lorsqu'elle eut fini, elle revint s'asseoir sous la tonnelle et ouvrit le livre qu'elle avait pris soin de remonter d'en ville. Elle lisait des nouvelles de Maupassant. Elle commençait *Boule de Suif.* À peine avait-elle commencé sa lecture qu'elle entendit à nouveau la toile de la chilienne couiner. Alexandre s'approcha et se glissa derrière elle. Il déposa des baisers dans son cou, puis ramena ses mains sur ses seins qu'il caressa. Elle eut un mouvement gêné, mais elle ne se sentit pas indifférente à cet appel. Elle tourna son visage, comme pour lui dire qu'après de tels reproches il était tout de même gonflé de la chercher ainsi. Il trouva sa bouche et l'embrassa avec volupté. Elle se laissa faire. Il lui prit la main et l'entraîna vers la maison. Elle résista lorsqu'il voulut entrer dans la chambre des grands-parents, mais le suivit dans l'autre chambre où elle s'abandonna.

XXI

L'ÉTÉ ÉTAIT LÀ. Alice regrettait un peu ses virées d'antan avec Clairette à la Tour Rouge. Son amie avait été très occupée avec les grèves et avec ses amours. On ne la voyait presque plus dans le quartier. Sa mère se plaignait de cette révolution qui lui avait enlevé sa fille. On ne la croisait pas même chez Figasso. À vrai dire, Alice ne s'y rendait plus très souvent non plus, excepté pour récupérer Mireille qui allait désormais de temps en temps faire un baby-foot avec les jeunes de son âge. Mireille entrerait en sixième en septembre et elle n'était plus tout à fait une petite fille. Alice aimait bien quand même siroter son diabolo menthe, à la fraîcheur du figuier qui sentait déjà l'odeur sucrée du fruit. Cela lui rappelait ses années insouciantes où tout était possible.

Pour la première année, Mme Ginetta avait sorti dans la rue un portant estival où elle exposait des tubas, des masques, des palmes et de l'« Ambre solaire », comme si le magasin était situé en bord de plage. La droguiste aimait beaucoup cette ambiance. Elle-même enlevait son tablier et montrait, dans des corsages sans manches, ses bras qu'elle avait un peu maigres mais qui étaient bronzés dès juin. Ce parfum d'Ambre solaire flottait dans son sillage se mêlant à celui de la laque. De toute façon, c'était son mot d'ordre : « Pour durer, il faut se diversifier ! »

Alice avait repris son travail sans plus aucun manquement après l'escapade du mois de juin à la campagne de Drap. Mme Ginetta s'était montrée conciliante. Elle n'avait pas remis l'affaire sur le tapis et n'avait pas posé de questions embarrassantes. Pour autant, elle avait annoncé à Alice que son salaire était augmenté de deux pour cent dès juillet. Elle n'avait pas beaucoup aimé les résultats des élections législatives du 20 juin qui faisaient triompher la droite sur le plan national. Une droite qui ne ferait rien, selon elle, pour les petits commerçants. À Nice, ce n'était pas mieux, disait-elle. « Entre les communistes et la bande à Médecin qui font leur cuisine ensemble ! » Alice était ravie. Elle entendait bien que deux pour cent sonnait comme deux « pour sang » dans la bouche de la droguiste, mais ce n'était pas son problème. C'était bon à prendre. Elle se disait aussi qu'il était possible que sa patronne craigne qu'elle ne colporte sur elle une quelconque hostilité vis-à-vis des derniers événements. Car la droguiste avait bien compris que ce mois de mai 1968 resterait gravé dans les mémoires et qu'il était important pour elle et son magasin de demeurer dans « l'air du temps ».

La suite du conflit avait beaucoup occupé Alexandre et, de ce fait, ils s'étaient moins vus. Il y avait eu encore des affrontements et des morts en France. Leur groupuscule n'avait pas lâché la garde, encore moins depuis la dissolution des mouvements politiques de la jeunesse. Cela les avait encore davantage encouragés à se battre en les plongeant dans la clandestinité.

En haut, à la campagne, une fracture s'était insinuée entre eux. Elle l'avait senti, indéniablement, irrémédiablement. Ils rêvaient tous les deux d'une vie meilleure où chacun pourrait trouver sa place, où les disparités sociales seraient effacées, où l'argent ne régnerait plus en maître. Mais voilà, en plus de tout cela, elle aurait tout donné pour lui. Lui donnait tout à la révolution. Et de cela, elle n'était pas fière. Elle aurait aimé être comme une Josy, qui semblait être libre, guidée par ses pulsions et non dominée par ses émotions. Aucune contrainte ne l'entravait. C'est cela qu'Alexandre aurait sans doute voulu. Mais, ce n'était pas elle. Avant, dans le quartier, avec Clairette, elles passaient pour deux jeunes filles indépendantes, qui n'avaient pas froid aux yeux. Les autres jeunes les regardaient avec une certaine admiration. Chacune dans leur genre représentait une forme de liberté, l'une parce qu'elle avait entrepris des études, l'autre parce qu'elle y avait renoncé pour travailler afin de ne rien devoir à personne. Mais aujourd'hui, alors que les barrières du quartier s'étaient ouvertes et que le regard se portait plus loin sur le monde, Alice se sentait tout à coup manquer d'audace. Elle trouvait ses ambitions médiocres. Non pas parce qu'elle était vendeuse dans une droguerie de l'avenue Giacobi, elle aimait beaucoup son travail chez Mme Ginetta, mais parce qu'elle n'était pas capable de sacrifier ce confort, si infime soit-il, à quelque chose de plus collectif. Alexandre ne pouvait pas aimer une fille comme elle. De toute façon, y avait-il une place pour l'amour dans la vie d'Alexandre ? Elle avait bien compris que même l'amour, la notion même d'amour, en tout cas celui dont elle rêvait lorsqu'elle était plus jeune, avait volé en éclats pendant ces derniers mois.

Elle dormait mal et, le matin, elle se levait de bonne heure, ne supportant plus de laisser vagabonder ses pensées qui revenaient toujours au même sujet : Alexandre. Ces derniers temps, elle arrivait très tôt au magasin. Cela la distrayait de toutes les questions qui la torturaient. Un matin, elle passa devant la droguerie dont les rideaux étaient encore baissés. La 2 CV camionnette de Michel, le frère de Mme Ginetta, était garée devant la porte. Il était sans doute en train de livrer le Ratplapla. Comme le produit était de sa fabrication, il n'aimait pas le balader dans les rues de Nice en pleine journée de peur de se faire arrêter par les gendarmes. Alice aimait bien Michel. Il était toujours de bonne humeur et ne manquait jamais de sortir une bonne blague. Il la défendait lorsqu'il la sentait aux prises avec l'autoritarisme de sa sœur qu'il connaissait par cœur. Il désamorçait tout par un bon mot auquel Mme Ginetta ne résistait pas. Il était beaucoup plus jeune que sa sœur qui l'appelait « le petit dernier ». Lorsqu'elle avait un grief contre lui, elle maudissait en public ses parents d'avoir mis au monde ce petit frère, alors qu'elle était si tranquille, elle qui avait déjà quinze ans lorsqu'il était né. Mais elle l'aimait beaucoup. Elle avait financé ses études de technicien chimiste, lui permettant ainsi de trouver un emploi dans un laboratoire important de Nice. Il avait ainsi pu mettre au point un raticide efficace, inodore et « écologique », disait Mme Ginetta. Celui-ci n'avait toujours pas été breveté mais était vendu à la droguerie, plus ou moins sous le manteau, sous le nom humoristique et évocateur de Ratplapla que Michel avait trouvé avec l'esprit qui le caractérisait.

Alice se réjouissait donc à l'avance de voir Michel Ginetta qui allait la faire rire de bon matin et chasser ses idées moroses. Elle entra par l'arrière-boutique et décrocha son tablier de la patère pour l'enfiler. Oh ! Ce matin-là, ça bardait entre Michel et sa sœur ! Comme souvent. Ces deux-là étaient comme chien et chat. Tout les opposait : la politique, la gestion du magasin, le prix du Ratplapla. Alice tendit l'oreille en souriant. Le monde bougeait, mais eux ne changeaient pas. Elle n'osa pas entrer tout de suite dans la boutique et écouta sans vraiment le vouloir la conversation.

— Si tu te maries avec cette fille, ce n'est plus la peine que tu mettes les pieds à la maison ! Tu vas mettre la honte sur la famille ! Ces gens-là n'ont pas la même religion que nous !

Michel fréquentait depuis deux ans Leïla, une jeune femme, enfant de harkis, habitant le nouveau quartier Saint-Charles.

— J'épouserai qui je veux. J'ai bientôt trente-cinq ans, je me passerai de ton consentement.

— Et les enfants, tu y penses aux enfants ? À l'âge que vous avez tous les deux, vous allez faire des mongoliens !

— Ne t'inquiète pas, on ne te les laissera pas ! On ne confie pas des enfants à une sorcière !

— Oh !

La voix de Mme Ginetta s'étrangla.

— Est-ce qu'on parle comme ça à sa mère ?

Alice sursauta. Avait-elle bien entendu ? À sa mère ? Pourquoi disait-elle cela alors qu'elle était sa sœur ? Elle tendit l'oreille, la curiosité à son comble. Des sanglots vinrent briser les paroles de la droguiste :

— Comment peux-tu me parler comme ça ? Après tout ce que j'ai fait pour toi ! Tous ces sacrifices ! Ah ! Je ne suis pas récompensée ! Non, je ne suis pas récompensée !

La voix de Michel se radoucit :

— Maman ! Allez ! Excuse-moi ! De quoi as-tu peur ? Hein ? Ne t'inquiète pas, ce n'est pas parce que je me marie que je t'abandonne. Tu sais bien que je serai toujours là.

Alice entendit la patronne se moucher. Elle ne pouvait croire ce qu'elle entendait. Discrètement, elle jeta un œil dans le miroir qui renvoyait l'image de la boutique. Y avait-il une autre personne avec eux ? Leur mère ? Non, elle ne voyait que Michel et Mme Ginetta, l'un en face de l'autre.

— N'empêche, j'aurai des petits-enfants à moitié arabes !

Aucun doute, c'était bien la droguiste qui venait de prononcer cette phrase.

Alice était toute tremblante. Sans réfléchir, elle enleva son tablier, le remit sur la patère sans faire de bruit et sortit à reculons. Elle ne referma même pas la porte pour ne pas se faire remarquer. Elle se sentait une intruse, comme si elle avait volé un secret, un secret qu'elle n'aurait jamais dû connaître. Qu'avait-elle fait d'arriver de si bonne heure et de surprendre cette conversation ! Elle marcha d'un pas rapide et fit le tour du quartier, elle remonta même le boulevard jusque chez Mme Lalonde. Tout un questionnement au sujet de sa patronne, dont elle se moquait parfois avec légèreté, prenait tout à coup un caractère grave et douloureux. En même temps, il lui sembla qu'elle le savait depuis toujours. C'était enfoui, cela couvait et aujourd'hui ça explosait, comme un volcan ! Mme Ginetta et sa peur perpétuelle de voir les filles tomber enceintes, ses mises en garde sur l'amour qui n'était qu'un piège et dont il fallait à tout prix se préserver, de préférer la sécurité d'un homme qui vous protège et vous met à l'abri du besoin plutôt que céder à l'amour ! Et cette volonté, qu'elle avait trouvée très indiscrète, même si cela lui avait rendu service, de vouloir lui procurer à tout prix cette pilule ! Allant quelquefois jusqu'à lui demander si elle la prenait bien ! Tout s'éclairait. Alice trouvait cela bouleversant et à la fois pathétique. Mme Ginetta prenait tout à coup une nouvelle dimension. Elle avait pu la craindre, la respecter, la critiquer, la railler, aujourd'hui elle ressentait de la compassion.

Un bus de chez Cadopi la klaxonna parce qu'elle traversait le boulevard sans regarder. Comme cela avait dû être difficile de jouer cette comédie toute une vie pour ne pas dire que l'on était tombée enceinte à... Alice calcula. Quinze ans ? Oui, c'était bien jeune. Comment avait-elle pu, sans s'emmêler les pinceaux, faire durer ce mensonge ? Elle n'avait jamais entendu une pareille histoire ! Elle avait toujours pensé qu'être mère était une fierté et pour Mme Ginetta cela avait été une honte. Ce n'était pas possible, si jeune, qu'elle ait eu seule cette idée de faire passer son fils pour son frère. Ses parents avaient dû l'y obliger ! Mais de quand cela datait-il ? La droguiste n'avait-elle pas inventé cela par coquetterie lorsqu'elle avait ouvert son magasin à Saint-Roch pour qu'on ne la pense pas plus âgée qu'elle n'était ? Cela pouvait lui ressembler aussi. En tous les cas, il ne faisait aucun doute que cette maternité avait toujours été un problème pour elle. N'avait-elle pas regretté un jour de ne pas pouvoir dire haut et fort qu'elle avait un enfant ? Qu'elle était mère ! Il semblait à Alice qu'on respectait davantage une femme dès lors qu'elle était mère. Mme Ginetta avait-elle craint par-dessus tout de passer pour une fille facile, une fille de mauvaise réputation ? Aujourd'hui, on ne connaissait aucun homme dans sa vie. Et cette satanée religion qui rendait les femmes toujours coupables de quelque chose ! À moins que... à moins que Michel ne soit le fruit d'un viol ! Mon Dieu ! C'était horrible !

En redescendant le boulevard, elle salua à peine les primeurs qui mettaient en place leurs étals de primeur et qui la regardèrent, surpris par tant d'indifférence. Et Michel dans tout ça ? Comment grandir, sans père, avec une mère qui se fait passer pour votre sœur ? Une mère qui vous refuse en tant que fils ? Mme Ginetta n'avait-elle pas été égoïste ? Elle passa devant la pharmacie. Alice savait au fond d'elle que, dans l'intimité familiale, elle avait certainement joué son rôle de mère et que Michel n'avait pas manqué d'amour. Et il devait l'aimer en retour pour avoir accepté cette supercherie. Ce mensonge avait permis à Mme Ginetta de se tenir droite, digne, libre aussi sans doute. Elle s'était conformée à l'image de femme respectable, selon ses propres critères, qu'elle voulait donner d'elle-même. C'était cher payé pour tous les deux.

Aujourd'hui, se demandait Alice, une histoire aussi invraisemblable pourrait-elle se produire ? L'avortement était toujours interdit, même si l'on trouvait partout des « faiseuses d'anges » dont Mme Ginetta semblait avoir une bien mauvaise opinion. C'étaient d'atroces souffrances, de la boucherie ! Elle avait toujours une histoire à raconter d'une femme qui ne pouvait plus avoir d'enfant ou d'une autre qui en était morte ! Peut-être y avait-elle été confrontée elle-même. Sans doute avait-elle raison, la pilule aiderait à ce que les femmes choisissent d'avoir ou non un enfant. Mais Alice en était de plus en plus convaincue, il ne fallait pas que cette pilule devienne une obligation pour les femmes afin de donner bonne conscience aux hommes.

Alice se retrouva devant la droguerie. La camionnette de Michel avait disparu. Les rideaux étaient levés. Elle pénétra dans la boutique et adressa un grand salut à Mme Ginetta qui pointait ses arrivages. Cette dernière avait les yeux rougis, mais sourit à Alice comme si celle-ci avait été le premier rayon de soleil de sa matinée.

— Ah ! Ma petite Alice ! Te voilà ! J'ai cru que tu allais arriver en retard.

Alice regarda sa montre.

— Une minute, Mme Ginetta ! Je n'ai qu'une minute de retard cette fois-ci.

— Ne crois pas que je sois pointilleuse, disons que le magasin est plus joyeux lorsque tu es là !

Les compliments étaient rares chez la droguiste, ou bien quelquefois étaient-ils opportunistes. Mais cette fois, elle avait l'air sincère. Il y avait comme un accent triste et désespéré dans sa voix. Elle était sûre de ne pas s'être fait remarquer tout à l'heure et jamais elle ne lui parlerait de ce qu'elle avait entendu, tout comme jamais elle n'en parlerait à personne. Pourtant, la patronne la regardait d'un drôle d'air ce matin. Comme si elle savait désormais qu'Alice savait.

Le mois de juillet s'installait. On tenait les appartements au frais, même jusqu'à tard le soir, avant de tout ouvrir pour faire entrer un peu de fraîcheur. Parfois, il semblait à Alice que M. Ricou l'appelait dans la cour. Quelqu'un la demandait au téléphone ! Son cœur s'échauffait. Elle soulevait la persienne et se penchait, mais non, on était simplement après un enfant qui jouait et tardait à rentrer. Elle se remettait à l'ouvrage dans la cuisine, toujours aussi disposée à ce que tout soit prêt pour Mireille et Joël. Qu'ils ne manquent de rien. Ces tâches étaient tellement mécaniques et répétitives qu'elles avaient le mérite de pouvoir être effectuées sans réfléchir, la laissant dans le vague de ses émotions. Sans doute trop.

Joël était rentré de son exil forcé dans le Vieux-Nice où pépé Nandou l'avait mis au travail. Il avait donné un coup de main dans les boutiques où le grand-père avait l'habitude de faire son marché. Il lui en était resté un goût pour le commerce qu'il avait décidé d'explorer plus tard, même si son travail s'était souvent borné à balayer et remplacer la sciure des sols. À Saint-Roch, Joël rasait les murs, mais il y avait bien longtemps que personne ne se souciait plus de lui. Il avait pourtant été accueilli en héros par les plus jeunes qui avaient été époustouflés par son appel à la grève et surtout par son intrusion nocturne dans le collège. Son aura s'en était trouvée quand même grandie. Il pouvait rivaliser maintenant avec les plus populaires du quartier, et ils étaient nombreux.

Pépé Nandou et mémé Finette montèrent bientôt à la campagne de Drap pour le reste de l'été, emmenant les plus jeunes avec eux. Mireille était contente, elle commençait à s'ennuyer, ses meilleures amies partaient en vacances dans leur famille, Annie en Italie, et les petites Ricou dans le Gers. Il était d'ailleurs question que les Ricou y retournent bientôt définitivement, ce qui attristait tout le monde. D'ailleurs, personne n'y croyait vraiment. Qui pourrait être assez fou pour vouloir vivre autre part que sur la Côte d'Azur ?

Alice demeura donc seule avec sa mère. Le soir, elle se trouvait désœuvrée. Elle était montée à la fac en Solex, mais les lieux avaient été désertés. Il ne restait plus dans les murs que quelques irréductibles gardant déjà la nostalgie de ces trois mois de fièvre et d'exaltation. Des personnels d'entretien nettoyaient les murs couverts de slogans et de poèmes ; ils avaient pour mission de redonner au campus l'aspect lisse et neuf de sa toute récente inauguration.

Finalement, les étudiants de lettres avaient passé leurs examens début juillet, dans des conditions inhabituelles et peu académiques. Une grande discorde avait semé la confusion parmi les professeurs ; ceux qui souhaitaient être très indulgents et ceux qui voulaient régler leurs comptes. Tout à coup, Alexandre n'avait plus été visible non plus à cause de la grève, mais à cause de ses examens qu'il s'était mis à bûcher intensément, dans un sursaut d'efficacité. Il manquait à Alice. Elle était allée frapper aux carreaux dans le jardin du boulevard Victor-Hugo, mais, après quelques minauderies sans conviction, Alexandre lui avait fait comprendre qu'il ne fallait pas le déranger et qu'il la recontacterait lorsqu'il aurait rendu son mémoire, dès la fin des examens. Il voulait intégrer l'école de journalisme de Lille à la rentrée et il lui fallait absolument cette licence. Il avait beaucoup réfléchi et si les événements de mai lui avaient appris quelque chose, c'était qu'il voulait être journaliste pour rendre compte de tout ce qui n'allait pas dans le monde. Oui, il voulait être « grand reporter » ! Il aimait le terrain, il avait besoin d'action et il avait une plume. Ce métier-là était fait pour lui. D'ailleurs, n'était-ce pas ce qu'il avait fait depuis le début de l'année avec ses photos, ses tracts, ses prises de parole, ses entrevues avec les responsables de tous bords !

Elle était rentrée dépitée. Lille ? Aux antipodes ! Autant dire la Sibérie. N'y avait-il pas d'école plus près ? Il avait rétorqué que c'était la meilleure et que tous ceux qui sortaient de cette école perçaient dans le journalisme. Percer ? Il voulait donc percer, comme une starlette du Festival de Cannes ? Elle ne comprenait plus rien ! Elle ne le reconnaissait pas vraiment. Mais elle comprenait que leur relation ne survivrait pas à ce projet-là.

Elle attendit donc qu'il prenne le temps de la revoir. La moindre moto ralentissant devant le magasin la faisait frémir d'espoir, et sa déception était douloureuse. Elle s'absentait du magasin le matin pour aller voir au 17 si le facteur n'avait pas laissé une lettre pour elle. Au début de leur relation, ils s'écrivaient lorsqu'ils savaient qu'ils n'allaient pas se voir de longtemps. Elle adorait écrire. Il lui disait qu'elle avait un style un peu trop fleuri qui le faisait sourire. C'est vrai qu'il était plus direct et plus tranchant, même s'il s'essayait parfois à une expression plus charnelle. Mais aucun de ces matins elle ne trouva une de ses lettres rédigées de cette écriture fine et resserrée, parfois à peine lisible. Elle rentrait le cœur lourd et Mme Ginetta s'en apercevait. Elle l'envoyait faire une livraison, mais cela ne suffisait pas à la distraire.

Le soir, seule avec sa mère, elle montrait une petite mine. Colette n'était pas née de la dernière pluie. Les premiers soirs, elle voulut respecter le mutisme de sa fille mais, devant tant de vague à l'âme, elle mit sa pudeur dans sa poche et se décida à parler :

— Ton Alexandre est parti en vacances, que tu ne pars plus le rejoindre le soir ?

Alice hésita un instant, mais son cœur était trop lourd.

— Je crois qu'il ne veut plus me voir.

Elle s'efforçait de sourire. Elle ajouta :

— Un de perdu, dix de retrouvés !

— Ça fait toujours mal, glissa la mère.

— Oui, ça fait mal.

Alice continuait à sourire.

— Ça ne pouvait pas marcher. On n'est pas du même monde. Tu le sais bien, maman. Il avait beau dire qu'il reniait sa classe sociale, il reste un bourgeois. Et les bourgeois restent entre eux et se marient entre eux.

— Ce n'est pas faux, mais en réalité qu'est-ce qu'il a de plus que toi ? L'argent, c'est sûr. Sinon tu es très intelligente, tu t'exprimes bien et tu es si jolie.

— Sans doute pas assez. Je ne suis pas comme les filles de son milieu, avec leurs cheveux lisses et leur teint parfait, toujours élégantes quoi qu'elles aient sur le dos. Moi, je ne peux pas rivaliser avec ça.

— Alors là, je t'arrête. Tu pourrais être la fille la plus belle du monde que ton Alexandre ne serait pas forcément resté avec toi.

Ce n'est pas la peine de chercher ce qui ne va pas en toi ou ce que tu as fait de mal. Certains hommes sont comme ça. Il faut qu'ils aillent voir ailleurs. Tu sais, un chasseur aura eu beau prendre la plus belle des perdrix, ce n'est pas ça qui l'empêchera de continuer à chasser !

Cette parole réconforta Alice qui sourit alors vraiment. Sa mère lui tendit une pêche bien mûre.

— Tiens, mange, il ne faut surtout pas que tu dépérisses.

XXII

Vers la fin du mois de juillet, toujours sans nouvelles d'Alexandre et au bord d'une folie désespérée, elle se résolut à aller frapper à la porte de l'appartement du boulevard Victor-Hugo. Pour une fois, elle passait par la grande porte, et non en catimini par le jardin. Elle n'avait jamais été présentée à ses parents. Ils devaient se douter qu'il avait une petite amie, mais ils ne s'étaient jamais souciés de savoir quelle tête elle avait. Elle imaginait qu'ils s'étaient peut-être lassés de faire la connaissance de ses conquêtes, probablement interchangeables. Elle s'était mise sur son trente et un, soucieuse de faire quand même bonne impression. C'était un vieux conseil de mémé Finette qui s'était imposé comme un réflexe. Elle attendit que quelqu'un ouvre, son cœur battait fort, ses mains étaient moites. Mais qu'importe, elle avait envie de frapper un grand coup, bravant l'interdiction d'approcher sa famille qu'Alexandre posait de façon plus ou moins tacite. Elle savait qu'à cette heure matinale elle avait de grandes chances de trouver sa mère qui ne pouvait être ni au bridge ni déjà dans les magasins. Elle entendit un chien aboyer derrière la porte. Une voix retentit. « Myshka, tais-toi ! » Mme Kourakine apparut. Elle portait une robe de plage en éponge, un turban blanc retenait ses cheveux noirs remontés en chignon. Son maquillage était appuyé sans être vulgaire et mettait en valeur ses yeux très bleus. Alice la trouva très belle.

— Bonjour, mademoiselle. C'est pour une livraison ? Vous m'attrapez au vol. J'allais partir à la plage pour prendre mon bain de mer. Vous comprenez, à cette heure-ci, il n'y a personne, l'eau est encore fraîche et c'est admirablement vivifiant ! C'est parfait pour la cellulite ! Et pour le moral !

Voyant qu'Alice ne répondait rien, elle réitéra sa question plus posément :

— C'est pour une livraison ?

— Non, madame. Bonjour. Je suis une amie de votre fils. Je me demandais...

Alice se sentait très intimidée et cherchait ses mots.

— Je me demandais s'il était possible de le voir.

Le chien, un bouledogue nain, était à ses pieds, campé sur ses quatre pattes, et levait le coin d'une babine d'où s'échappait un son sourd et graveleux.

— Oh ! Ma pauvre petite ! Comme c'est fâcheux ! s'exclama la mère. Vous le ratez de peu. Il est parti avant-hier. Au Maroc !

Alice se sentit défaillir à nouveau, mais elle était lasse de ses sensations de chaud et froid qu'elle subissait ces derniers temps, et c'est l'exaspération qui prit le dessus.

— Au Maroc ?

L'exclamation fut si vive que le chien aboya.

Mme Kourakine se frappa la cuisse et se contorsionna.

— Imaginez-vous qu'Alexandre s'est mis en tête de travailler au Club Méditerranée au mois d'août. Comme moniteur de plongée ! Alors nous, avec son père, on lui a dit : « Si tu veux aller en vacances au Club Med, on peut te le payer ! » Mais vous savez comment est Alexandre, il a dit : « Non, non, je veux gagner ma vie ! » Il ne veut rien nous devoir. Remarquez, c'est tout à son honneur. Mais enfin quand même, ça nous a surpris !

Alice demeurait interdite. La mère d'Alexandre poursuivit :

— Vous êtes ? Mademoiselle ?

— Alice, je suis Alice.

Mme Kourakine plissa les yeux. Ni le prénom ni le visage d'Alice ne semblaient lui évoquer quelque chose.

— Il a promis de nous appeler de temps en temps. Voulez-vous que je lui dise que vous êtes passée ?

— Non, non, ce n'est pas la peine. Nous nous verrons à la rentrée.

— Il ne faudra pas le manquer ! Il intègre l'école de journalisme de Lille. Entre nous, ça nous a rassurés. Son père se demandait ce qu'il allait pouvoir bien faire avec cette licence d'histoire. Il avait peur qu'il devienne professeur ! Alors qu'il aurait eu un pont d'or en médecine ! Moi, je dis, qui vivra verra ! Et vous, que faites-vous dans la vie, mademoiselle ?

Alice rougit, prise d'un malaise enfoui qui remontait à la surface. Elle toussa pour masquer quelques secondes d'hésitation. Trouver quelque chose à dire *in extremis*, des études de lettres, d'infirmière, quelque chose qui soit à la hauteur ! Les mots sortirent enfin tout seuls de sa bouche :

— Je suis vendeuse. Vendeuse à la droguerie Ginetta du quartier Saint-Roch.

— La droguerie Ginetta ? Celle qui nous livre le Ratplapla ? Entre nous, le Ratplapla, c'est comme ça !

Mme Kourakine leva son pouce en signe d'appréciation.

— Il n'y a que ça qui nous a débarrassés de notre problème de souris ! C'était une plaie, vous comprenez, en habitant en rez-de-jardin. Et moi, les souris, ça me fait monter sur les tables ! Alors merci le Ratplapla !

Dans ce moment de grand désarroi, Alice ne put s'empêcher de sourire. Était-ce pour la publicité aux petits oignons que Mme Kourakine venait de faire au Ratplapla, ou bien parce que celle-ci n'avait porté aucun jugement de valeur sur son activité ? Pas la moindre moue, le moindre rictus. La mère d'Alexandre avait beau être foldingue, mondaine et snob, elle lui paraissait sympathique.

— Je transmettrai à Mme Ginetta, elle sera très contente.

— Mais je bavarde, je bavarde... Je m'excuse, je dois vous laisser, une amie m'attend sur la plage. Ravie d'avoir fait votre connaissance.

— Au revoir, madame. Je suis désolée de vous avoir dérangée.

— Mais vous ne m'avez pas dérangée. Je suis toujours heureuse de connaître les amis de mon fils. Au revoir... Alice, c'est bien ça ?

— Oui, c'est bien ça. Au revoir, madame Kourakine.

La mère d'Alexandre referma la porte. On entendit le cliquetis des griffes du chien sur le carrelage, et la voix de la mère, lointaine : « Allez, viens avec maman, Myshka, c'est l'heure d'aller sur la Prom'. »

Alice se retrouva seule sur son Solex, dans ces avenues et ces boulevards qui lui étaient si familiers, sourde aux klaxons. Elle repassait dans sa tête toutes les informations qu'elle venait d'obtenir et qui la faisaient chavirer. Alexandre était donc parti au Maroc, sans l'avertir. Il avait obtenu sa licence et avait été admis à l'école de journalisme de Lille. Elle n'en avait rien su. Tout cela était limpide comme de l'eau de roche. Il n'y avait plus de doute possible. Alexandre avait rompu. Sans fracas. En laissant mourir sans bruit leur amour.

La question était de savoir pourquoi. Il s'était lassé d'elle ? Il avait rencontré quelqu'un d'autre ? Peut-être. Il avait craint une relation trop petite-bourgeoise, trop routinière ? C'est ce qu'il avait clamé haut et fort. Son milieu, sa condition, son manque de culture l'auraient ennuyé ou lui faisait-elle carrément honte ? Elle aurait voulu une explication, entendre de sa bouche ce qu'il lui reprochait. Il avait préféré fuir toute discussion qui aurait été douloureuse. Il n'aurait pas su affronter ses larmes. Moniteur de plongée ? Elle ne savait même pas qu'il faisait de la plongée, encore moins qu'il était capable de l'enseigner. Moniteur de tennis, ça, oui ! Ça ne l'aurait pas surprise. Il avait sa carte au Nice LTC[1]. Décidément, elle croyait le connaître et voilà que certainement des pans de sa vie lui avaient échappé. Elle avait été transparente, il faut dire que sa vie n'était pas si palpitante, mais lui n'avait pas jugé bon de tout raconter. Les larmes lui étaient enfin venues. Le vent chaud les séchait presque immédiatement et elle avait l'impression qu'on l'empêchait de pleurer.

Lorsqu'elle arriva à la droguerie, elle ignorait qu'elle donnait à voir un tracé de sel blanc sous ses paupières.

— Oh ! Petite mine ! dit Mme Ginetta en s'approchant d'elle. Où es-tu allée ? Tu es allée chercher ta peine, je vois.

1. *Nice LTC : le Nice Lawn Tennis Club.*

Alice n'osait pas regarder sa patronne dans les yeux. Elle détournait la tête. Mme Ginetta lui prit le menton et tourna son visage vers elle.

— Je sais que ce n'est pas facile. Il est parti, ton gosse de riche, hein ? Ça devait finir comme ça ! Mais patience, tu sais ce qu'on dit : « *Touta pignata a son cubesseù*[1] *!* » Tu trouveras celui qu'il te faut. Mais, en attendant, au moins, oh ! Vierja Santa ! Tu n'es pas tombée enceinte !

Alice se mit à sourire, puis à rire, et rire de plus belle. Mme Ginetta, quel que soit le problème, revenait toujours au même refrain.

— Qu'est-ce qui te fait rire ? Ce n'est pas drôle ce que je te raconte ! Grande cougourde ! Imagine-toi avec un bambin, toute seule. Tu crois que c'est rigolo ?

Alice tentait de retrouver son calme, mais elle était encore secouée de soubresauts. Des larmes lui étaient revenues au coin des yeux.

— Non, madame Ginetta, vous avez raison, ce n'est pas drôle.

— Tu te crois tranquille, parce que tu prends la pilule. Entre parenthèses, sans moi, fttt, pas de pilule. Et tu crois peut-être que ça a toujours existé, la pilule ? C'est bien ça qui est dommage, toutes les filles de ta génération vont penser que tout ça n'a jamais posé de problème.

Mme Ginetta était piquée au vif. Elle n'aimait pas que l'on se moque d'elle, sans comprendre pourquoi de surcroît. Michel était spécialiste en la matière mais il semblait que lui seul avait le droit.

— Non, je sais, madame Ginetta, que les femmes n'ont pas le beau rôle. Je sais que c'est difficile d'élever seule un enfant et que l'on est mal considérée. Je suis bien placée pour le savoir. Ma mère ce n'est pas un, mais trois enfants qu'elle a élevés toute seule. Alors je le sais, tout ça. Excusez-moi, c'était nerveux.

— Oui, mais ta mère, c'est comme si elle avait été d'abord veuve, puis divorcée. Personne ne l'a mal jugée. Enfin, je crois qu'on ne l'a pas trop mal jugée. Quelquefois, ça tombe sur des gamines de quinze

1. *Touta pignata a son cubesseù : toute marmite a son couvercle, tout le monde trouve chaussure à son pied.*

ans qui n'ont rien demandé à personne et qui passent malgré tout pour des traînées. Et les hommes, on ne se demande pas si ce sont des « traînés », eux ! Le mot n'existe même pas !

Mme Ginetta lissa les pans de son tablier, remonta un peu les boucles de sa coiffure et, altière, regagna sa place derrière le comptoir. Alice était désolée d'avoir interrompu l'élan de sollicitude, presque de tendresse, que sa patronne avait manifesté envers elle, spontanément, en la voyant revenir ainsi bouleversée. Elle ne voulait pas en rester là, se montrer ingrate et faire comme si elle n'avait pas été sensible à son geste. Alors elle passa derrière la caisse, s'approcha de la droguiste et, pour la première fois, elle étreignit ses épaules et déposa un baiser sur sa joue.

Le soir même, elle alla frapper à la porte de chez Clairette. Celle-ci ouvrit.

— Tiens ! Une revenante ! Ton petit ami t'a quittée ? Tu t'ennuies, alors tu viens me sonner ?

Alice était gênée par cet accueil.

— Oui, si tu veux. Tu descends un moment chez Figasso ?

Clairette gardait son air renfrogné. Elle hésita un instant.

— Bon, je viens, mais tu me bassines pas avec tes peines de cœur, d'accord ?

C'était bien dommage, parce que c'est ce qu'Alice aurait aimé faire, comme lorsqu'elles étaient plus jeunes et que seule la mère de Clairette stoppait leurs confidences en rappelant sa fille, du haut de sa fenêtre, pour qu'elle aille dormir. Et cette fois-ci, il ne s'agissait pas d'une amourette, c'était du sérieux. Elle n'avait pas vraiment besoin de conseil, juste de s'épancher.

Mme Silviani lança un « Ne rentre pas trop tard ! » mécanique qui, elle le savait, n'aurait aucun effet sur Clairette. Depuis que sa fille lui échappait, elle reportait son besoin de donner de l'affection sur les enfants du quartier rejoignant ainsi la troupe des *tatas* de Saint-Roch. Alice et Clairette descendirent l'escalier de l'immeuble, puis remontèrent l'avenue Giacobi jusque chez Figasso. Elles se tenaient à une bonne distance l'une de l'autre et n'échangeaient aucune parole. Alice, d'habitude si énergique, était comme voûtée, accablée par un poids sous lequel elle se laissait écraser. Elles rentrèrent dans le bistrot, firent un petit signe de la main pour dire bonjour et passèrent immédiatement dans le patio, à l'extérieur. Elles prirent place sous le figuier, attablées, l'une en face de l'autre. Les garçons jouaient au baby-foot. Ils faisaient claquer les figurines en coinçant la balle sous leurs jambes raides. Ils riaient. C'était un avant-goût des vacances qu'ils allaient bientôt prendre. Ils n'interrompirent pas leur partie, mais ils saluèrent l'arrivée des filles à grand renfort d'exclamations traduisant leur surprise de les voir à nouveau là. Elles commandèrent deux monacos et commencèrent à siroter leur boisson en se regardant avec méfiance par-dessus leur verre. Clairette plissait ses yeux malicieux. Elle s'était fait couper les cheveux très court.

— Ça te va très bien, coiffée comme ça, dit Alice pour briser la glace.

— Merci. J'ai dit à Audrey, tu me les coupes comme Jean Seberg. Elle est fute-fute, Audrey, elle a de suite compris.

Il y eut un nouveau silence.

— Comment tu vas ? demanda Alice.

— Oh ! Ça va. J'ai eu mes exams finalement. Pourtant, on ne peut pas dire que je sois beaucoup allée en cours. Je passe en deuxième année. Mais, tu vois, j'ai envie de bifurquer vers l'histoire de l'art. En réalité, c'est ça qui me plaît.

Alice abonda dans ce sens en riant.

— Tu as raison, personne ne dessine les pères Noël comme toi dans tout Nice !

— Moque-toi ! Je crois qu'à Nice ni le patrimoine artistique ni le potentiel créatif ne sont vraiment mis en valeur. Je crois qu'il y a beaucoup à faire dans les années à venir et je pense que j'ai mon mot à dire. J'imagine une nouvelle façon de concevoir l'art, plus collective, plus politique. Et pourquoi pas à Saint-Roch ?

— Tu as raison. Je pense qu'il nous faut des personnes comme toi à la culture !

Il y eut un temps mort.

— Alors, le bel Alexandre est parti ?

— Oui.

Après l'avertissement de Clairette sur son refus d'écouter ses peines de cœur, Alice ne savait pas si elle devait enfourcher ce sujet et n'osait en dire davantage.

— Je t'avais prévenue. On ne mélange pas les torchons et les serviettes. À quel moment ça n'a plus collé vous deux ?

— Je ne sais pas. Il y a eu tant de choses ! Au début, cela lui plaisait que je sois une petite vendeuse de Saint-Roch, vers la fin, il trouvait que je manquais d'ambition. Il aurait voulu que je reprenne des études. Il me disait que j'étais douée pour les lettres et qu'il fallait que je passe le bac. Que j'aille aux cours du soir et que je prépare le baccalauréat. Ils me font bien rigoler, tous ! Ils glorifient la classe ouvrière, mais si tout le monde fait des études, il n'y aura plus de classe ouvrière !

— Et toi, ça ne te dit rien d'avoir le bac ?

— Peut-être un jour, mais pour l'instant j'ai choisi de travailler. Je ne dis pas que je resterai toute ma vie chez Mme Ginetta, mais pour le moment j'y suis bien. Cela me permet de veiller sur Mireille et Joël qui ont encore besoin de moi.

— Je te l'ai dit cent fois, tu n'es pas leur mère.

— Peu importe ce que je suis pour eux, ils ont encore besoin de moi et je veux être là.

— Mais tu te sacrifies !

— Ah ! Mais vous m'embêtez tous à la fin, je ne me sacrifie pas puisque je vous dis que je suis heureuse comme ça. Tu vois, ce qui ne me plaît pas, c'est que l'on dise à ma place ce qui est bon pour moi. Il n'y a que moi qui puisse le savoir !

Elles se turent.

— Il te manque ?

— Bien sûr, il me manque.

— Mais... il te manque beaucoup ?

— Je croyais que tu ne voulais pas entendre parler de mes peines de cœur !

— Tu n'en dors plus la nuit ? Tu en as mal au bide ? Tu crois t'évanouir tellement tu as mal ? Tu vois son image partout ? Tu attends toute la journée un signe de lui, une lettre, un coup de téléphone ?

— Oui, c'est à peu près ça. Tu peux ajouter que je ne m'intéresse plus à rien. Je n'arrive plus à lire une ligne du moindre roman. Je passe ma vie à attendre et à avoir mal.

Clairette se pencha vers son amie.

— Mais c'est ça le bonheur ! Tu ressens des choses. Tu vibres. Tu n'es pas morte ! Moi, tu vois, depuis presque un an j'enchaîne les histoires. Souvent d'un soir, et je ne te raconte pas tout ! Mais, au bout du compte, est-ce que j'ai vibré un seul instant ? Jamais ! Juste beaucoup d'affection pour Luigi, le mécano de la station, qui est un chic type. Et puis il y a eu cet avortement !

Alice se figea. C'était la première fois qu'elle entendait une de ses amies parler de ça. Devant la mine déconfite d'Alice, Clairette poursuivit d'un ton cinglant :

— Oui, enfin, on va pas en faire tout un plat. Mais très mauvais moment à passer, avant, pendant et après.

Alice baissa le son de sa voix :

— Et tu sais avec qui ?

— Aucun intérêt de savoir ça. De toute façon, il n'était pas question de le garder. La seule chose que je peux dire, c'est vivement que l'avortement ne soit plus clandestin !

Alice demeura songeuse. Qu'aurait-elle fait, elle, si cela lui était arrivé ? Alexandre, elle l'avait tellement aimé ! Un enfant de lui ! Pourquoi pas ? Mais il n'aurait certainement pas été de cet avis. Et qui aurait eu le dernier mot ? Elle préférait ne pas y penser.

— Qu'est-ce que tu vas faire, maintenant ? demanda Clairette.

— Oh ! Eh bien, je vais partir quelques jours en août à Drap, puis je préparerai l'entrée en sixième de Mireille et je m'occuperai davantage de Joël. Un sacré bonhomme, celui-là !

— La routine, quoi ! Rien de bien exaltant !

— La routine, oui ! Quelquefois, heureusement qu'il y a la routine !

Clairette s'anima tout à coup, comme pour égayer Alice :

— Tiens, pour briser la routine, nous réaliserons ce dont nous avons toujours rêvé ! Notre librairie à Nice. Mais ce sera plutôt une librairie-galerie d'art. Toi tu t'occuperas des livres et moi de la galerie. Et nous ferons venir des auteurs et plein d'artistes ! On fera venir Moretti et ton Ernest qui n'a pas encore de nom !

Alice sourit, mais son sourire était triste.

Luigi arriva dans la cour. Il vint embrasser les filles. Alice s'aperçut que Clairette rougissait. C'était un jeune homme à la belle carrure. Ses yeux, sa peau, ses cheveux étaient sombres et son sourire éclatant de blancheur. Il parlait un français impeccable et son accent italien était tout juste renversant. Ils bavardèrent de choses et d'autres et rirent tous les trois, car Luigi avait l'art de tout parodier. Il s'éclipsa quelques fois de la table pour participer au tournoi improvisé de baby-foot. Minuit était passé lorsque Alice proposa à Clairette de rentrer.

— Tu peux rentrer toute seule ? Je reste encore un peu, répondit Clairette en observant la réaction de Luigi.

Celui-ci lui lança une grande œillade qui en disait long sur la suite de la soirée.

Alice redescendit l'avenue Giacobi lentement. Dans le jardin couvert de vignes grimpantes, la grand-mère prenait encore le frais à cette heure tardive. La chaleur était étouffante et elle se donnait un peu d'air avec un éventail.

— Bonsoir, madame Rossi.

— Bonsoir, Alice.

Elle croisa Hermione et Tancrède qui traînaient dans la rue à la recherche d'on ne savait quoi. Alice échangea quelques mots avec Hermione. L'école était finie pour eux, à la rentrée ils allaient chercher du travail. Hermione jeta un regard de désolation à son frère qui demeurait muet, mais faisait toujours ses moulinets avec ses bras. Des enfants. Alice caressa la joue d'Hermione et lui donna une pièce pour qu'ils aillent boire quelque chose chez Figasso. Puis elle continua son chemin.

Elle pénétra au numéro 17. Il faisait toujours frais dans cette entrée. Elle remonta les marches en s'aidant de la rampe. Au premier, elle aperçut la silhouette de l'étrange boulanger qui s'empressait de refermer sa porte derrière lui. Tous les soirs, il remontait de sa cave, tard, et nul n'avait encore compris ce qu'il pouvait bien y faire. Elle entendit bourdonner une télévision, peut-être les grands-parents Vernet qui se réveilleraient plus tard devant la mire muette de l'ORTF. Dans l'appartement, Colette avait tout ouvert pour établir un courant d'air entre les fenêtres de la rue et celles de la cour. Les pièces étaient éclairées par les halos des lampadaires de l'avenue Giacobi. Alice vit sa mère, endormie sur le cosy du séjour. Le drap était repoussé pour laisser un peu de fraîcheur glisser sur ses jambes. Alice vint s'accouder à la rambarde en fer forgé de la fenêtre de sa chambre. La rue était déserte, mais on entendait des rires s'échapper d'on ne savait quel immeuble. De là, on ne voyait bien sûr pas la plage, mais, lorsqu'on humait l'air, il y avait cette odeur d'enfance faite de fournil, de cambouis, d'algue séchée par le soleil, mêlée à celle de l'Ambre solaire.

Épilogue

DÉCEMBRE 1974. Elle était allée chercher l'enfant à la garderie de la maternelle. En traversant la place Saint-Roch, la petite fille voulut s'arrêter à nouveau devant la longue affiche qui était placardée sur le mur près de chez la fleuriste. Le papier commençait à s'abîmer, à se délaver. On y voyait une famille noire, un père, une mère avec un enfant dans les bras et un autre enfant plus grand. Tous quatre, graves, droits, dignes, étaient parqués derrière un grillage. L'enfant demandait toujours :

— Qu'est-ce qu'ils font là, maman ?

Alice expliquait comme tous les soirs :

— Ils ne peuvent pas aller où ils veulent. Si tu habitais dans leur pays, ils ne pourraient pas aller à la même école que toi.

— Parce qu'ils sont noirs ? dit l'enfant.

— Parce qu'ils sont noirs.

— Hein, maman, que c'est vrai qu'on peut pas être copine avec ceux qui leur font ça ?

— Non, on ne peut pas être copine avec ceux qui leur font ça.

— Et le monsieur qui a dessiné, comment y s'appelle ? Tu me le dis ?

— Ernest Pignon-Ernest.

L'enfant éclata d'un fou rire d'enfant. Ce nom la faisait rire. Elle la faisait répéter encore et sa mère se prêtait à ce jeu[1].

1. *En 1974, l'artiste plasticien niçois Ernest Pignon-Ernest s'était opposé à un projet de jumelage entre Nice et Le Cap en collant dans Nice les affiches représentant cette famille afin de protester contre l'apartheid qui sévissait en Afrique du Sud.*

Puis elle lui fit remonter la rue Sorgentino en la tenant par la main. Elles achetèrent le pain et trois bouts de pissaladière à la boulangerie Tosello qui allait bientôt fermer définitivement. C'était dommage, c'était si pratique sur le chemin de l'école. Les boulangers préféraient développer leur autre boutique, celle située sur la place Saint-Roch : une belle boulangerie, spacieuse, où il y avait davantage de passage. Elles prirent l'ascenseur pour atteindre le septième étage de l'immeuble des Jonquilles où Alice avait loué un appartement doté de tout le confort. Au sud, depuis le balcon, on apercevait, au loin, entre deux cheminées d'immeuble, un tout petit bout de mer. Un point bleu lorsqu'il n'y avait pas de brume de chaleur ou de rideau de pluie. Le téléphone sonna. Alice décrocha, laissa le combiné collé à son oreille, pendant qu'elle aidait l'enfant à enlever son manteau.

— Oui, madame Ginetta. Comment ça va à la boutique de Villefranche ?

— Je ne sais pas où les gens achètent leurs produits d'entretien, mais pas chez moi, en tous les cas ! Vivement l'été prochain que je puisse sortir les maillots, les bouées et *tutti quanti* ! Heureusement qu'il y a le Ratplapla de Michel. Tu sais qu'on a des demandes jusqu'en Afrique ! Depuis qu'il a le brevet, c'est une affaire qui marche, et il voit grand ! Et toi, comment ça va à Cap 3000 ?

— Énormément de monde ! Beaucoup de travail. C'est la course ! Les gens préparent Noël. Ça n'a pas le même charme que Noël sur l'avenue Jean-Médecin, mais les gens sont à l'abri, ils restent plus longtemps. De nouvelles boutiques ont ouvert et ça ne désemplit pas. Ils ont encore agrandi le parking.

— Je passerai voir ça. Tu t'occupes toujours du syndicat ?

— Plus que jamais ! L'année prochaine, je vais même avoir une décharge. Et je vais aller à Paris discuter dans les hautes sphères !

— Vierja Santa ! Il ne manquait plus que ça ! Et ta petite ? Qui va s'occuper de ta petite pendant que tu iras voir Séguy[1], Maire[2] et compagnie ?

1. *Georges Séguy : secrétaire général de la CGT de 1967 à 1982.*
2. *Edmond Maire : secrétaire général de la CFDT de 1971 à 1988.*

— Eh bien, elle a un père cette enfant ! Il va bien falloir qu'il mette la main à la pâte !

— Tu as sans doute raison, mais enfin, autre temps, autres mœurs ! Tu as vu cette Simone Veil à l'Assemblée nationale ? On dira ce qu'on voudra, mais quelle bonne femme !

— Ah, oui ! Madame Ginetta, avec Clairette, on a sablé le champagne !

— Et comme ils ont essayé de l'escagasser tous les autres. J'en étais malade pour elle ! Tu penses ! Tu comprends pourquoi ils ne voulaient pas que cette loi sur l'avortement passe ! Ils veulent tous que les femmes restent des poules pondeuses, et eux continuer à se pavaner comme des coqs. Et ils s'en foutent bien qu'on y laisse la peau ou qu'on reste stériles ! Moi aussi, je suis très contente de tout ça ! Passe-moi ta pitchoune, tiens, que je *bavasse* un peu avec elle. Je languis de mes nièces. Leïla et Michel ne me les laissent pas assez souvent.

Alice passa le combiné à l'enfant qui parla longuement dans son langage enfantin à Mme Ginetta. Celle-ci semblait relancer la conversation sans se lasser. Alice mit une casserole d'eau à bouillir pour les pâtes.

Elle fit manger l'enfant en premier pour la coucher de bonne heure. Puis, assise au bord de son lit, elle lui lut une histoire et ce moment était privilégié entre elles. Comme il l'avait été autrefois avec Mireille. Mireille étudiait aujourd'hui en terminale littéraire et voulait être professeur d'histoire-géographie. Alice pensait que ces lectures du soir avaient éveillé en elle le goût des belles lettres, du savoir et de la réflexion. L'enfant ouvrait des yeux fascinés car Alice mettait le ton et jouait parfois certaines scènes plus qu'elle ne les lisait. Puis elle voyait les paupières de l'enfant cligner doucement. Elle pouvait alors la laisser rêver.

Elle alluma machinalement la télévision et s'assit enfin dans le canapé du salon. Elle se détendit. La pièce était telle qu'elle l'avait souhaitée, confortable et pleine de quiétude, un peu bourgeoise même. Les murs du séjour étaient décorés de deux sous-verre dont elle était très fière, et qu'elle ne se lassait pas de commenter aux nouveaux venus ébahis : l'affiche du carnaval que lui avait dédicacée Moretti en 68 ainsi que la Colombe de Nougaro, avec les vers tout droit sortis de l'imagination géniale et féconde du chanteur :

Et Nice dans la nuit a glissé son collier
De perles sur le cou d'la Méditerranée
Nice, very nice, very Nice.

Près du canapé s'élevait une bibliothèque, déjà trop petite pour accueillir les livres d'Alice tels qu'elle aurait voulu les ranger. C'est-à-dire bien alignés les uns près des autres, classés par auteurs, comme dans une librairie. Il commençait à y en avoir dans tous les sens. Elle trouvait cela un peu désordonné et pensait que ce n'était pas digne des livres qu'elle avait lus et aimés. Elle alluma la lampe qui réchauffa immédiatement la pièce d'une douce lumière. Sur la table basse était posé son livre du moment, *Du côté des petites filles*[1], dont elle faisait son bréviaire pour élever sa fille. Pour autant, elle se méfiait des diktats, des anciens comme des nouveaux, craignant toujours qu'on lui vole son libre arbitre. D'ailleurs, ce qu'elle préférait par-dessus tout, c'étaient les romans, parce qu'ils la distrayaient autant qu'ils préservaient cette part de liberté.

Comme à l'accoutumée, elle attendait que le père de l'enfant rentre, afin de dîner en tête à tête avec lui. La grand-messe du journal télévisé de 20 heures commença. Elle avait déjà écouté les nouvelles dans la voiture, en rentrant, coincée dans les bouchons de la promenade des Anglais. Elle regardait, distraite, les images défiler. « Jacques Chirac prend la tête de l'UDR... Regain de tension au Proche-Orient... Hausse du prix du gaz, du chocolat, des glaces, de la confiserie, de la maroquinerie... Des automobilistes immobilisés par la neige sur la route des sports d'hiver, notre envoyé spécial Alexandre Kourakine en direct d'Albertville a pu interroger ces naufragés des intempéries. Alexandre, c'est à vous. »

1. Du côté des petites filles, *d'Elena Gianini Belotti, publié en France en 1974. Analyse de l'éducation donnée aux petites filles et aux petits garçons tendant à reproduire les schémas culturels ainsi que la domination de la femme par l'homme.*

Alice avait fait un bond sur son siège. L'énoncé de ce nom avait empli tout à coup la pièce et elle avait reçu un coup de poignard en plein cœur. Son attention se focalisa immédiatement sur les images. Elle vit, emmitouflée dans un anorak, la silhouette longiligne d'Alexandre, la tête coiffée d'une chapka en fourrure. Il se penchait vers la vitre ouverte d'une voiture où un conducteur paraissait tout intimidé devant la caméra.

« Monsieur, vous êtes avec votre famille. Vous partez aux sports d'hiver. La neige vous a bloqués ici sur cette route de Savoie. Vous vous apprêtez sans doute à passer la nuit dans votre voiture ? Vous ne vous attendiez pas à un tel départ en week-end ? »

Ses traits s'étaient un peu épaissis. Sa diction était parfaite et il avait l'air passionné par son sujet.

Alice sourit, puis un rire secoua légèrement ses épaules, elle porta ses mains à sa bouche pour étouffer un éclat de rire. Enfin, un rire sonore qu'elle ne pouvait arrêter se libéra de sa gorge. Alexandre qui couvrait les départs aux sports d'hiver à la télé ! Elle le voyait maintenant courir d'une voiture à l'autre en tirant le fil de son micro, manquant de tomber dans la neige et elle riait de plus belle.

L'enfant apparut à la porte de sa chambre, à moitié endormie, son nounours collé contre sa poitrine et le pouce à la bouche.

— Maman, tu m'empêches de dormir, pourquoi tu ris comme ça ?

Le reportage était terminé.

— Ce n'est rien, répondit Alice en s'essuyant le coin des yeux, rendors-toi ma chérie. Je viens de voir un ami que j'ai bien connu autrefois pendant mai 68. Tu sais, mai 68 ? Je t'en parle souvent.

— Oh, oui ! dit la petite fille en bâillant.

— Eh bien, cet ami, cet ami est devenu « grand » reporter à la télévision !

Alice continua à rire et l'enfant retourna se coucher.

Remerciements

Merci à ma famille niçoise qui me permet, à travers les liens affectifs qui nous unissent, de maintenir une attache indéfectible et sentimentale avec Nice.

Merci à Cathy, pour son soutien, sa lecture et ses remarques avisées.

Bibliographie

Mai 68 : Chronologie des événements de 1966 à fin 1969, réalisé par Nicolas Devers-Dreyfus pour *L'Humanité* (numéro du 20 septembre 2008).

Ce jour-là, 26 novembre 1967, film réalisé par Jacques Krier, archives de l'INA, 1967.

Alpes-Maritimes, il y a 40 ans les prémices de « mai », archives de *Nice-Matin*, article publié le 28 avril 2008.

Mai 68 : manifestations à Nice et à Cannes, vidéo du 13 mai 1968, archives de l'INA-ORTF (collection Côte d'Azur Actualités).

Il y a 50 ans, Mai 68, Éric Alary, Larousse, 2017.

Les Espoirs déçus de la loi Neuwirth, Sophie Chauveau, *Clio*, 18/2003, *Mixité et coéducation*, 2003.

Achevé d'imprimer en avril 2021
sur les presses de la Source dOr
63200 Riom
Numéro d'impression : 103848

Imprimé en France
Dépôt légal : juillet 2021
ISBN : 978-2-8129-2651-8
ISSN : 1769-1788
www.deboree.com
livres@centrefrance.com